맨해튼의
이방인들

1

맨해튼의 이방인들 1

2004년 11월 30일 초판 1쇄 인쇄
2004년 12월 5일 초판 1쇄 발행

지은이 정 형
펴낸이 許萬逸
펴낸곳 華山文化

등록번호 2-1880호(1994년 12월 18일)
전화 02-736-7411~2
팩스 02-736-7413
주소 서울시 종로구 통인동 6, 효자상가 A 201호
우편번호 110-043
e-mail huhmanil@empal.com

ISBN 89-86277-74-3 04810
ISBN 89-86277-73-5 (전2권)

ⓒ 정 형, 2004

맨해튼의
이방인들

1

정 형 장편소설

화산
문화

나는 70년대에 짙은 안개 속과도 같은 20대를 보냈다. 한치 앞도 분별이 되지 않는 미혹을 살아내면서 늘 탈출을 꿈꾸었었다. 80년대에 들어서서도 나를 둘러싸고 전개되는 상황은 별로 달라질 가망이 없었다. 암울하고 답답한 굴레를 벗어나서 넓은 세계로 나아가 새롭게 인생을 출발하고 싶다는 욕구는 강렬하게 나를 유혹했었다. 나는 아메리칸 드림을 실현해 보겠다는 의욕을 가슴에 안고 태평양을 건너 미국으로 갔었다.

그러나 멀리 떨어져서 동경(憧憬)했던 미국과 내가 직접 뛰어들어 부딪쳐 본 미국은 달랐다. 이민을 왔다고 해서 안되던 영어가 갑자기 잘되는 것도 아니고, 신분이 상승한 것도 아니고, 가난하던 사람이 저절로 부자가 되는 것도 아니었다. 한국에서의 문제가 자동으로 해결되는 것도 아니기에, 나의 아메리카행은 후진국에서 선진국으로 수직 상승한 것이 아니라 똑같은 문제를 수평 이동시켜 놓은데 불과하다는 것을 알았다. 그러니 벼랑 앞에 와서 섰다는 절박감을 느끼지 않을 수 없었다. 나는 탈출(脫出)을 한 것이 아니라 벼랑을 향해 기를 쓰고 달려왔던 것이다.

나는 이 글을 쓰면서 나와 내가 뉴욕에서 만났던 사람들의 시행착오에 대하여 많은 생각을 했었다. 우리가 비극이라고 부르는 것들의 상당 부분은 시행착오에서 비롯되는 문제들이라고 생각한다.

맨해튼은 미국문화의 집약적인 도시며 자본주의의 풍요를 단적으로 상징해 주는 도시라고 할 수 있다. 그런만큼 상대적인 박탈감과 소외감(疎外感)이 팽배해 있는 곳이라고 할 수도 있다. 나는 뉴욕에서 외롭고 외로웠었다. 뼈를 져미고 늑골을 도려내는 것 같은 외로움 속에서, 외로움은 극단적으로는 자살에 대한 유혹 또는 살인의 원인으로 작용할 만큼 중대한 문제라는 것을 알았다. 이 글은 간략하게 말하면 시행착오와 살의(殺意)를 느낄 만큼 처절한 인간 소외에 대한 문제를 다룬 것이라고 할 수 있다.

나의 선험(先驗)을 토대로 하여 구성된 이 소설이 미국 사회의 실체를 알고 싶어하는 사람들이나, 이민을 떠나고자 하는 사람들이나, 또는 유학을 가려는 본인이나 자녀의 유학과 장래문제 등으로 고민하는 학부모들에게 다소 도움이 돼 줄 수 있을 것이라 기대하고 있다.

우리 나라가 IT강국으로 부상했다는 것은 자랑스러운 일이다. 그러나 모든 정보를 인테넷을 통해 구하게 되면서 신문과 잡지도 빛을 잃어가고, 소설이나 책을 읽는 독자층이 형편없이 엷어졌다니, 글을 써서 먹고 사는 나같은 사람의 설 땅이 없게 되었다.

쓰기도 전에 작품의도와 대강의 줄거리를 정리하여 보여 주면 창작보조금조로 계약금을 주던 시대도 있었는데, 이젠 완성된 원고를 읽어보고도 출판을 꺼리는 상황이 되었다. 그런 중에도 이 글이 인터넷 검색 등을 통해서는 결코 얻을 수 없는, 뼈저린 체험을 통해 미국에 대한, 미국에 살고 있는 한국인에 대한 훌륭한 브리프 리포트라고 생각하고 출판해 주시는 화산문화 허만일 사장님께 진심으로 감사드린다.

차례

1

맨해튼의 이방인들

1

　뉴욕의 한인(韓人)들을 대상으로 발간되고 있는 그 교포신문사는 퀸즈의 롱아일랜드 시티에 위치해 있었다. 오후 2시를 막 지난 편집국에는 기자들이 절반도 자리를 지키고 있지 않았다. 편집이 마감된 후 취재를 위해 흩어졌기 때문이었다.

　이가 빠진 것처럼 군데군데 비어있는 자리를 더듬어 가던 송예란(宋禮蘭)의 시선이 대각선을 이루며 멀리 떨어져 있는 정진우(鄭鎭雨) 기자의 자리에서 멈추었다. 그 테이블의 주인도 한 시간 전부터 모습이 보이지 않았지만, 자신의 시선이 그곳에 고정되는 순간 마치 전기에라도 감전이 된 듯 몸이 부르르 떨리는 것을 느낄 수 있었다.

　진우 씨, 벌써 가을이야.

　가슴이 답답해져온 예란은 튕기듯 자리에서 일어났다. 편집국을 나온 예란이 모습을 나타낸 곳은 신문사 옥상이었다. 그녀의 손에는 그곳으로 올라오기 전에 구내 매점에 들려 산 커피 잔이 들려져 있었다. 그녀는 종이컵을 천천히 입으로 가져가며 시선을 맨해튼 쪽으로 돌렸다.

　이스트 리버 사이드에 몇 십 층의 고층형 콘도미니엄 아파트군(群)을 시녀처럼 거느리고 장방형(長方形)으로 우뚝 솟아 있는 유엔본부 빌딩이 제일 먼저 시야로 들어왔다. 뒤이어 엠파이어스테이트, 팬암, 크라이슬러 빌딩……등등의 마천루(摩天樓) 숲이 각기의 조형미(造形美)를 과시하며 서로 어우러져 일대 장관을 연출하고 있었다.

맨해튼은 인간이 건설한 도시 중에서 가장 거대하고 아름답고 복잡하며 가볼만한 여러 구경거리들로 가득 찬 매력적인 도시라는 것이 예란의 생각이었다.

뉴욕은 미국 문화의 집산지(集散地)며, 미국이 세계 문화를 주도한다는 것을 인정한다면 곧 세계 문화의 메카라고 해도 지나치지 않을 것이다.

뉴욕은……하고, 그녀는 다시 생각했다. 뉴욕은 도시명(都市名) 앞에 세계 제일이라는 수식어가 가장 많이 붙어 있는 도시라는데 대해 이론(異論)을 제기할 사람은 없을 것이다.

우선 세계 제일의 공연예술 도시가 바로 뉴욕이다. 브로드웨이와 오프브로드웨이, 오프 오프브로드웨이에 포진해 있는 크고 작은 수많은 극장에는 기라성(綺羅星) 같은 스타들과 스타가 될 것을 꿈꾸며 미국과 전 세계에서 모여든 사람들로 우글거린다.

배우뿐이겠는가. 연극에 관련된 조명과 무대장치를 비롯한 모든 유관 부분이 세계 어느 나라보다 앞서 있다. 음악 미술 무용에 이르는 각종 예술분야까지 합하면 뉴욕은 별들의 전쟁터, 바로 그 자체라고 할 수 있었다.

유엔본부가 대변해 주듯이 뉴욕에는 지상에 존재하는 모든 나라에서 외교관을 파견해 놓고 있는 국제 정치 외교의 가장 뜨거운 격전장(激戰場)이며, 월 스트리트 만큼 큰 금융 증권도시가 없다고 보았을 때 뉴욕은 세계 제일의 금융 증권도시가 된다. 패션이 그렇고, 뉴욕은 세계 제일의 소비도시이고, 교육도시며 문화도시다.

그래서 아메리칸 드림을 실현시키고자 하는 사람들이 몰려드는 곳이 뉴욕이 될 수밖에 없다는 것을 예란은 잘 알고 있었다.

한국에서 태어나 세계적인 명성을 얻은 피아니스트와 바이올리니스트 또는 현대 무용가들이 뉴욕을 거점으로 활동하고 있기에 문화부 소속의 예란은 직업적인 특수성 때문에 그런 천재들을 만나 인터뷰할 기회를 누구보다 많이 가질 수 있었다.

그녀는 세계 제일이라는 자부심을 가지고 있는 사람들을 만날 때면 그들의 당당한 성공에 비해 자신은 아무 것도 이루지 못했다는 면에서 상대적인 위축감과 초라함을 느끼고는 했었다.

그녀는 분명 나름대로 절박한 목적을 가지고 뉴욕에 왔지만 그렇다고 그것이 무슨 거창하거나 원대한 아메리칸 드림 같은 것과는 상관이 없는 것이었다.

예란은 커피를 다 마신 종이컵을 재떨이로 삼아 담배를 피우기 시작했다.

그녀는 플로리다 출신이었다. 한국 사람들이 별로 살고 있지 않은 잭슨빌에서 초등학교부터 고등학교까지 다닌 후, 플로리다 주립대학을 졸업했다. 외형은 한국인이지만 미국인들과 다름없이 살아온 그녀인데 서른 세 살이 된 현재까지도 그녀는 남자와 잠자리를 같이 해본 경험이 없었다.

그렇게 된 데에는 몇 가지 이유가 겹쳤지만 그 중에 가장 그럴듯한 것으로 자신의 체구와 체중문제를 들고 있는 터였다. 예란은 서른세 살이 된 지금도 45킬로그램 언저리에 머물러 있지만 중고등학교에서 대학을 거치는 동안에는 40킬로그램에도 미치지 못하는 체중을 가지고 있었다. 허리는 조금만 세게 안으면 끊어질 것처럼 하늘거렸다. 키만은 미국인들과 견주어도 작은 편이 아니어서 마치 그녀는 코스모스를 연상시킨다.

이런 그녀로서는 이성에 눈뜬다는 사춘기가 온 듯 만 듯 스쳐지나 갔다. 대학생이 되어서는 데이트를 신청하는 남자 친구도 많았고, 자신도 이성에 대한 호기심이 전혀 없었던 것은 아니지만, 자기 또래의 미국여자애들처럼 쉽게 남자들과 잠자리를 같이 할 수는 없었다.

그녀는 자신에게 관심을 보인 남자들이 모두 거구(巨軀)여서 지레 그 밑에 깔렸다가는 질식해 버릴 것이라는 중압감을 느껴야 했었다. 자신의 혈관 속을 타고 흐르는 피가 한국인의 것이라는 사실이 또한 어느 정도 절제(節制)를 부추겼다고 여겨진다.

이런저런 이유로 처녀성을 간직해온 그녀에게 흠집이 날 뻔한 기회가 전혀 없었던 것은 아니었다. 대학교 3학년 여름휴가 때였다. 장소는 마이애미였다. 상대는 프랭키라는 애칭으로 불렸던 남부인(南部人)이었다. 그는 키가 그렇게 큰 편은 아니었다. 체중도 그녀로 하여금 지레 겁먹도록 할 만큼 많이 나가지도 않았다.

그러나 두 사람이 몸에 걸쳤던 것들을 제거하고 나란히 누웠을 때 알았다. 프랭키는 그녀의 손을 끌어다가 자기의 그것을 만지도록 유도했었다. 무심코 그가 원하는 대로 따라 가다가 예란은 깜짝 놀라고 말았다. 그의 거시기는 그녀의 손에 다 만져지지가 않았다.

경험이 없어 자신 있게 말할 수는 없지만 최소한 한국인 표준 사이즈의 두 배는 웃돌 것 같은 크기였다. 그런 괴물이 자신의 안으로 들어오면 명치까지 닿을 것 같았다. 거기에 교감(交感)이 주는 희열(喜悅)이 있겠는가. 다만 파괴되고 찢기고 망가질 뿐이었다.

　세찬 충격을 받은 그녀의 몸은 급속도로 냉각했다. 그녀는 프랭키의 야성(野性)이 폭발하지 않도록 세심한 신경을 쓰면서 일촉직발의 위기를 넘기는데 온갖 지혜를 다 동원해야 했었다. 이 사건은 예란에게 남자의 물건은 체구에 비례하지 않으며 인종과 깊은 관련이 있다는 고정관념을 심어주고 말았다.

　게다가 예란의 부모님들은 미국사람을 사위로 맞이하고 싶어 하지 않았다. 부모님들은 관습이 다른 외국인과 정서가 일치할 수 없을 것이고, 그러니 물과 기름처럼 화합할 수 없을 것이라고 여겼을 것이다. 혈통을 보존하고 싶은 욕망까지 겹쳐 한국인 사위를 원하는 부모님의 기대는 의외로 완강했다.

　그것은 비단 예란의 부모에게만 국한되는 문제는 아니었다. 이민 1세들 중에서 저항 없이 자기의 혈육이 혼혈(混血)을 하는데 찬성할 사람은 아무도 없을 것이다.

　그녀의 입장에서 보면 한국은 그저 부모님의 고향일 뿐이었다. 미국에서 태어나 자란 그녀는 겉모습만 노랗지 모든 정서와 가치관과 사고방식이 미국인과 다를 게 없었다. 또한 미국인과 피를 섞는 것을 거부함으로서 메인 스트림으로의 진출을 포기하고 소외를 자초할 필요가 없다고 여겼던 때도 없었던 것은 아니었다.

　자칫 결혼관의 차이로 하여 부모님들과 심각한 대립을 보일 가능성이 있었지만 적당한 때 때맞춰 프랭키와의 해프닝이 연출된 것이었다. 이후 예란은 동족(同族)이 아니면 결혼하지 않겠다는 원칙을 세웠기에 결혼문제로 인해서 부모님과 갈등을 일으킬 기회는 없어졌다.

　혈통이 같지 않으면 궁합(宮合)이 맞지 않고, 궁합이 안 맞으면 행복한 결혼생활을 할 수 없다는 사실을 알고야 어떻게 미국인과 짝을 맞춘 단 말인가.

물론 모든 한국 여자가 미국 남자와는 서로 문수가 맞지 않아 원만한 궁합을 맞추기 어렵다고 할 수는 없을 것이다. 개인 차이가 있다는 것을 인정해야 하기 때문이다. 그러나 적어도 자신만은 그렇다고 여겼었다.

자신의 결혼 상대가 한국인이어야 한다는 원칙이 세워졌다고 하여 한국인을 만날 수 있는 것은 아니었다. 그때부터가 정작 더 문제였다. 한국 사람 중에서 자기에게 허락된 딱 한 사람의 남자를 만나는 일은 숫제 하늘의 별을 따는 것이나 마찬가지로 어려웠기 때문이었다.

예란은 대학을 졸업한 다음 탬파의 한 미국인 회사에서 2년 동안 근무했었다. 그녀가 그 회사에 사표를 내고 뉴욕에 온 것은 한국 사람들이 흔히 결혼 적령기라고 꼽는 스물네 살 때의 일이었다.

우선 플로리다에서는 독신의 한국 남자를 만나는 일 자체가 용이(容易)하지 않았다. 그녀는 뉴욕에 많은 교포들이 살고 있다는 것에 착안하여, 뉴욕에서라면 자신에게 맞는 남자를 만날 수도 있지 않겠느냐는 생각을 하기에 이른 것이었다.

요컨대 그녀는 결혼 대상자를 만나고 싶다는 소박하면서도 절실한 이유 때문에 뉴욕에 와서, 교포들을 비교적 많이 만날 수 있는 직장인 현지 교포신문에 취직하여 기자로써 일을 하고 있는 중이었다.

신문사는 동족의 집단이라는 면에서, 그리고 커뮤니티의 동정(動靜)을 샅샅이 조명하고 있다는 점에서, 우선 그녀에게 미국 사회에서는 느끼지 못했던 소속감을 주었다.

동족들에 둘러싸여 그들의 근황이나 그들이 필요로 하는 정보를 제공해 주는 일에 종사하면서 미구에 그들 중 누구와 짝을 이루게 되리라는 기대를 가질 수 있다는 것은 고무적인 일이 아닐 수 없었다. 그러나 뉴욕에 온 지 10년이 가까워 오는 현재까지도 이렇다 할 진전이 이루어진 것은 없었다. 느긋했던 처음과는 달리 나이가 들어갈수록 초조해지는 것은 어쩔 수 없었다.

예란은 처음 피워 문 담배가 꽁초가 되었을 때 새로 담배를 꺼내서 불을 댕겼다. 그녀의 체력이 아직도 45킬로그램 언저리에 머물러 있는 데에는 니코틴의 영향도 있으리라. 아무리 미국이지만 여자가 담배를 피우는 것을 좋게 생각하지 않는 한국인들 틈에서 생활하다가 보니 담배를 피울 때는 사람들의 시선을 의식할 수밖에 없었다. 그러다가 보니 한번 입에 대면 두서너 개피는 갈아야 멈추는 습관이 붙게 된 것이었다. 그녀는 체인 스모커였다.

예란은 폐부 깊숙이 빨아들였던 연기를 후하고 허공으로 내뿜었다. 올 해 나이 서른 셋. 더 늦으면 아이를 가지는 것은 포기해야 하리라. 세상일 중에서 마음먹은 대로 되는 것이 얼마나 될까만 결혼은 더욱 그렇다는 것을 그녀는 요즈음 절감하고 있었다.

예란이 인터뷰를 하기 위해 만났던 대상들은 일단은 모두가 잘난 사람들이었다. 한국인의 우수성을 미국에, 아니 나아가 전 세계에 과시하고 있는 그들 중에서 그때까지 독신으로 남아 있는 사람은 없었다. 괜찮다 싶은 사람은 모두 임자가 있는 몸이었다. 아무리 급해도 남의 남자를 빼앗을 수는 없는 일이었다.

그러나 극도로 절망적인 것만은 아니었다. 마침내 그녀에게도 마음과 몸을 모두 받쳐서 그야말로 한판 승부를 걸 필요를 느끼게 해 준, 자신의 마음에 꼭 들고, 다른 사람이 보아도 어울려 보일 것이 분명한, 물론 궁합적인 면에서도 아무 문제가 없을 남자를 찾았기 때문이었다.

그 사람은 멀리 있었던 것도 아니었다. 편집국의 동료이며 나이까지 동갑인 정진우가 바로 그 사람이었다. 긴 사념(思念)은 결국 진우에게로 귀결(歸結)되고 말았다.

예란은 진우를 떠올리자 몸을 부르르 떨었다. 어째서 이토록 기사를 써도, 생각에 잠겨도, 담배를 피우다가도, 거리를 가다가도, 무엇을 먹다가도, 진우를 떠울리고 그와 연관지어 생각하게 되는 것일까. 잘라 버리고, 도려내도 끝없이 싹을 내미는 사애(思愛)의 이 마음을 일러 그대로 사랑이라 해도 좋을 것이다.

그와 한 사무실에서 근무하기 시작한 지도 벌써 3년째가 된다. 동료에서 친구 사이로 발전하는 데까지는 별로 시간이 걸리지 않았다. 두 사람은 친구 중에서는 아주 가까운 사이였다. 거기까지는 쉽게 진도가 나갔는데 그 이상의 진전이 좀처럼 이루어지지 않고 있다는데 문제의 심각성이 있었다.

그것은 전적으로 진우 때문이었다. 그는 예란을 친구 이상으로 여길 생각이 전혀 없는 것 같았다. 어떻게 하면 그의 마음을 돌려놓느냐가 그녀의 최대 관심사라고 할 수 있었다.

예란은 꽁초를 버리기 전에 딱 한 모금의 미련을 더 두었다. 옥상에 올라와 바람을 쐬고 담배까지 마음껏 피우고 나자 우울하던 마음이 다소 가신 느낌이었다.

편집국 안으로 들어오면서 예란은 부지불식간에 진우의 테이블 쪽을 바라보았다. 그 테이블의 주인은 돌아와 있지 않았다. 기사 마감 시간이 지난 후부터 줄곧 보이지 않았던 것으로 미루어 취재를 하기 위해 외부로 나간 것 같았다.

그녀는 언제부터인가 그가 자리를 지키고 있을 때는 더 자주, 지금처럼 자리를 비웠을 때도 자신의 시선이 마치 태양을 따라 돌아가는 해바라기처럼 그의 주위를 배회하고 있다는 것을 알았다. 해바라기는 이렇게 일구월심 간절한데, 태양은 다만 눈부실 뿐 일정한 거리를 허물지 않고 저 만치에 머물러 있었다.

진우의 테이블 위에 놓여있는 전화기에서 벨이 울린 것은 예란이 막 그 자리를 지나쳐 가고 있을 때였다. 그녀는 되돌아섰다. 수화기를 집어든 그녀가 말했다.

"헬로우, 디스 이즈 리포러 예란 송, 스피킹?"

네이티브 스피커인 그녀의 영어 발음은 아주 유창했다. 목소리만 들은 사람이면 그녀가 한국 사람이라고 여기지 않을 것이다. 상대는 그녀의 영어에 순간 당황했는지 바로 응답하지 않았다. 약간 사이를 두었다가 말했다.

"익스큐즈…… 미. 메 아이 스피크 투……진우 정?"

어눌한 발음으로 미루어 전화를 걸어온 상대가 한국 여자라는 것을 쉽게 알 수 있었다. 이중 언어를 완벽하게 구사할 수 있는 예란은 즉시 한국어로 바꾸었다.

"정 기자는 지금 취재 나갔어요."

전화를 걸어온 사람은 여자였다. 상대는 안도한 듯 반갑게 말했다.

"한국 분이셨군요."

"네, 그래요."

"정진우 기자와 통화를 하려면 언제 전화를 드리면 될까요?"

"글쎄요. 퇴근 시간 전에는 들어올 겁니다. 그러나 그대로 퇴근하는 수도 있으니까 그쪽 전화번호를 알려 주시면 연락이 되는대로 전화를 드리라고 하겠습니다."

"정 기자님 핸드폰 없어요?" 미국은 한국과 달리 핸드폰 요금을 전화를 건 사람이 아니라 전화기 주인이 물게 돼 있다. 그래서 특별한 용건이 아닌데 전화를 거는 것은 큰 실례며, 아주 친한 사람이 아니면 휴대폰 전화번호를 알려 주지 않는 것이 상식으로 되어 있다. 그러니 휴대폰 번호는 알고 있다고 해도 본인의 의사를 모르기 때문에 다른 사람은 가르쳐 주지 않으며, 반드시 본인을 통해서만 알 수 있게 되어 있다. 그런 사실을 모르는 것으로 미루어 미국에 온 지 얼마 되지 않는 여자로 여겨졌다.

예란은 간결하게 답했다.

"정 기자에게 핸드폰 같은 것은 없어요."

"그럼 할 수 없군요. 좀 전해주세요. 내 이름은 한영실(韓英實)이구요. 여기 전화번호는 212에⋯⋯"

예란은 볼펜을 집어 들기 위해 급히 말했다.

"잠깐만요⋯⋯ 네, 말씀하세요."

예란은 한영실이라고 밝힌 여자가 말해 주는 전화번호를 받아 적은 다음 통화를 끝냈다.

누굴까.

예란은 212라는 지역번호를 보고 상대가 맨해튼 지역에 살고 있다는 것을 알 수 있었다. 예란이 기억하는 한 맨해튼에 살고 있으면서 한영실이라는 이름을 쓰는 여자에 대한 기사가 신문에 난 적은 없었다. 그러기에 전혀 짐작이 가지 않는 새로운 인물이었다.

목소리만 듣고 상대의 나이를 짐작하는 일은 불가능하다. 50이 넘었는데도 소녀와 다름없는 꾀꼬리 같은 음색(音色)을 가지고 있는 사람도 있고, 소녀라고 해도 톤이 굵은 허스키여서 중년부인으로 여기게 만들 수도 있기 때문이었다. 그렇다고 해도 최소한 진우보다 나이가 적을 것 같지는 않다는 느낌이 들었다.

그녀의 상상은 멋대로 나래를 펴고 있었다. 나 모르는 사이에 연상의 여인이라도 숨겨 놓고 있었던 것일까. 진우가 전화번호를 모르고 있었던 것으로 보아서는 지나친 비약일 가능성이 많지만 그래도 남녀 사이란 워낙 당사자 외에는 종잡을 수 없는 일이기 때문에 또 모르는 일이었다.

예란은 진우에게 걸려온 전화 때문에 오후 내내 좌불안석(坐不安席)이었다. 특별한 사이가 아닌 그저 오다가다 알게 된, 무시해도 좋은 그런 사이일 지도 모른다는 생각을 하다가도, 언뜻언뜻 불안이 고개를 삐죽 내밀고는 해서, 그녀는 끝내 기사의 퇴고(推敲)를 완전하게 매듭지을 수 없었다.

예란은 예의 전화 건으로 해서 자신이 생각보다 훨씬 진우에게 빠져 있는 것을 새삼 아프게 자각할 수 있었다. 그로 해서 구원(救援)을 받게 되거나 그 반대로 그로부터 상상하기도 싫은 엄청난 깊이의 상처를 받게 될지도 모른다는 예감이 그녀의 뇌리를 스쳐갔다.

진우가 편집국에 모습을 나타낸 것은 퇴근시간 30분 전이었다. 예란은 그가 자리에 앉는 것을 확인하고 나서 수화기를 집어 들었다. 사내(社內) 전화선은 쉽게 연결되었다.

"나야, 진우 씨."

진우가 흘끗 그녀를 바라보았다. 이름을 밝히지 않았는데 목소리만 듣고도 사람을 알아봐 주는 것이 고마울 지경이었다. 그는 시선을 거두어 가면서 말했다.

"퇴근 후에 한잔 하자고?"

금요일 오후였다. 토요일에 당직이 걸려 있지 않으면 미국에서는 금요일이 주말이 된다. 주말이니 한잔 하자는 뜻으로 자기 좋을 대로 받아드린 것 같았다. 술이 매개가 되지 않으면 같이 어울릴 일이 없기에 싫어도 그것을 받아들일 수밖에 없었다.

"싫어?"

"아이브 온리 머니 프라블름, 돈츄 노우 댓?"

그것도 자기한테는 돈이 없으니 여자더러 사라는 암시(暗示)를 주고 있었다. 그래도 마다할 처지가 아닌 것이 조금은 서글펐지만, 예란은 언제는 안 그랬는가 싶어, 너그러워지기로 마음을 정했다.

"댓 이즈 노 프라블름. 아 윌 테이 케얼 어브 에브리씽."

문제가 안 된다. 모든 것을 자신이 알아서 하겠다고 하자 진우는 경쾌하게 받았다.

"땡큐 쏘우 마치. 나한테는 역시 그대뿐이라니까. 좋았어. 그럼, 퇴근 후에 그 집에 가 있을게. 거기서 만나자."

그 집이란 진우가 살고 있는 플러싱과 예란의 아파트가 있는 우드사이드의 중간 지점에 있는 펍을 말하는 것으로써 두 사람이 가끔 이용해 온 스탠드 바였다.

"오케이. 댄 씨유 데어."

진우는 술을 너무 좋아하는 단점을 가지고 있었다. 허긴 그가 술을 좋아하는 사람이 아니었다면 두 사람은 동료의 범주에 머물러 있었지 친구 사이로 발전하지도 못했을 것이다. 술을 좋아하는 그에게 술친구가 되어주고 술값을 대신 내주는 역할을 하는 동안 탈동료(脫同僚)하여, 친구 사이로 발전할 수 있었으니, 지금으로서는 그가 폭주(暴酒)하는 것을 탓할 게재가 아니었다. 오히려 만취가 된 그가 술김에 어떤 실수를 저질러 주기를 은근히 기대하고 있는 터였다.

수화기를 내려놓기 전에 예란이 말했다.

"참, 아까 한영실이라는 여자한테서 전화가 왔었어."

오후 내내 그녀의 신경을 건드렸던 여자의 이름을 잊어버릴 뻔했다는 듯이 태연스럽게 거론했다. 그에 대한 진우의 대답이 처음 그녀를 안심시켰다.

"한영실이라. 대체 어디서 뭐해 먹고 사는 중생(衆生)인고?"

전혀 모르는 이름이라는 뜻이었다.

"그것은 저로서도 전혀 알 길이 없사옵니다. 스님."

그녀가 그를 스님이라고 부른 데에는 농(弄)에 대한 농의 응수라는 의미 이외에 자신을 돌처럼 보는데 대한 비아냥거림이 들어 있는 것이지만, 진우는 거기까지는 눈치 채지 못하는 것 같았다.

"허, 해괴한 일이로다. 전혀 아는바 없는 중생임에 틀림이 없는데…….. 뭐 다른 메시지는 없던고?"

"전호번호를 남겼사와요."

"그렇다면 속히 아뢰도록 하시오?"

진우는 다분히 장난기가 많은 남자였다. 심각한 문제도 그와 얘기를 하다가 보면 웃게 되고, 웃으면 맺혔던 것들이 풀리며, 자연스럽게 해소(解消)가 되는 것이었다. 그렇다고 경망스러운 것은 아니었다. 유모어와 위트가 넘칠 따름이었다. 예란은 여자의 전화번호를 알려주지 않을 도리가 없었다.

예란은 자기 자리에서 대각선을 이루며 제법 멀리 떨어져 있는 진우를 주시했다. 그는 전화기를 집어 들고 있었다. 여자와 통화를 시도하는 것이리라. 진우는 여자와 통화를 끝낸 다음 수화기를 내려놓지 않고 곧

바로 이번에는 예란에게 전화를 걸었다. 전선을 타고 들려오는 그의 말투에는 여전히 장난기가 섞여 있었으나, 내용은 이쪽에서 거부할 수 없는 결정 사항에 대한 통고의 의미를 띠고 있었다.

"있지, 곡차(穀茶)는 다음에 공양받아야 겠어."

예란은 사단(事端)이 생긴 것을 알았다. 한영실이 진원지였다.

"그 여자와 만나기로 했구나?"

"만나야 될 사람이야."

"모르는 중생이라더니……

"잠시 범민이 있었던 거야."

"누군데?"

"한국에서 온 여자야."

"관광?"

"아니 유학생이야."

"그럼 아직 처녀겠구나?"

"글쎄. 그럴지도 모르지만 나도 아직은 자세히 아는 것이 없으니까 새로운 사실이 입수되는 대로 나중에 얘기해 줄께."

기어이 그녀가 우려했던 방향으로 사태가 진전되고 있었다. 공부를 하러 왔다면 처녀일 것이 분명했다. 미국에 대해 아는 것이 별로 없는 유학생은 진우에게 이것저것 의존을 하게 될 것이고, 그러다가 보면 서로 가까워질 것만 같았다. 진우가 상대에 대해 잘 모르고 있는 것으로 보아서는 누구의 소개장을 가지고 온 것으로 추측되었다. 진우에게 소개해도 될 정도의 여자가 아니면 소개장을 써 주지 않았을 것이라고 전제할 때 괜찮은 여자라는 등식이 성립된다.

예란의 머리는 빠르게 회전되었다. 무언가 불길한 조짐을 보이고 있었다. 그녀는 진우가 한영실이라고 했던 여자를 못 만나도록 저지해야 한다고 생각했다. 그런데 그에 대한 묘안(妙案)이 없었다.

퇴근 시간 10분 전. 진우의 발목을 잡는 급한 취재 건이 터져 나오기를 고대했지만, 그런 요행은 발생하지 않았다. 진우는 퇴근을 알리는 벨소리가 났을 때 서둘러 편집국을 빠져나가고 있었다.

닭쫓던 개 지붕 쳐다보는 격으로 멍해진 예란은 동료들이 다 떠난 뒤에도 한참을 더 대책 없이 자리를 지키고 앉아 있었다. 아무도 기다려 주는 사람이 없는 아파트로 혼자 들어가기가 정말 싫었다. 그녀는 문득 혼자 버려진 것 같은 고절감(孤切感)을 느꼈다.

2

퀸즈 플라자에서 지하철을 타고 맨해튼으로 진입한 진우는 렉싱톤 애비뉴에서 지상(地上)으로 올라왔다. 택시를 탈까 하다가 시계를 보니 걸어서 가도 약속시간에 늦지 않을 것 같았다. 그는 센추럴 파크 쪽을 향해 걸음을 옮겨 놓기 시작했다. 그가 한영실을 만나기로 한 장소는 센추럴 파크 정문 앞에 위치해 있는 커피숍 맥심이었다.

진우는 유민형(柳珉馨) 부장과 통화했던 전화 내용을 떠올려 보고 있었다. 유 부장은 진우와 동향이고, 대학과 언론계의 선배라는 여러 가지 사실이 겹쳐서 그 동안 진우에게 물심양면으로 많은 도움을 준 사람이었다. 귀국을 하면 부모형제 다음으로 만나고 싶은 사람이 그였다.

그는 국제전화를 통해 말했었다.

— 며칠 있으면 내가 아는 사람이 뉴욕에 갈 거야. 그녀가 자네에게 전화를 걸면 만나서 좀 도와주게.

— 관광 안내인가요?

— 공부하러 가는 거야. 선생님으로서 친구도 되어 주고 오빠도 되어 주었으면 하네.

— 뉴욕 오는 사람이 여자란 말씀이죠?

— 팔등신 미녀인데다가 내가 알고 있는 사람 중에서는 제일 부잣집 딸이야. 그 정도 정보만 줄 테니 하여간 전화가 오면 만나서 그 애가 필요하다는 것을 좀 도와주란 말일세.

— 공항으로 마중 나가지 않아도 되는 겁니까?

— 도착한 다음 전화하라고 할게. 공항으로 마중 나와 줄 사람은 있어.

— 알겠습니다.

유 부장은 팔등신 미인에다가 부잣집 딸이라는 말을 할 때 그것을 강조하는 뜻으로 언성을 높였었다. 거기에는 그러니 잘 해 보라는 의미가 들어 있는 것 같았다. 유 부장이 말했던 바로 그녀가 뉴욕에 도착한 것이었다.

진우는 이 갑작스러운 사태가 자신의 인생에 어떤 영향을 줄 것인가를 성급하게 점쳐보고 있었다. 그러나 분명한 것은 현재로서는 알 수 없지만 부잣집 딸이라니 그것부터가 이미 글러먹은 일이라고 생각했다. 그는 돈 걱정 없이 자란 여자들 중에 제대로 된 사람을 아직까지 만난 적이 없었다.

진우라고 해서 미인에다가 부잣집 딸이라는 조건을 갖춘 신부감을 동경(憧憬)하지 않았던 것은 아니었다. 누구라도 그런 여자 싫다는 남자는 없을 것이다. 그러나 그것이 얼마나 허망한 기대라는 것을 너무나 잘 알고 있는 사람이 또한 진우였다.

농부의 아들로 태어나 시골에서 자랐던 그가 서울에서 살기 시작한 것은 대학생이 되고서 부터였다. 부모님들은 하숙비를 보내 줄 형편이 못 되었기에 그의 서울 데뷔는 곧 그가 고생줄로 들어섰다는 것을 의미하는 것이기도 했다. 진우는 입주 가정교사 자리를 전전하면서 대학을 다닌 터였다.

가정교사를 새로 구할 때면 혹 재벌집 자식이 제자로 걸려들지 않나 해서 매번 기대를 걸고는 했었다. 금상첨화(錦上添花)로 제자에게, 미인인데다가 마음씨까지 고운 누이가 한 명 있어서, 두 사람은 자연스럽게 사랑을 하게 되고, 그래서 결혼을 하면 이것이야말로 꿩 먹고 알 먹고 팔자 고치는 일이 아니겠느냐 싶던 거였다. 그러나 그런 행운은 그에게 한번도 따라주지 않았다.

사장 집에 가정교사로 들어간 일은 많지만 사장은 사장이라도 남대문이니 동대문이니 하는 시장의 장돌뱅이 사장이어서 쥐꼬리만 한 레슨비마저 에누리하려 들기 일쑤였다. 그런 집에 미인의 딸은 있지도 않았다. 어쩌다 제자의 누이가 더러 있는 경우라도, 그녀들은 한결같이 쌀쌀맞고, 가정교사를 하인(下人)과 다름없이 취급하는 말종(末種)들이었다.

돈 좀 있는 집의 여자 중에 쓸 만한 여자가 없다고 생각하는 것은 진우의 변할 수 없는 고정관념이 되었다. 허긴 그런 여자가 없는 것이라기보다 자기 복에 그런 여자가 태이지 않았다고 해야 마땅할 것이다. 어쨌거나 그는 여자 복에 잘 살게 되는 것은 기대하지 않겠다는 결심을 함으로써 구겨질 뻔했던 자존심을 바로 잡은 바 있었다.

밸이 없는 사람이나 그런 치사 찬란하고 허망한 꿈에 매달려 있는 것이라고 자신의 뇌리에 박아 놓고 있는 진우로서는 뒤늦게 대복(大福)이 터지는 것을 기대할 생각이 추후도 없었다. 중간에 유 부장이라는 믿음직한 선배가 끼어 있기는 하지만, 자신의 그런 고정관념을 고수함으로써, 경거망동(輕擧妄動)하지 않겠다는 것을 재삼 자신에게 타이른 다음 걸음을 재촉했다. 맥심 앞에 도착한 진우는 가벼운 마음으로 문을 밀칠 수 있었다.

입구부터 차례로 손님들을 살펴나가는데, 그럴싸해 보이는 젊은 동양 여자의 모습은 좀처럼 눈에 뜨이지 않았다. 흑인은 한명도 없었고, 모두 백인들 일색인데, 중년의 동양 여자가 한명 있기는 있었다. 그러나 그녀는 유학을 왔다고 보기에는 너무 나이가 많은 40대였다. 진우가 시선을 거두어 오는데, 그녀가 손을 들어 보였다. 진우는 고개를 갸우뚱했다. 혹시나 싶어 곁으로 다가가자 그녀가 일어서면서 말했다.

"정 기자님이세요?"

"네, 그렇습니다만?"

"제가 한영실이에요."

"아, 그러십니까?"

진우는 예상이 빗나가도 너무 빗나갔다는 것을 알았다. 한영실은 미스도 아니었고, 공부할 나이도 지나 보였다. 맞은 것이 하나 있다면 차림새로 미루어 돈은 많을 것 같다는 점이었다. 그렇지만 번지수가 틀려도 이건 너무 틀렸다. 진우는 그녀의 맞은편으로 앉았다.

"유 선배의 전화에 따르면 공부를 하러 뉴욕에 오셨다고요?"

그녀는 진우의 말에 조용히 미소지었다.

"내가 아직도 공부를 할 나이로 보이세요?"

"글쎄요."

"유학 온 사람은 내가 아니라 딸이에요."

그렇다면 앞질러서 멋대로 생각했었다는 것이 된다. 이제야 앞뒤가 좀 맞아 들어가는 것 같았다. 그렇다고 해도 딸이라니 그것도 조금은 뜻밖이었다. 나이는 들었지만 스무 살이 넘은 딸을 두었을 정도로 보이지는 않았기 때문이었다. 우선 맞장구를 치고 볼 수밖에 없었다.

"아, 그러세요."

그러자 여자가 질문 공세를 펴기 시작했다.

"유 부장님 학교 후배라고요?"

"그렇습니다. 제가 한국에 있을 때 같은 신문사에 근무하면서 상사로 모셨던 분이기도 합니다."

"기자라면 한국에서 괜찮은 직업이라고 들었어요. 유 부장님의 학교 후배라면 한국에서는 제일 좋은 대학을 나오셨을 거구요. 능력을 인정받아 승진이 잘 보장되어 있는 직장을 버리고 왜 미국엔 오시게 된 거에요?"

왜였던가?

그녀의 말대로 한국에서 기자라는 직업은 간단히 팽개쳐도 좋을 만큼 하찮은 것은 아니었다. 그대로 있었으면 지금쯤 무난히 고참소리를 듣고 있을 것이며, 차장을 달았을 가능성도 많을 만큼 그는 서울에서도 알아주던 기자였다. 간단히 말하면 더 늦기 전에 영문학을 제대로 공부해 보고 싶다는 것이 미국행을 결심하게 된 동기였다.

그는 유학을 왔다가 석사학위까지는 억지춘향으로 마칠 수 있었지만 박사학위를 따는데 따른 경제적 여건이 너무 어려워 코스웍을 밟다가 중도에서 그만두고, 배운 게 도둑질이라고, 현지 신문사의 기자로 취직하여 주저앉아 있는 상태였다.

처음의 목적을 달성하지 못한 입장에서 보면 뉴욕에는 어떻게 오게 되었느냐는 질문을 받을 때마다 상처가 되살아나서 곤혹감을 느끼게 된다. 그는 그녀의 질문에 대하여 간략히 언급했다.

"공부하러 왔었습니다."

"공부는 어디까지 하셨어요?"

이렇게 되면 싫었지만 학적 배경에 대한 언급을 피할 수는 없었다.

"마스터를 딴 다음 닥터 코스에 들어갔다가 형편이 여의치 않아 그만
둔 상태입니다."

"영어는 잘 하시겠네요?"

"글쎄요. 미국 사람만큼이야 안 되겠지만요."

진우는 이 여자가 왜 이런 엉뚱한 것을 묻고 있는지 이해가 되지 않았
다. 꼭 면접을 치루는 기분이었다. 진우는 화제를 돌릴 필요를 느꼈다.

"유 선배와는 어떤 사이신지요?"

"남편과 막역한 사이여서 저도 잘 알게 되었어요."

"실례지만 부군께서는 무엇을 하시는 분인지요?"

"유 부장님이 말씀 안 하셨어요?"

"연락이 오면 할 수 있는 한 도와주라는 말씀은 했지만 그 이상의 인
포메이션을 받은 것은 없습니다."

"그랬던가요. 사업가에요. 자세한 것은 차차 아시게 될 거에요."

그러라니 더 이상 캐묻고 싶은 마음은 없었다. 그는 본론을 꺼냈다.

"제가 무엇을 도와드리면 좋겠습니까?"

여자는 진우의 질문을 무시하고 역공세(逆攻勢)를 펼쳤다.

"아직 미혼이세요?"

"네. 서른세 살이니 노총각인 셈입니다."

"교제하고 있는 여자는?"

"없습니다."

"미국에 가까운 친척은 있어요?"

"우리 집안에서 제가 최초로 미국 땅을 밟은 사람입니다."

"그럼 외롭겠어요?"

"어차피 정도의 차이는 있겠지만 누구나 다 외로운 것 아닐까요?"

"듣고 보니 그런 것도 같군요."

이런 객쩍은 말상대를 해주는 것이 도와주는 것의 전부일까. 진우는 짜증이 나는 느낌이었다. 예란과 술마시는 것을 포기한 것이 못내 아쉬워지기 시작했다. 남의 사정은 아랑곳없이 여자가 결정적으로 김빠지는 말을 꺼내기 시작했다.

"아까 뭘 도와주느냐고 물었죠?"

"그런 것이 있을지 모르지만요."

"제가 찾고 있는 사람은 우리 딸에게 영어를 가르쳐 줄 사람이에요."

"그렇다면 제가 적격이 아니겠군요. 원하시면 미국 친구를 한명 구해 드리겠습니다."

"미국 사람은 싫어요."

"그래도 영어를 배우려면 미국인이 나을 텐데요?"

"제 딸은 이번에 줄리아드 프레스쿨에 들어갔어요. 전공은 바이올린이구요. 어릴 때부터 레슨을 받아 프레스쿨 바이올린 테스트는 무사히 패스했는데, 여기서 공부하자니 문제는 영어에요. 너무 어려서 미국인에게 맡기는 것은 내키지 않아요."

고등학생을 둔 어머니라면 나이가 걸맞을 것 같았다. 그제야 모든 것이 자리를 잡은 느낌이었다. 유 부장이 선생으로서 친구같이 동생같이 대해주라고 했던 말의 의미가 비로소 알 수 있었다.

결코 교제가 가능한 애인감을 소개했던 것이 아닌데, 이력쿵 저러쿵

멋대로 비약을 시켜 상상했던 사실에 대해 고소를 금할 길이 없었다. 진우는 한층 더 여유를 회복할 수 있었다.

"그럼 학교를 통해서 배우는 것이 좋겠군요."

"학교 공부를 빨리 따라갈 수 있도록 하기 위해서 개인지도를 해 줄 사람을 구하는 중이에요."

거기서 일단 말을 끊었던 한 여사가 다시 화제의 주도권을 잡았다.

"유 부장님의 소개가 있었기 때문에 믿고는 있었지만 이렇게 정 기자님을 직접 만나 뵙고 나니 더욱 신뢰할 수 있겠어요. 나는 정식으로 정 기자님에게 내 딸을 지도해 달라는 부탁을 드리기로 했어요. 물론 사례는 충분히 하겠어요."

"그러고 싶어도 기자로서의 일이 많기 때문에 시간이 없다는 것이 문제입니다."

"퇴근 후에 가르치면 되지 않겠어요."

"퇴근 후에 취재를 해야 할 때가 많거든요."

"아무렴 매일 취재를 할까요. 미국에서는 금요일이 주말이니까 토요일과 일요일만 집중적으로 돌봐줘도 될 거구요. 교제하는 여자가 있는 것도 아니라고 말씀하시니 시간은 내려고 들면 얼마든지 낼 수 있을 것 같은데요?"

진우는 내게도 휴식이라는 것이 필요하다는 말을 하려다가 유 부장의 입장을 고려해서 우선 적당히 얼버무렸다.

"글쎄요."

그러나 속으로는 이미 노우 쪽으로 정해 놓고 있었다. 미국까지 와서 잘사는 애 뒤치닥거리할 생각은 없었다. 기자 수입이 쓰고 남는 것은 아니지만 생활할 만큼은 되기에 박사학위를 포기한 입장에서 보면 시간을 돈과 바꿀 만큼 절박하지는 않았다. 상대로 하여금 섭섭한 마음이 들지 않도록 하면서 거절하는 적당한 방법을 궁리하고 있다는 것을 알아챘는지 한영실은 집요하게 물고 늘어졌다.

"성의껏 돌보아 주시면 사례비는 충분히 드린다니까요."

그녀는 기왕 얘기 나온 김에 그 문제를 해결하고 넘어가자면서 진우가 신문사에서 받는 것보다 오히려 더 많은 액수를 사례비로 제시했다. 그렇다면 문제는 다르다. 재고(再考)할 수도 있는 일이었다. 퇴근 후에 한 두 시간이나 토요일과 일요일을 이용하여 몇 시간 돌보아 주는 것으로 풀타임 직업을 통해 얻게 되는 수입보다 더 많은 돈이 보장된다면 마냥 사양할 것만도 아닐 듯 싶었기 때문이었다.

진우는 미국에 살면서 고향에 계시는 칠순 노모(老母)에게 아직까지 용돈은 고사하고 이렇다 할 선물 하나 사서 보내드린 적이 없었다. 공부할 때는 아예 여유가 없었기에 그랬다고 하지만, 취직을 했어도 저축한 돈은 없는 상태였다. 수입이 형편없어서 그런다기보다 그 동안 빌렸던 돈을 갚아왔기 때문이었다. 효도를 할 수도 있다는 것이 그의 마음을 흔들어 놓고 있었다. 잘하면 돈 때문에 중단했던 박사학위에 다시 도전할 기회를 잡을 수도 있을 것이라는 생각이 쐐기를 박았다. 그렇지만 한번 더 겸손하게 사양하는 순서를 밟았다.

"그만한 돈을 받는다면 그에 따른 충분한 대가를 해야 할 텐데, 저에게는 시간이 아무래도 많지 않습니다."

"취재 있는 날은 취재를 하세요. 대신 퇴근 후 일이 없는 날과 토요일이나 일요일만 내 딸을 위해 시간을 내면 돼요. 사실 딸에게는 영어를 가르쳐 줄 사람도 필요하지만 무엇보다 그 애를 혼자 두고 가자니 걱정되는 것이 한두 가지가 아니에요. 정 기자님이 오빠처럼 곁에서 잘 보살펴 주면 빗나가지 않을 수 있다고 믿기 때문에 이렇게 부탁을 드리는 겁니다."

"뭐 꼭 지도를 하지 않는다고 해도 유 선배의 부탁을 생각해서 따님이 무슨 문제가 있을 때 저를 찾아와 상의를 하면 할 수 있는 한 최대한의 성의를 가지고 도와줄 수 있습니다."

"기왕이면 더 가까이에서 딸을 지켜주실 수 있기를 바라는 엄마의 마음을 이해하지 못하겠어요?"

그렇게 걱정이 되면 왜 조기 유학을 시켜 문제를 만들고 있단 말인가. 돈이 많은 것이 화근을 자초하는 요인이 되고 있었다. 그나저나 어떻게 해야 하나. 이쯤에서 적당히 그녀의 요구를 수용하는 쪽으로 마음을 정해야 할 것 같았다. 효도 때문이었다. 박사학위가 방긋 웃고 있었다. 요컨대 돈에 움직인 것이었다. 그리고 보면 돈이 좋기는 좋은 것이라고 하지 않을 수 없었다.

그는 겸손하게 말했다.

"사모님께서 그렇게 까지 말씀해 주시니 거절하는 게 도리가 아닌 것 같군요. 제가 할 수 있는 한 최대한의 성의를 가지고 따님을 공부시키고 보호자처럼 돌보아 드리겠습니다."

"그렇게 말씀해 주실 줄 알았어요. 그럼, 지금부터 선생님의 제자가 될 내 딸을 만나러 가기로 해요."

"알겠습니다."

한영실이 진우를 데리고 간 곳은 맥심에서 불과 두 불럭 밖에 떨어져 있지 않은 곳에 위치해 있는 초대형 아파트였다. 세계적인 부호(富豪)들이 뉴욕에 거처지를 하나 장만해 두려고 할 때 제일 첫 번째로 꼽는 곳이라고 알려져 있는 그 아파트의 값은 몇 백만 달러를 호가하는 것이었다.

한영실이 설명했다.

"아빠가 사업차 뉴욕에 자주 오시기 때문에 그때마다 호텔에 드는 것이 번거로워서 한 채 구입한 거예요."

진우는 입이 떡 벌어질 것 같아서 지레 어금니를 물었다. 아무렴 사업차 자주 온다지만 그게 얼마나 자주겠는가. 실제는 딸의 유학을 위해서 산 것이라고 여겨졌다. 장돌뱅이 사장이 아니라는 것은 짐작했지만 재벌이라도 이 정도면 서열 몇 위 권 안에 들어가는 재벌인 것 같았다.

소리 없이 열렸다가 두 사람을 태운 엘리베이터가 멈춘 곳은 35층이었다. 복도로 나오자 정물처럼 앉아 있던 수위가 일어서며 부동자세를 취했다. 그녀는 수위에게 목례를 보내고 앞장섰다. 이내 두 사람은 아파트의 현관 앞에 설 수 있었다. 인터폰을 누르자 그녀의 딸인 듯 한 앳된 여학생의 목소리가 흘러 나왔다.

"누구세요?"

여기가 미국인데 '누구세요' 대신 '후 이즈 잇' 이 나와야 정상이었다. 진우는 미구에 자기 제자가 될 고등학생의 머리에서 깡통소리가 나지 않기를 비는 심정이었다.

"엄마다, 세라야."

진우는 고등학생의 이름이 세라라는 것을 비로소 처음 알았다. 두 사람은 곧 안으로 들어갈 수 있었다. 앳된, 그러나 몸은 이미 자기 어머니보다 큰 예비 숙녀가 경계의 표정을 떠올리며, 자기 어머니와 함께 들어오고 있는 진우를 바라보고 있었다.

"너를 돌보아 주실 선생님이시다. 인사 드려야지, 세라야?"

세라는 뚜러질듯 바라보던 시선을 밑으로 내려 깔면서 고개를 까닥였다.

"안녕하세요. 윤세라(尹世羅)에요."

고개를 든 그녀의 얼굴에는 경계의 기색이 사라져 있었다. 진우를 대한 첫인상이 나쁘지 않았다는 것을 뜻하는 것이었다.

진우는 밝게 말했다.

"하이, 하 와 유, 세라. 나는 정진우라고 해. 장차 바이올리니스트가 될 거라면서?"

그 말에 세라가 배시시 웃었다.

"네."

천정에 매달려 있는 휘황찬란한 샹들리에가 영롱한 빛을 사위로 뿜어 내고 있었다. 아라비아산 카펫은 처녀의 가슴보다도 더 보드라웠다. 창 밖으로 눈을 주자 도심 속의 거대한 녹색 공간인 센추럴 파크가 아파트의 정원처럼 내려다 보였다. 진우는 동화 속의 어떤 궁전 같은 별세계에 초대되어 있는 느낌을 받았다.

진우는 뒤늦게 한영실 여사가 맥심으로 딸을 데리고 나오지 않은 것은 자기가 먼저 테스트를 해 보고 마음에 들어야 딸을 만나게 해 주려는 계산을 했었기 때문이라는 것을 깨달았다. 아무리 유 부장이 소개했다고 해도 자기가 먼저 만나 보고 마음에 들지 않았다면 이 아파트까지 데려오지 않았을 것이다. 아직까지는 모녀(母女)가 다 자기를 좋게 보아 주고 있는 셈이었다.

그렇지만 테스트의 대상이었다는 사실이 불쾌한 것은 어쩔 수 없었다. 허긴 돈 있는 사람들은 매사에 까다롭게 노는 별종들이니까 그 정도는 이해해 주어야 하리라.

유학을 오는 딸과 동반하여 뉴욕에 왔었던 한영실은 딸에게 진우라는 가정교사를 붙여 놓자 안심했다는 듯 열흘 만에 한국으로 돌아갔다. 그녀는 귀국하기 전에 진우에게 6개월 치의 보수를 선불로 지불했다.

3

전화기를 통해 들려오는 세라의 목소리에는 울음이 섞여 있었다.

"무서워요, 선생님."

진우는 맹렬하게 달려들던 졸음끼가 확 깨는 것을 알았다.

"무슨 일이니 세라야?"

"휴대폰은 왜 꺼 놓았으며, 집에는 또 무엇 때문에 이렇게 늦게 들어온 거예요? 벌써 몇 번째 전화 거는 건지 알기나 해요!"

"오늘 취재가 있다고 했잖아."

"무슨 취재를 밤중까지 해요?"

"끝나고 나서 술 한잔 하다 보니까 늦은 거야. 자, 이제 무슨 일인지 말해야지?"

그녀는 선뜻 대답을 하지 않고 흐느끼기 시작했다. 진우는 다그칠 수가 없었다. 참을성 있게 기다리자 이윽고 그녀가 띄엄띄엄 말했다.

"만나서…… 말씀드리고……싶어요. 지금……, 이리로 와……주실 수 있겠어요?"

진우는 이의(異意)를 달지 않고 명쾌하게 말했다.

"알았다. 전화 끊는 대로 출발하마."

새벽 1시가 지나 있었다. 지금부터 침대로 직행한다고 해도 5시간 밖에 잘 수 없는데, 그 중에서 일부를 세라에게 할애해야 한다는 것은 분명 짜증스러운 일이었지만, 성의를 가지고 최선을 다해 돌보아준다는 것을 전제로 해서 많은 사례비를 받았으니, 못들은 척 무시할 수는 없었다.

아파트 주차장에서 차를 빼낸 진우는 플러싱 메인 스트리트를 따라가다가 롱아일랜드 익스프레스로 진입했다. 그 시간의 도로에는 차량의 통행이 별로 없었다. 거칠 것 없이 질주하여 미드타운 터널로 들어갔던 그는 반 시간이 채 되지 않아 세라의 아파트 앞에 차를 세울 수가 있었다.

진우를 맞이하는 세라는 잠옷 차림이었다. 한 밤중이니까 잠옷을 입고 있는 것이 이상할 것은 없지만 잠옷이라도 노출이 심한 것이었기에 문제였다. 속살이 훤히 비쳐 보여서 벗고 있는 것이나 마찬가지였다.

진우는 세라가 잠옷 속에 엷은 팬티 한 장 밖에 걸치지 않았다는 것을 한눈에 알아볼 수 있었다. 노브라의 가슴부위에 솟아있는 유두(乳頭)는 성숙한 여인의 것과 다름이 없었다. 게다가 거실의 다탁(茶卓) 위에는 헤네시병과 치즈 조각이 널브러져 있었다. 술이 반쯤 없어진 것으로 미루어 이미 상당량의 알코올을 취했을 것으로 여겨졌다.

이런 세라의 흐트러진 모습을 대하게 되리라고는 상상할 수 없었던 진우는 순간 당황했다. 그는 아주 낯설고 거북한 여인의 공간에 초대되었다는 것을 알았다. 진우는 무슨 말을 어떻게 꺼내야 할 지 몰라 소파에 몸을 실으며 담배부터 한대 피워 물었다. 세라가 맞은편으로 앉으면서 말했다.

"야단칠 생각이면 그만 두세요. 내가 지금 필요한 것은 충고가 아니라 위로니까요."

"무슨 일이 있었는지는 말할 수 있겠니?"

"나는요, 미국 같은 데 오고 싶지 않았어요. 남들은 나를 부러워할지 모르지만 선택받은 존재로 이곳에 온 것이 아니에요. 아빠 엄마는 나를 이곳으로 귀양살이 보낸 거라고요."

"이해가 되지 않는다."

"그래도 모르세요. 나는 삼류대학에도 붙을 실력이 못되는 애에요. 그래서 일찌감치 미국으로 보내 놓은 거예요. 내가 한국에 있다가 대학 시험에 떨어져 봐요. 아빠 엄마의 체면이 뭐가 되겠어요."

"……"

"나를 위해서가 아니라 자기들의 체면을 위해 미리 손을 써 논 게 뻔할 뻔자지 뭐예요."

"그런 생각을 할 수 있었던 것만 봐도 너는 결코 머리가 나쁜 아이가 아니야. 지금부터 정신 차리고 열심히 공부하면 박사학위도 딸 수 있어."

"나는 바보지만 최소한 내가 할 수 있는 것과 할 수 없는 것 정도는 구분할 수 있는 바보에요. 나는 공부하기는 싫어요. 싫기 때문에 공부를 통해서 얻을 수 있는 것과는 인연이 먼 사람이에요."

"왜 그런 패배주의에 빠지게 됐을까."

"돈만 있으면 되는 것 아니에요?"

세라는 진우의 예상대로 장돌뱅이 사장의 딸이 아니었다. 창업주로부터 회장직을 승계한 삼진그룹 2대 윤천주(尹天柱) 회장의 고명딸이었다. 삼진그룹은 재계 서열 5위 안에 꼽히는 대기업이었다. 돈에 휘감겨 산 그녀가 돈만 있으면 된다는 사고방식을 갖었다고 하여 놀랄 일도 아니었다.

그러나 바로 그 돈이 없어서 비장한 각오로 직장까지 그만두고 유학을 왔다가 중도에서 학업을 포기해야 했던 진우의 입장에서 보면 세상이 참 불공평하다는 생각이 들지 않을 수 없었다. 돈은 필요한 사람에게 있는 것이 아니라, 필요를 모르는 사람에게 쓸데없이 과잉(過剩)으로 공급되어, 사람을 망치는 화근(禍根)으로 작용하는 묘한 것이기도 했다.

진우는 그런 부조리(不條理)에 대하여 슬그머니 화가 치미는 것을 자제하면서 세라를 설득하기 위한 노력을 기울이기 시작했다.

"우리가 보다 가치 있는 삶을 영위할 수 있게 하는 것들은 돈으로 사는 것이 아니라 배움과 노력을 통해 얻는 것이란다. 그러니 물질에 구애받지 않고 공부할 수 있다는 것을 축복으로 알고 앞으로 열심히 노력해 준다면 내가 보람을 느낄 수 있을 텐데……."

"선생님의 보람을 위해서 내가 하기 싫은 것을 할 수는 없어요."

"그렇다면 내가 필요 없다는 말이구나."

"필요해요."

"공부 안하겠다면서?"

"나는 외로워요. 내 곁에 그냥 있어 주시는 것만으로도 선생님의 존재가치는 충분해요."

"외롭기는 누구나 마찬가지야. 우리는 그것을 인정하고 받아 드리는 데에서 그것을 극복할 수 있는 방법을 찾아야 한단다."

"원하지도 않는 미국에 와서 원숭이 취급을 받으며 내가 당하는 수모가 얼마나 견딜 수 없는 것인지 몰라서 그런 말씀을 하시는 거예요."

"학교에 가면 클래스메이트들이 너를 놀리니?"

"말이 안 통하잖아요. 선생님이 하는 말을 알아들을 수 없으니 공부 시간에도 벙어리처럼 있어야 한다고요. 함께 어울려 놀 사람이 없으니 언제나 외톨이죠."

"물 위에 뜬 기름처럼 융합이 되지 않아서 외로울 거라는 사실은 이해가 간다. 그러나 시간이 해결해 줄 거야. 곧 어울릴 수 있게 돼."

"아이들이 옐로 몽키라며 놀려대요. 지노라고도 하구요. 그런데도 멍청하게 당하고 있어야 하는 참담함은 당하는 사람이 아니면 모를 거예요.”

　세라는 얘기를 하다 말고 다시 훌쩍거리기 시작했다. 진우는 담뱃불을 껐다. 그는 세라의 옆으로 옮겨 앉았다. 그녀의 소외감이 생각보다 깊은 것을 알게 된 그로서는 우선 그녀를 위로해 주는 것이 중요하다고 여겼다. 그는 그녀의 어깨에 손을 얹어 놓으면서 다정히 말했다.

　“어린애처럼 울기는…….”

　일이 걷잡을 수 없는 방향으로 빗나가기 시작한 것은 이때 부터였다. 세라가 아예 진우의 품으로 쓰러지면서 본격적으로 울음을 터트렸기 때문이었다. 그녀의 젖무덤이 진우에게 밀착되어 출렁거렸다. 알코올기 때문인지 그녀의 몸은 불덩이였다. 뜨거운 체온이 그의 남성을 자극했다. 진우는 안 된다고 생각했다. 이건 아니야. 그는 그녀를 밀쳐내고 싶었다. 그러나 울고 있는 그녀를 차마 내칠 수가 없었다.

　그는 동생에게 하듯 세라의 어깨를 가볍게 토닥이며 말했다.

　“진정해라. 세라야.”

　세라가 고개를 들었다. 물기 머금은 진주 같은 눈이 진우의 턱밑으로 다가와 있었다. 그녀의 눈이 빛을 뿜어내기 시작했다. 그것은 애원(哀願)이었다. 그녀는 자신의 입술을 진우의 것에 포개고 싶어 했다. 진우가 그것을 피하면서 몸을 빼냈다.

　그녀가 갑자기 언성을 높였다.

　“풋내가 나서 싫다는 거죠?”

　“그것이 아니라 그래서는 안 되기 때문이다.”

　“왜요?”

　“나는 너를 지켜주는데 필요한 사람이다. 그런 내가 너를 망쳐 놓아서야 되겠니?”

"나를 더 적극적으로 지켜 달라는 부탁을 하고 있는 거예요."

"마음의 준비가 되어 있지 않은 상태에서 갑작스럽게 이루어지는 행동은 책임이 따르지 않는 거야. 그렇게 되면 네가 다쳐."

"난 외로워요. 혼자는 못 견디겠어요. 선생님이 이 집으로 이사 와서 같이 살면 좋겠어요."

진우는 세라가 이런 말과 행동을 할 수 있을 만큼 성숙한 여자라는 생각을 해 본 일이 없었다.

"넌 아직 고등학생이야."

"내 나이가 열여덟 살이에요. 임신을 할 수도 있을 만큼 나이가 들었다는 뜻이에요."

"너무 갑작스러운 말이다."

"미국에서는 여자 나이가 남자 나이의 절반일 때 가장 이상적인 커플이 만났다고 한다는 얘기를 들었어요. 내가 나이 차이를 문제 삼지 않는데 선생님이 문제 삼을 필요는 없잖아요. 선생님이 나보다 더 좋은 조건의 여자를 원하는 것이 아니라면 그 밖에 모든 문제는 내가 다 처리할 수 있어요. 부모님도 내가 설득하겠어요."

"분명한 것은 우리는 지금 그런 것을 주제로 이야기를 나누고 있을 때가 아니라는 사실이다."

"나를 어린애로만 취급하지 말란 말이에요."

"네 말뜻은 알겠어. 그것이 진실이라면 앞으로 시간을 가지고 그 문제에 대해 진지하게 생각해 보겠다는 것을 약속하마. 그러나 지금은 안 돼. 나는 책임감을 망각할 수 없는 입장이잖니."

"설령 잘못된다고 해도 책임감 같은 것을 추궁하지 않을 거예요. 당분간은 서울의 부모님들에게도 알리지 않겠어요."

그녀는 몸을 일으켰다. 그리고 허물을 벗듯 잠옷을 벗었다. 세라는 아예 작정을 하고 진우를 부른 모양이었다. 그런데도 천박하거나 불량끼가 느껴지기보다 연민(憐憫)이 앞섰다. 외로움에서 벗어나려는 처절한 몸부림으로 여겨지기 때문이었다. 어쩌자고 부모들은 여린 이 소녀를 맨해튼이라는 섬으로 귀양을 보내 놓았단 말인가.

진우는 딸이 유배와 다름없는 생활을 견딜 수 있는 의지가 없다는 것을 망각하고 있는 세라의 부모들에 대하여 맹렬한 적개심이 솟구치는 것을 느꼈다.

진우는 돈이 없어서 자식이 하고 싶은 학업의 뒷바라지를 못해 주는 부모보다도 돈이 많아서 자식이 원하지도 않는 것을 하도록 밀어붙이는 부모가 더 나쁘다는 생각을 했다.

맨해튼의 이 턱없이 호화롭고 화려한 궁전은 공부하는 학생에게는 어울리지 않는 장소였다. 퇴폐와 사치의 표본 같은 공간에 혼자 유배된 오렌지족이 할 수 있는 행동은, 부모의 은혜를 갚기 위해서 공부를 하는 것이 아니라, 철저하게 타락하는 것으로, 부모의 가슴에 비수를 들여대는 것이었다. 이거야말로 사필귀정(事必歸正)이 아니겠는가.

진우는 분노했다. 세라의 부모에 대하여, 엉덩이에 뿔이나 있는 세라에 대하여, 그리고 그 언저리에서 우수리로 떨어지는 돈을 줍기 위해 싫으면서도 뿌리치지 못하고 매달려 있는 자신에 대하여……. 그는 그 분노를 가라앉히는 노력의 일환으로 눈을 감았다.

세라의 비명 같은 절규가 고막을 난타했다.

"눈을 뜨고 저를 보세요. 보고 나서 아직 생길 것이 안 생긴 게 있으면 말씀하세요. 난 완전한 여자란 말이에요."

세라의 말이 틀린 것은 아니었다. 최고의 영양식만을 충분히 섭취하며 18년 동안을 자라 온 여체(女體)는 완전한 여자의 기준에 미달되는 구석이 없을 만큼 나올 것은 나오고, 생길 것은 정확히 다 생겨 있었다. 눈을 감기 전에 언뜻 보았던 비처(秘處)의 풍성한 밀림이 그것을 단적으로 상징해 주고 있었다. 다만 손만 내밀면 그녀는 온몸으로 부딪쳐 올 것이었다.

그것은 떡먹기보다도 쉬운 일이었다. 그러나 이게 웬 떡이냐고 하기에는 진우의 양심이 허락하지 않았다. 분별력과 자제할 수 있는 능력을 발휘하지 못한다면 서른세 해 동안 자라고 배우고 익힌 그 모든 것을 무위(無爲)로 돌리는 파괴행위가 될 것만 같았다. 진우는 동요되지 않았다. 그래서는 안 되기에 그랬다. 오히려 동요되지 않으려는 반작용에 의해 한층 더 침착하고 냉정해 질 수 있었다.

"세라야, 여자의 몸은 소중한 것이야. 이렇게 함부로 내 돌려도 좋은 게 아닐 거야. 내 말이 틀리지 않았으니까 어서 옷 입거라."

그녀는 수치심을 견디지 못했다. 다음 순간 침실 쪽으로 달려갔다. 진우는 한시바삐 이곳에서 사라지고 싶었음에도, 그녀를 혼자 버려두고 간다면 무슨 일을 저지를 지 예측할 수 없기에, 돌아설 수가 없었다. 지금이야 말로 세라에게 진심에서 걱정해 주는 보호자가 필요한 상황이었다. 그는 조심스럽게 침실의 문을 밀쳤다.

침대 위에 몸을 던진 세라는 격렬하게 흐느끼고 있었다. 그는 그녀에게로 다가갔다. 이불을 챙겨 그녀의 나신(裸身)부터 덮은 다음 그녀의 손을 잡아 줘었다.

"세라야, 너에게는 너를 이해해 줄 수 있는 친구가 필요할 것 같구나. 있지 마침 이번 토요일 저녁 일곱 시에 아스토리아 매너의 그랜드볼룸에서 유스파티라는 것이 있단다."

“…….”

“유스파티가 뭐냐 하면 말이야……. 코리언 커뮤니티의 리더들이 2세들을 위해 열어 주는 건데, 그 날 한국인 2세 남녀학생들이 많이 초대된다. 장기자랑과 게임, 댄싱 같은 것을 통해 우리의 2세들이 자연스럽게 교제할 수 있는 기회를 마련해 주자는 취지로 열리는 파티야. 세라는 내가 초대할게. 좋은 친구를 만날 수 있게 될지도 몰라.”

세라는 얘기를 듣고 있는지 아닌지 응답하지 않았다.

“난 네가 싫어서 거절하고 가는 것이 아니라 너무 소중해서 지켜 주고 싶었던 것이라는 사실을 이해해 주었으면 좋겠어.”

“…….”

“잘 자, 세라야.”

그는 이불을 다시 한번 다독여주고 침실을 나왔다. 피로가 전신으로 쫘 밀려오고 있었다. 복도의 엘리베이터 입구에 위치해 있는 안내 데스크에서 야간 당직을 하고 있던 늙은 백인이 진우를 의혹의 눈초리로 바라보았다. 금테가 둘러져 있는 모자를 쓰고 넥타이를 단정히 맨 차림의 할아버지 수위는 부자들의 요람을 지키는 충견(忠犬)같은 느낌을 주었다.

차를 몰고 플러싱의 집으로 돌아오는 진우의 뇌리(腦裡)에 맨해튼에 유배되어 온 것이라고 절규하던 세라의 모습이 어지럽게 스쳐 갔다. 세라에게는 애정을 가지고 도와 줄 사람이 있어야 할 것 같았다. 그대로 방치하면 걷잡을 수 없이 빗나가리라는 것이 불을 보듯 훤히 보였다. 그러나 자신으로서는 핸들할 수 없다는 결론을 내렸다.

진우는 돈을 위해 일을 하고 있지만 수단과 방법을 안 가리고 그것을 벌어들일 생각은 없었다. 가까운 시일 내에 국제전화를 통해서 그녀의 어머니에게 사의(辭意)를 표하고, 적당한 조치를 취할 수 있도록 해야 할 것 같았다.

그는 생각의 정리가 끝나자 액셀러레이터에 힘을 주었다.

4

유스파티는 뉴욕 한인회에서 연례적으로 해 온 행사였다. 진우는 예란에게 그 파티에 세라를 데리고 참석한다는 말을 얘기해주었다. 물론 세라의 가정교사 역을 맡게 된 저간의 경위에 대해서도 진우는 비교적 소상하게 털어 논 바 있었다.

진우는 세라에 대한 이야기를 해 주면서 철없는 여고생이라는 언급을 했었다. 거기에는 이성으로 대하지 않는다는 뜻이 포함되어 있었다. 예란은 상대가 성숙한 여자가 아니어서 일단 안도했지만 경우에 따라서는 풋내기 여고생 쪽이 더 강력한 라이벌이 될 수도 있다는 가정을 해 보지 않을 수 없었다.

철이 없으니까 한번 마음에 들면 사려(思慮)깊게 이것저것 따져 보지 않고, 맹목적으로 타오를 수도 있지 않겠는가. 고등학생이라면 남녀관계에 호기심이 강할 때였다. 그 시절의 사랑을 결혼으로 연결하는 경우는 많지 않지만 남자를 보면 가슴이 설렐 수 있는 나이라는 사실도 부인할 수는 없었다. 그러기에 여고생이 진우를 첫사랑의 상대로 선택하면 일이 복잡하게 꼬일 가능성이 있는 셈이었다.

예란은 일단 생각이 거기에 미치자 그대로 있을 수가 없었다. 자기도 어떤 구실을 달아서든 유스파티에 참석하여 자기 눈으로 꼭 한번 세라를 보고 싶었다. 혼자로는 영 자신이 없지만 누구와 함께라면 위축되지 않고 행사장을 찾아갈 수도 있을 것 같았다.

누구를 들러리로 세울까. 그녀는 생각을 거듭하다가 마침내 한 사람의 얼굴을 떠올리고는 수화기를 집어 들었다. 그녀가 통화를 원한 사람은 여류화가 김성희(金晟姬)였다.

예란은 상대의 목소리가 흘러나오자 말했다.

"성희 씨?"

"네. 제가 김성흰데 누구시죠?"

"송예란이에요."

"아, 송 기자님이시군요. 바쁘실 텐데 어떻게 전화를 다 주셨어요?"

"이번 토요일 저녁에 뭐 하세요?"

"현재로는 특별한 계획은 없어요. 집에서 그림이나 그리고 있을 것 같아요."

성희는 예란이 뉴욕에서 만난 화가 중에서 가장 마음에 드는 여류였다. 작품에 임하는 자세도 진지하고 작가 정신도 치열하다는 것이 김성희에 대한 예란의 생각이었다. 어느 전시장에서 처음 인사를 나눈 이래 두 사람은 의기가 투합했다. 그 이후 가끔 만나 술잔을 기울이며 마음속에 있는 말들을 털어놓는 사이로 발전한 바 있었다.

"그럼, 오랜 만에 우리 저녁 식사나 같이 할까요?"

"토요일이라고 했죠?"

"네."

"모처럼 전화를 주셨는데 영광으로 알고 응해야 도리겠네요. 좋아요. 시간과 장소는 송 기자님이 정하세요."

"아스토리아에 있는 아스토리아 매너의 커피숍에서 7시에 만났으면 좋겠어요."

"네. 이의 없어요. 그리로 나갈게요."

유스파티는 같은 장소의그랜드볼룸에서 개최될 예정이었다. 예란은 성희를 만나 커피를 마시고 저녁 식사를 한 다음에 마침 이곳에 와서 알았는데, 그랜드볼룸에서 파티를 하고 있군요. 내가 아는 사람이 있으니 잠깐 같이 들렀다가 갈까요. 그렇게 말할 생각이었다.

사람들이 많이 모이는 장소에 가기 싫어하는 여자니까 난색(難色)을 표명할 지도 모른다. 그러면 진우와의 관계를 털어놓을 수도 있었다.

혼자 가슴앓이 하기에는 너무 벅찼다. 이쯤해서 한 사람에게 만은 속마음을 열어 보이는 것도 좋을 것같이 여겨졌다. 털어놓고 자문을 구해 보기로 성희만한 상대는 없었다. 진우 얘기를 하면 파티 장에 가기 싫어도 기꺼이 동반해 줄 것이라 기대할 수 있었다.

두 사람은 전화상으로 약속했던 것에서 한 치의 오차도 없이 토요일 오후 7시 정각에 아스토리아 매너의 커피숍에서 만날 수 있었다. 예란이 그곳으로 오면서 보니 이미 많은 한국인들이 몰려오고 있었다. 성희도 그것을 본 모양이었다. 그녀가 물었다.

"오늘 여기서 무슨 모임이 있는가 봐요?"

예란은 우선은 시치미를 떼었다.

"유스파티를 한다는군요."

"유스파티요?"

"한국인 2세들을 위해서 이민 1세들이 열어주는 파티에요. 2세들은 사실 서로 만나 건전하게 교제할 수 있는 기회를 마련하기가 어렵잖아요. 이런 파티를 통해 그런 만남이 이루어질 수 있게 되기를 바라는 거죠."

"그럼 교포지도자들이 많이 오겠네요?"

"한인회장을 비롯하여 여러 교포인사들이 가족 동반으로 참석할 거예요."

두 사람이 담배 한대를 피울 동안 침묵이 유지되었다. 침묵을 깬 것은 성희였다.

"저기요, 송 기자님. 한국 사람들이 많이 온다니 우리도 그 파티에 얼굴 한번 내밀어 볼까요?"

이건 예란이 기대하지 않았던 횡재였다. 진우에 대한 이야기를 풀어 먹이지 않아도 파티장에 들어갈 수 있게 된 것이었다. 그렇게 되자 오히려 그녀를 속인 것 같아 마음이 편치 않았다. 그녀는 진실을 토로하자는 쪽으로 생각을 바꾸었다.

"실은요, 이 파티에 내가 사랑하는 사람이 참석해요. 혼자 들어가는 것이 용기가 나지 않아서 응원군으로 성희 씨를 부른 거예요. 그 사실을 털어놓지 않으려니까 꼭 죄를 지은 것 같네요."

"어머, 누구에요. 송 기자님의 마음을 빼앗아 간 남자가?"

"파티 장에 가면 알려 줄게요."

성희는 그녀의 말을 듣고 솔직할 수 있는 예란에 대하여 부러움을 느꼈다. 실은 내가 사랑하는 사람도 파티에 참석해요. 나는 정말 이곳에 와 안 사실이지만요. 그 사람을 먼발치에서라도 한번 보고 가고 싶다는 마음이 들어 파티 장에 들려 보자는 말을 했던 거예요.

그러나 그녀는 그 말을 입 밖으로 낼 수는 없었다. 남에게 떳떳이 들어 내놓을 수 없는 남자를 사랑하고 있는데 그것을 어떻게 발설한단 말인가.

두 사람은 목적이 일치 되었다. 그것은 뜻밖의 일이었다. 그들은 저녁을 먹는 것도 생략한 채 커피 후에 담배만 한 개비씩 더 죽인 다음 파티장으로 들어가기 위해서 일어섰다.

아스토리아 매너의 그랜드볼룸에는 천여 명을 헤아리는 한인들이 운집해 있었다. 이민 1세대인 한인사회의 지도자들이 2세대인 자녀들을 동반하여 참석했다. 유학 중인 남녀 학생들까지 가세하여 대성황을 이루고 있었다. 내빈으로는 유엔대사와 뉴욕 총영사가 참석해 있었다.

뉴욕한인회의 최인영(崔仁榮) 회장이 주최측을 대표하여 개회사를 하는 것으로 파티의 막이 올랐다. 그의 스피치는 매우 감동적이었다.

"사랑하는 2세 여러분. 여러분들 중에는 부모들이 돈을 버는데 너무 많은 시간을 쓰기 때문에 자녀들과 같이 놀아 주지 않고 있다고 불평하는 사람이 있는 줄 압니다. 그러나 여러분, 이 사실을 꼭 기억해 주시기 바랍니다. 우리 이민 1세들이 조국을 등지고 미국 땅을 밟을 때 누구나 다 똑같이 생각하고 있었던 것이 하나 있습니다. 그것은 2세인 여러분들을 잘 교육시키겠다는 것이었습니다. 여러분들이 잘되는 것을 보기 위하여 우리가 이민을 결심했다고 해도 지나치지 않을 정도입니다. 그러므로 우리가 기반을 잡기 위해 최선을 다하는 것은 바로 여러분들을 뒷바라지하고 여러분들이 행복하게 살 수 있는 여건을 조성하기 위해서입니다. 우리 이민 1세대들 중에서 여러분들이 풍요로운 가운데 마음껏 능력과 기량을 발휘할 수 있도록 해 줄 의무와 책임을 망각하고 있는 사람은 아무도 없을 것입니다. 그런 아버지 세대의 기대에 부응하여 같이 시간을 많이 보내지 못한다는 지엽적인 불만 같은 것은 아이디얼하게 극복해 주실 것을 부탁드립니다. 그리하여 열심히 배우고 익혀서 미국 속에 우리 한국인의 우수성을 유감없이 과시해 줄 수 있기를 기대하고 있습니다. 오늘 이 파티의 주인공은 바로 한국인 2세 여러분들입니다. 마음껏 먹고 즐기며 건전하게 교제할 수 있는 기회로 활용해 주시기를 부탁드립니다."

그의 연설은 특히 이민 1세대로부터 뜨거운 박수갈채를 받았다. 막상 낯설고 어려움이 많은 남의 나라 땅에 와서 부딪치며 살아가다가 보니까 처음의 목적이 굴절된 사례도 없는 것은 아니지만, 많은 교포들이 이민을 올 때 자기 자식들을 세계적인 인물로 키우겠다는 목적을 가지고 있었다는 것은 진실일 것이다. 최 회장은 이민 1세들의 심정을 잘 대변했다고 할 수 있었다.

모든 사람들이 한인회장의 말을 경청했지만 성희는 특히 토씨 하나 놓치지 않으려고 귀를 세웠었다. 그녀는 그의 말을 들으면서, 훌륭하게 길러보고 싶은 자식은커녕 결혼도 하지 못한 상태에서 사련(邪戀)에 빠져, 사람들이 많이 모이는 장소에 나타나는 것을 꺼리며, 떳떳하지 못하다는 자학과 어쩔 수 없는 미련 사이에서 번민하고 있는 자신에게 물어보았다.

너 김성희 무엇 때문에 뉴욕에 온 것인가.

두말할 것도 없이 그녀가 뉴욕에 온 것은 화가로서의 야망을 달성하기 위한 것이었다. 그러나 사랑해서는 안 되는 사람을 사랑하여 질척거리고 있는 입장에서 보면 애초의 목적은 간데없고 회의만이 구름처럼 피어오를 뿐이었다. 그녀는 예란을 바라보았다.

예란은 중앙에 놓여 있는 테이블 쪽에 시선을 집중시키고 있었다. 그녀의 시선을 따라 갔던 성희는 가슴이 쏴 하게 아려오는 것을 느꼈다. 중앙 테이블에는 턱시도를 받쳐 입은 잘 생긴 남자가 화려한 야회복을 입고 있는 여자와 앉아 있었다. 나이 차이가 좀 나 보이는 것을 제외하면 잘 어울리는 한 쌍이었다. 앳된 여자의 귀에 걸려 있는 다이아몬드 귀걸이가 불빛에 찰랑거리고 있었다. 시원스럽게 파인 앞가슴에 둘러있는 진주 목걸이는 그녀에게 우아함과 세련미를 더해주고 있었다.

성희가 나직이 속삭였다.

"턱시도를 입고 있는 저 분이죠?"

예란은 고개를 끄덕였다. 눈에서 금방이라도 눈물이 쏟아질 것 같았다. 그런 그녀를 지켜보면서 성희는 그러나 예란 쪽이 자기보다는 훨씬 낫다는 생각을 했다. 중앙 테이블 사람들은 부부 사이로 보이지 않았다. 결혼을 한 것이 아니라면 아직은 국면(局面)을 반전시킬 수 있는 가능성이 있는 셈이었다. 자기처럼 유부남(有婦男)은 아니라는 뜻이었다.

파티는 디너에 이어서 한국에서 초청된 인기 개그맨의 사회로 진행되는 여흥 프로그램이 이어지고 있었다. 뉴욕에서 피아노와 바이올린 또는 성악을 전공하고 있는 젊은 음악인들이 출현하여 그 동안 닦았던 기량을 선보였다. 간간히 폭소를 유발시키는 2세들의 장끼자랑 순서가 끼어 있었다. 그리고는 흥겨운 댄싱파티가 이어졌다. 아버지와 딸이 함께 플로어로 나와 부르스를, 엄마와 아들이 땀을 흘리며 고고를 추었다.

1세대들은 칵테일 잔을 부딪치며 말했다.

"자네 딸 아주 미인이구만. 공부도 잘한다면서. 며느리 삼아야 겠어."

"자네 아들이 하버드에 다닌다고 했던가. 자식들끼리 서로 알고 지낼 수 있도록 소개해 줍시다."

그렇게 하여 2세들이 자연스럽게 만나게 되고, 그들이 함께 어울려 춤을 추게 되면서 원래의 목적이 부분적으로나마 성공을 거두며, 유스 파티는 무르익어 가고 있었다.

진우는 세라를 위해 최선을 다하고 있는 중이었다. 그녀는 그날 밤 이후 말없는 아이가 되었다. 무엇을 물어도 마지못해 대답하고 스스로 먼저 입을 열어 말하는 경우는 없었다. 그러니 영어지도가 진행될 수가 없었다. 허긴 그녀에게 지금 당장 필요한 것은 영어가 아니라 상처받은 마음을 치료받는 것이라고 여겨졌다. 진우는 그녀에게 공부를 강요하지 않았다. 퇴근 후에 만나서 브로드웨이의 뮤지컬을 구경시켜 주었다. 그것이 끝나면 레스토랑으로 데려가서 식사를 하면서 방금 본 뮤지컬의 내용을 설명해 주는 따위로 그녀의 기분을 전환시켜 보려고 노력했지만 별 효과가 있는 것 같지는 않았다.

진우는 정신과 의사는 아니었지만 세라가 우울증의 초기증세를 보이고 있다는 것을 감지할 수 있었다. 이런 상태에서는 그녀로부터 손을 떼기가 참으로 어려웠다. 진우는 세라가 유스파티에 참석하지 않겠다고 할까봐 걱정했으나 그녀는 정장을 해야 한다는 진우의 충고를 잘 이행하여 아주 몸에 썩 어울리는 야회복을 입은 차림으로 나타났다.

메이크업에 어느새 일가견을 가지게 된 것일까. 나이를 커버하기 위해서 좀 짙게 한 것이 흠이라면 흠이었지만 미상불 화장을 하자 그녀는 누가 보아도 여고생이라고 여기지 않을 만큼 성숙해 보였다. 그녀는 많은 파티에 참석했던 경험을 통해 익힌 매너를 가지고 있었다. 파티에 관한 한은 누구에게도 뒤지지 않을 세련미까지 있었다.

그에 비해 진우는 파티 같은 것은 체질적으로 좋아하지 않는 편이었다. 턱시도 차림이 쑥쓰럽고 불편했지만 세라를 위해 참고 있는 것뿐이었다.

유스파티장에는 뉴욕의 한국계 언론사에서 나온 취재기자들이 몰려 있었다. 진우를 잘 알고 있는 그들은 노총각이 드디어 그럴듯한 영계를 물었다고 입방아를 찧어 댔다. 세라가 고등학생이라고 여길 수 없었던 그들은 악담까지 했다. 저 자식 저거 남의 잔치에 애인을 데리고 나와서 돈 안 들이고 폼잡고 있다니까. 아무튼 나란히 앉아 있는 진우와 세라의 모습은 누가 보아도 연인 사이 같았다. 그러니 예란의 심사가 편할 리가 없었다.

진우는 밴드가 부르스를 연주하기 시작했을 때 자리에서 일어나며 정중한 자세로 세라에게 춤을 청했다. 그녀는 배시시 웃으며 일어났다. 두 사람은 플로어로 나갔다. 세라의 몸은 깃털처럼 가볍고 나긋나긋했다.

사실 미모로만 따진다면 세라를 당할 여자가 그리 많지는 않을 것이다. 훤칠한 키에 시원스러운 눈, 군살이 붙지 않은 미끈한 각선미(脚線美)며, 유연한 허리와 둔부(臀部)의 탄력은 미스 코리아 콘테스트에 나가도 상위 입상이 가능하다는 것을 시사해 주고 있었다.

세라는 진우의 가슴에 얼굴을 묻으며 몸을 실어 왔다. 진우는 자신이 베푸는 호의를 세라가 결정적으로 오해하게 될 것이 걱정되기는 했으나 우선은 충실한 파트너로서의 입장을 견지할 수밖에 없었다.

"세라야, 오늘 보니 너는 아주 아름답고 예쁘구나. 잘 지킬 필요가 있는 귀중한 몸이라는 것을 잊지 말았으면 해. 너의 사랑을 위해서 말이다."

"나도 나에게서 쓸 만한 부분이 있다면 육체미뿐이라는 것을 알아요. 그리고 그것을 나는 선생님께 드리고 싶어요. 나를 구원하기 위한 방법으로 말이에요."

"내가 좋은 사람이라고 생각해 주는 것은 고맙지만 너에게 어울리는 최상의 남자는 결코 못 돼. 너를 맞을 준비나 조건도 되어 있지 않고."

"있지요. 나도 빨래하고 밥 지을 수 있어요. 내 돈에 관심이 있다면 부모님으로부터 왕창 울거낼게요."

세라는 이제 자기 인생의 목표를 진우의 아내가 되는 것으로 정한 것이 틀림없었다. 그러나 진우는 그것을 수용할 수가 없었다. 자기에게 쏠

아질 질책(叱責)이 두려워서는 아니었다. 공부가 적은 것이 걸리는 것도 아니었다. 단지 그래서는 안 되고, 그런 식으로 나가면 행복해 지지 않을 것이라는 예감 때문이었다.

"세라야, 그 문제라면 내가 시간을 가지고 진지하게 생각해 본다고 했지. 오늘은 즐겁게 놀기나 하자."

더 이상 말하지 말라는 뜻으로 그녀를 안고 터닝을 했다. 세라도 춤에 몰두하기 시작했다. 그때였다. 진우는 누군가 자기를 노려보고 있는 것 같은 예감이 들어 주위를 돌아보다가 예란의 눈과 정면으로 맞부딪쳤다. 그제야 그는 자기의 일거수일투족을 예란이 쭉 지켜 보고 있었다는 사실을 눈치 챌 수 있었다.

진우를 보고 있는 예란의 눈에서는 불꽃이 튀였다. 그렇다고 느꼈다. 그러나 자세히 보니 초점이 없었다. 그녀는 자신의 내부를 바라보고 있는 것도 같았고, 숫체 반쯤 넋이 나간 것도 같은, 이제까지 보이지 않았던 그런 낯설고 이상한 표정을 짓고 있었다.

예란은 돌아섰다. 그리고 그녀는 조용히 연회장을 빠져나가고 있었다. 진우는 음악이 고고로 바뀌었을 때 세라를 채근하여 테이블로 돌아오고 말았다. 그때 웬 낯선 여자가 그에게로 다가왔다.

그녀는 목례(目禮)를 한 다음 세라에게 말했다.

"잠깐 파트너 좀 빌려도 될까요?"

세라는 진우와 그 여자를 번갈아 바라보았다. 진우가 나서야 하는 상황이었다.

"누구시죠?"

진우가 모르는 사람이라는 사실을 알게 되자 세라는 안도했다. 낯선 여자가 말했다.

"말씀드릴게 있어요. 잠깐이면 돼요."

진우가 일어섰다. 그녀는 세라와 거리가 생겼을 때 빠르게 속삭였다.

"주차장에 나가 보시면 아는 여자 분이 기다리고 있을 거예요."

아는 여자라는 것이 예란일 것 같았다. 좀 전에 파티 장을 빠져나가던 예란의 모습이 빠르게 재생되었다. 이 여자는 예란의 친구였던가.

뉴욕 한인회 최인영 회장은 성희가 정진우 기자와 귓속말을 주고받은 것을 먼발치에서 지켜 보고 있었다. 최인영과 진우는 한인회장과 취재 기자로 여러 번 만난 일이 있기에 서로를 잘 알고 있는 터였다. 성희가 유스파티장에 모습을 나타낸 것은 전혀 예상치 못했던 일이었다. 정 기자와 성희가 귓속말을 주고받는 것도 뜻밖이었다. 그는 아닌 척해도 불 같은 질투가 솟구치는 것을 느낄 수 있었다.

진우는 세라에게 돌아와서 말했다.

"세라야, 잠시 혼자 있어야 겠다. 내가 아는 사람이 밖에서 기다리고 있다는 구나. 금방 만나고 올께."

세라가 불안감을 나타냈다.

"정말 금방 오시는 거죠?"

"물론이지.

진우는 서둘러서 연회장을 빠져나갔다.

최인영은 가족 중에서 아들인 필립을 동반한 상태였다. 아내는 이런 곳에 얼굴을 내밀 여자가 아니었다. 피아니스트인 딸 수지는 공연 스케줄이 있어서 동반할 수가 없었다. 필립은 이렇게 많은 한인들이 모인 파티는 처음인데다가 어울릴 상대가 없어서 아버지가 시키는 대로 아버지 친구나 교포 인사들에게 인사를 하는 순서가 지나자 더 할 일이 없었다. 그는 진작부터 소외감을 느껴온 터였다. 그런 그의 마음을 알았는지 아버지가 말했다.

"재미없는 모양이구나?"

그는 솔직히 시인했다.

"네."

"그럼 너 혼자 먼저 집에 가겠니?"

"아버지는 언제 가실 거예요?"

"내가 이 파티의 주최자니까 파티가 다 끝나고 뒷설거지까지 해야 갈 수 있을 게다. 오늘 중으로는 가겠지만 지금으로서는 언제라고 말할 수 없구나."

"그럼 알겠어요. 저는 조금만 더 앉아 있다가 가고 싶을 때 갈 테니까 없어지면 집으로 간 줄 아세요."

"그러마."

최인영은 아들이 운전을 시작한 지 얼마 되지 않는다는 사실을 떠올렸다.

"차 조심해서 몰아야 한다."

"염려 마세요."

필립은 뉴욕의 수재들이 다니는 명문 브롱스 사이언스 하이스쿨의 졸업반이었다.

최인영은 성희를 살폈다. 그녀는 칵테일을 마시면서 연회장을 둘러보고 있었다. 최인영은 여러 사람들과 잔을 부딪쳐 인사를 하는 순서를 밟으며 성희 쪽으로 접근해 갔다. 파티 장에서 안면이 있는 사람을 만나면 인사를 나누기 마련이어서 그가 그녀에게 접근하여 말을 건네도 이상하게 여기는 사람은 아무도 없었다. 필립도 무심히 지켜보았을 뿐이다.

최인영이 성희에게 나직이 말했다.

"여긴 어떻게 왔느냐?"

"사정을 얘기하자면 길어요. 자세한 것을 알고 싶으시면 늦더라도 기다리고 있을 테니 아파트로 오세요."

그녀는 그 말을 하기 위해 예란이 떠난 뒤에도 파티 장에 머뭇거리고 있었던 것이었다. 목적을 달성하자 그녀는 더 이상의 미련을 두지 않고 파티 장에서 모습을 감추었다.

진우가 주차장에 모습을 나타났을 때 예상대로 예란이 그를 기다리고 있었다. 그녀는 자신의 차 안에 앉아 있었다. 운전대에 고개를 묻은 자세로 있는 그녀는 진우가 카도어를 열고 들어가서 옆으로 앉을 때까지 그 자세를 허물지 않았다.

진우가 낮게 속삭였다.

"나야, 고개 좀 들어 봐."

예란은 천천히 고개를 들었다. 그녀는 크리넥스 티슈를 뽑아 들었다. 그것으로 눈 주위의 물기를 닦고 있었다. 울고 있었다는 것을 알게 된 진우는 놀라서 물었다.

"무슨 일이야?"

그녀는 빠르게 여유를 회복해 나갔다.

"그냥. 좀 울적해서……"

오늘 행사 취재와 상관이 없는 예란이 이곳에 온 이유는 아무래도 자신과 관련이 있다고 생각했어야 마땅했다. 그리하여 그녀가 울고 있었던 것도 자기와 무관하지 않다는 것을 알아챘어야 했다. 그러나 진우는 세라를 상대로 사랑 같은 것을 하고 있었던 것이 아니기에 예란이 질투를 하는 것이라는 상상도 할 수 없었다. 더욱 그는 예란이 자신을 사랑하고 있다는데 대해서는 한밤중과 다름없이 깜깜했으므로 다만 가까이

지내는 동료로써 우려를 표명했을 뿐이었다.

"무슨 일인지 모르지만 빨리 집에 가서 쉬는 게 좋겠어."

예란이 진우를 보았다. 그녀는 짐짓 정색을 했다.

"진우 씨 나 좀 도와 줘?"

"무엇을?"

"나도 지금 빨리 집에 가서 쉬고 싶은데 운전을 할 수가 없어. 운전을 하고 가다가는 꼭 사고를 낼 것 같아."

"나더러 데려다 달라는 거야?"

"안될까?"

"이대로 여길 떠날 수 없는 입장인데……."

"파트너가 있다는 것 알아. 차 밀리는 시간이 아니니까 30분만 할애하면 될 거야. 그 사이에 파티가 끝나는 것은 아니잖아."

진우는 망설였다. 너무 오랫동안 세라를 혼자 방치해 두어서는 안 될 것 같았다. 그렇다고 운전하고 가다가는 사고를 낼 것 같다는 예란을 모른 척할 수도 없었다. 진우는 빨리 결단을 내려야 한다고 생각했다. 할 수 없구나. 30분, 늦으면 40분 정도 걸리겠지. 예란을 빨리 데려다 주고 돌아와서 세라에게 양해를 구하자는 쪽으로 결정을 보았다.

"알았어. 그럼 자리를 바꾸자."

세라는 진우가 쉽게 되돌아오지 않자 불안에 빠졌다. 진우가 여자를 만나고 있을 지도 모른다는 생각이 들었다. 그대로 앉아 있을 수 없었던 그녀는 자리를 박차고 일어섰다. 로비에서 진우의 모습을 찾을 수 없었다. 호텔 밖으로 나온 그녀는 혹시나 싶어 주차장 쪽으로 걸어가기 시작했다. 그런 그녀의 시선에 막 그곳을 빠져 나가고 있는 차 한대가 목격되었다. 진우가 운전대를 잡은 예란의 차였다.

세라는 진우가 금방 돌아온다는 약속을 지키지 않았을 뿐만 아니라 웬 여자를 태우고 사라져 가는 것을 목격하고 말았다. 그 순간 쇠망치로 후두부(後頭部)를 강타당한 것 같은 세찬 충격을 받았다. 그녀는 갑작스럽게 찾아온 현기증 때문에 그 자리에 몸을 쪼그리고 주저앉았다.

진우의 뒤로 주차장을 나가려던 스포츠카가 멈추면서 운전대를 잡고 있던 남자가 차에서 내렸다. 그는 세라 쪽으로 다가왔다.

"아 유어 오케이?"

세라는 고개를 들었다. 그녀는 절규하듯 외쳤다.

"아엠 화인, 화인!"

그녀가 괜찮다고 했지만 스포츠카의 주인은 그녀가 결코 괜찮은 상태가 아니라는 생각을 했다. 그는 그녀가 도움을 필요로 하는 처지에 놓여 있다는 것을 간파(看破)했다.

진우는 예란을 데려다 주는 데 40분만 소요하면 충분하리고 계산했었다. 그러나 일이 엉뚱하게 빗나가기 시작했다. 예란은 복통을 호소했다. 그녀는 신음소리까지 냈다. 진우는 집이 아니라 병원으로 그녀를 데려가지 않을 수 없게 된 것이었다.

토요일 저녁의 엘머스트 병원 응급실에는 치료를 원하는 환자 수에 비해 의사가 턱없이 모자랐다. 게다가 자기 차를 이용해서 병원에 도착한 환자는 구급차에 실려 들어오는 환자들에게 순번을 빼앗기기 때문에 기다리는 것이 부지하세월이었다.

1시간이 경과하자 이미 모든 게 뒤틀려 버렸다는 것을 인정하지 않을 수 없었다. 아프다는 예란을 혼자 두고 돌아선다는 것은 그 동안 얻어 마신 술값을 생각할 때 있을 수 없는 일이었다.

진우는 돌아가는 것을 포기하고 병원 복도로 나와서 아스토리아 매너로 전화를 걸었지만 헛수고였다. 다급한 목소리로 에머젼시 콜이라는 말을 하여 방송을 하게 만드는 데까지는 성공했지만 세라와 통화를 할 수는 없었다. 세라가 영어 안내방송을 못 알아듣거나 그곳에 없는 모양이었다.

그는 어떻게 해야 할지 갈피를 잡을 수가 없었다. 예란의 곁을 떠날 수 없는 것이 가장 큰 문제였다. 그러다가 보니까 틈틈이 세라의 아파트로 전화를 걸어 그녀가 돌아 왔는가를 체크하는 방법밖에 없었다.

세라와 통화가 이루어진 것은 2시간이 경과했을 때였다. 그녀가 무사히 돌아왔다는 것만 확인해도 우선 안도할 수 있었다. 진우는 사과부터 하는 것이 순서라고 생각했다.

"세라야. 갑자기 아픈 사람이 생겨서 병원에 올 수 밖에 없었어. 여기 병원이란다."

그녀가 앙칼지게 쏴 부쳤다.

"날 바보 취급하지 마세요."

"무슨 소리냐?"

"나를 혼자 두고 여자와 떠나고는 뭐 병원이라고요?"

예란의 차를 운전하고 가는 것을 세라가 본 모양이었다. 감수성이 예민한 아이니 오해를 할만도 했다. 혼자 파티장에서 맨해튼으로 돌아오게 만든 죄도 있어서 진우는 뒤엉킨 실타래를 어떻게 하든 잘 풀어야 한다고 생각했다.

"아무튼 미안하다. 여긴 정말 병원이야. 같이 온 사람의 치료가 끝나면 늦더라도 아파트로 가서 그 동안 생겼던 일을 자세히 얘기해 주마. 내 얘기를 듣고 나면 오해가 풀릴 거야."

그녀가 다급히 외쳤다.

"오지 마세요."

"왜 그러니 세라야?"

"이제 선생님 같은 남자는 필요 없어요."

"무슨 뜻이냐?"

"머리가 나쁘지 않다고 들었는데 생각보다 둔하시군요. 그 동안 선생님에게 배운 영어로 말해 드리죠. 헤이, 유. 화이어! 갯 아울 어브 마이 사이드."

그렇지 참. 진우는 그녀에게 돈을 받고 고용되어 있던 사람이었다. 고용주가 마음에 안 들어 해고하겠다는 통고를 하고 있는 것이었다. 그렇다면 사랑이니 결혼하고 싶다느니 그런 말들은 다 뭐였던가.

해고되는 것이 아쉬운 것은 아니었다. 철없는 아이의 일시적인 감정에 근거한 말이라는 것은 알지만 그래도 그런 생각을 했던 것만은 분명한데 이렇게 쉽사리 조변석개(朝變夕改)할 수도 있는 것일까. 그것이 신세대의 사고방식이라 여겨져 다만 허탈할 뿐이었다.

그녀가 쐐기를 박았다.

"해고 되었다는 것을 알았으면 앞으로 연락도 하지 마세요."

말을 마친 세라는 전화기를 탁 내려놓았다. 통화가 정지된 후의 소음이 그에게 단절감을 불러 왔다. 그는 기어이 참지 못하고 중얼 거렸다. 못된 계집애. 엉덩이에 뿔이 나도 유분수지.

2시간 반을 기다린 예란을 진찰하고 난 의사는 그녀의 신체 중에서 특별히 이상이 생긴 부분을 찾아낼 수 없었기 때문에 도리어 물었다.

"어디가 아픈 겁니까?"

"배가 아프고 온몸에 힘이 없어요."

그 정도를 가지고 응급실을 찾아온 환자는 처음이었다. 의사는 신경

안정제 주사를 한대 놓아 준 다음 진지한 표정을 지었다.

"가까운 시일 내에 정신과를 한번 찾아가 보십시오."

예란은 진우가 진찰실에 같이 들어오지 못하도록 조처 했었다. 이런 말을 듣게 될 것에 대비해서였다. 옆에 진우가 없어서 다행이었다.

예란을 그녀의 집까지 데려다 주는 큰 임무를 무사하게 치루고 나자 진우는 그대로 집으로 들어갈 기분이 아니었다. 어디 가서 술이나 한잔 마시자는 생각을 했다. 그러나 다시 생각해 보니 술을 마실 때가 아니었다. 세라가 걱정되었기 때문이었다.

그는 망설이다가 맨해튼 쪽으로 차를 몰았다. 그녀는 다시 연락하지 말라고 했지만 만나서 이야기를 나누다가 보면 오해가 풀려질 것 같았다.

해고되는 것이 두려워서가 아니었다. 방황하는 그녀에게 도움이 돼 주지는 못할 망정 상처를 준 것 같아 마음이 개운치 않았기 때문이었다.

진우는 세라의 아파트 앞에 도착하여 전화를 걸었다. 그녀는 잠을 자고 있지는 않은 것 같았다. 전선을 통해 들려오는 목소리는 카랑카랑했다.

"연락하지 말라고 했을 텐데요."

"그러라고 한 말은 알아들었다. 그러나 세라야. 나는 많은 돈을 선불로 받았다. 내가 받은 돈만큼은 너를 돌봐 주어야 할 의무가 있어. 네가 나를 해고한다면 그 돈을 돌려주어야 겠지. 그러지 말고 만나서 얘기를 좀 하자꾸나."

"돈이 남았다면 그건 그냥 쓰십시오."

"그냥 쓰기에는 너무 많구나. 지금 올라갈 테니까 문 좀 열어 주거라."

"말귀를 정말 못 알아듣는 분이시군요. 어디 마음대로 해 보세요."

진우는 그 말의 뜻을 몰랐다. 그러나 이내 알게 되었다. 그녀의 아파트에는 층층 마다 경비를 담당한 사람들이 배치되어 있었다. 그가 세라의 방이 있는 35층에서 엘리베이터를 내렸을 때 그가 나타나기를 기다렸음직한 경비가 총이 채워져 있는 허리 부분에 한 손을 가져다 댄 자세로 그를 맞이했다.

그는 자신의 경고를 무시하면 야간 침입의 죄를 물어 발사하겠다는 시위를 하고 있는 것이었다. 부자들에 의해 고용된 충견의 시위를 무시하면 총을 맞거나 경찰서로 붙잡혀 가게 될 것임이 분명했다.

진우는 세라의 아파트로 들어가려는 노력을 중지했다. 주인의 허락이 있을 때는 24시간 언제나 자유로운 출입이 가능하겠지만 일단 주인이 거부하면 단독 주택보다도 침입하기가 어려운 곳이 도심 속에 위치해 있는 그 아파트였다. 그것은 숫체 난공불락(難攻不落)의 요새였다. 그는 경비를 향해 웃음을 지어 보이고는 돌아섰다. 엘리베이터를 타고 내려오면서 그는 최종적으로 세라를 잊기로 결정하지 않을 수 없었다. 하강(下降)하는 엘리베이터는 진동이 전혀 없었지만 끝 모를 심연(深淵) 속으로 추락하는 것 같았다. 진우는 그렇게 세라에게서 해고되었다.

최인영은 아들 필립에게 파티의 뒷설거지를 해야 하기 때문에 늦을 것이라는 말을 했지만 파티가 거의 종료되어 갈 무렵에 가까운 사람들을 불러 뒷마무리를 잘 하도록 조처한 다음 그곳을 떠났다. 그 길로 맨해튼으로 향했다.

성희의 아파트는 맨해튼 A애비뉴에 위치해 있었다. 그녀의 아파트를 밤에 찾아가기는 오랜만이었다. 그들은 주로 낮 시간을 이용하여 만나오고 있었다. 성희는 아파트의 현관 안으로 들어오는 그에게 가슴을 묻었다. 오셨군요. 오실 줄 알았어요. 그녀는 몸으로 그렇게 말하고 있었다.

"네가 어떻게 해서 유스파티장에 오게 된 것이냐?"

공공장소에 같이 얼굴을 내밀지 않는다는 것은 그들 사이에 오래전에
묵계(默契)가 이루어진 불문율 같은 것이었다.

"저를 보고 싶어서 오신 거예요, 그 이유를 알고 싶어서 오신 거예
요?"

"물론 너를 보고 싶어서 온 것이지만 오고 보니 네가 그곳에 오게 된
경위도 궁금하기에 물어보는 것이다."

"그곳에 가게 된 이유는 간단해요. 오늘 그 호텔 커피숍에서 누구와
만날 약속이 되어 있었어요. 가서 보니 파티를 한다기에 회장님 얼굴이
라도 먼발치에서나마 보고 돌아오고 싶어 들렀던 거예요. 그게 전부에
요."

정말 그렇던가.

그것이 파티장을 찾은 이유의 전부는 아니었다.

그는 자기 아내와의 관계가 원만하지 않다는 것을 몇 번에 걸쳐 시사
한 바 있었다. 그녀는 그가 파티에 가족을 동반했는지의 여부를 확인하
고 싶었었다.

말은 원만하지 않다고 했었지만 아내를 동반하고 파티에 참석한 것을
목격하게 되었다면, 거기다가 그의 아내가 생각했던 것보다도 더 품위
있고 우아한 여인이었다면 그녀는 매우 참담해졌을 것이 틀림없었다.

그는 아내를 동반하지 않았었다. 거의 부부가 자녀들을 데리고 함께
참석하고 있었는데 정작 파티의 주체자인 그의 옆에는 호스티스가 없었
다. 그 사실은 그들 부부가 원만하지 않다는 것을 무엇보다 확실하게 대
변해 주고 있었다. 그녀는 참담하지는 않았지만 그의 불행을 확인하게

되자 가슴이 쏴 아려 오는 것을 느껴야 했었다.

"아까 보니까 네가 정진우 기자와 이야기를 나누고 있는 것 같더구나. 잘 아는 사이냐?"

"어머, 그 사람도 기자예요?"

"그럼 그것도 모르는 사이였는데 귓속말을 주고받았단 말이냐?"

성희는 조용히 웃었다.

"질투 하시나 봐."

"내가 널 생각보다 많이 좋아하고 있는 모양이다."

"그 말씀 고마워요. 그리고 안심하세요. 그 분은 제가 커피숍에서 만났다는 여자 친구의 남자예요. 친구를 대신해서 말을 전해 주었던 것뿐이니까요."

그랬던가.

성희는 예란의 상대가 동료 기자였다는 사실을 처음 알게 되었다. 매일 만나는 사이일 텐데 어째서 확실하게 그 남자의 마음을 사로잡지 못하고 있는 것일까. 하여간 머리는 수재(秀才)인데 남자 꾀는 재주는 바보에 가깝다니까. 그러나 더 이상 예란의 문제에 신경을 쓰고 있을 상황은 아니었다.

유스파티는 이것저것 생각지도 않았던 여러 해프닝을 연출했다. 덕분에 성희는 횡재를 한 기분으로 옷을 벗기 시작했다. 이번은 열흘 만에 그의 품에 안겨 보는 것이었다. 그가 파티에 아내를 동반하지 않았다는 사실을 확인한 것이 그녀를 여느 때보다 격해지도록 만들었나 보다. 그녀는 그의 밑에서 숨넘어가는 소리를 냈다.

최인영은 필립이 지금쯤 집에 도착했을 것이라는 생각을 했지만 아들의 귀가를 확인하기 위해 전화를 걸 장소가 아니어서 자기 편한 대로 별

일이야 있겠느냐고 생각했다.

5

그는 링컨 센터로 오르는 화강암 계단의 난간에 몸을 기대고 서서 그녀를 기다리고 있었다. 베를린 필하모니 오케스트라가 뉴욕에서 공연하고 있다는 것을 그는 이곳에 도착해서 알았다.

공연시작 30분 전부터 우아하고 맵씨있는 정장차림의 뉴욕커들이 몰려들고 있었다. 연인 부부 가족들로 보이는 관객들의 얼굴엔 흥분과 기대에 들뜬 표정이 담겨있었다. 그것은 밝고 행복에 찬 모습이었다. 그들은 물결처럼 밀려와서 연주 홀의 출입구 안으로 빨려 들어갔다. 그렇게 행복의 물결이 넘실거리며 밀려 왔다가 빠져나간 링컨센터 앞 광장은 썰물이 지나간 개펄처럼 텅 빈 느낌을 주고 있었다.

그녀가 나타난 것은 베를린 필이 베토벤 운명 교향곡의 강렬한 서막(序幕)을 펼칠 무렵이었다. 그는 그 교향곡을 환청(幻聽)으로 들을 수 있었다.

그녀가 그의 앞으로 다가서며 물었다.

"많이 기다렸어?"

그가 팔짱을 풀며 그녀의 어깨 위에 손을 올려놓았다. 두 사람의 시선이 뒤엉켰다.

"내가 좀 일찍 나온 것뿐이야."

어깨 위에 올려놓았던 손을 내리며 그가 걸음을 옮겨놓자 그녀가 팔에 매달리며 보조를 맞추었다. 두 사람은 낭만이 머물러 있는 노천 카페 옆을 지나갔다. 노천 카페의 연인들은 달콤한 칵테일을 마시며 쉴 사이 없이 속삭이고 있었다.

두 사람은 산책로(散策路)를 따라 공원 안으로 진입해 들어가다가 호숫가의 벤치에 나란히 앉았다. 쌍두마차가 연인들을 싣고 그들 옆으로 지나갔다. 호수엔 별들이 내려와 꽃밭을 이루어 놓았다. 평화로운 밤이었다.

그녀가 그의 어깨에 고개를 기대어 왔다. 그가 그녀의 허리에 팔을 두르며 힘을 가했다. 이때까지는 평온이 잘 유지 되었다. 그녀가 고개를 들며 그를 보았다. 검은 눈동자는 꿈을 꾸듯 빛을 발했다. 그것은 보석처럼 아름다운 눈빛이었다. 그가 그녀의 입술에 자신의 것을 포개었을 때 보석함이 살포시 닫혔다.

부드러운 혀가 그녀의 입안으로 틈입해 들어갔다. 그녀가 그것을 참하게 받아 드렸다. 그의 것을 따라 그녀의 것이 안으로 들어 왔다. 그는 굶주렸던 아이가 엄마의 젖을 빨듯 그것을 세차게 빨기 시작했다.

혈관을 타고 뜨거운 열기가 솟구치기 시작했다. 그는 조금씩 사나워지고 있었다. 그녀는 나른함 속에 잠기며 아득한 느낌을 받았다. 이대로 아득해지다가 타임머신을 타고 두 사람만이 있는 곳으로 가고 싶다는 생각이 그녀의 뇌리를 스쳐갔다.

그녀는 자신이 앉아 있는 벤치 밑으로 거대한 구멍이 뚫리고 그 곳을 향해 끝없이 추락(墜落)해가는 듯 한 느낌을 받았다. 깊이를 모르는 심연 속으로 이리저리 부딪치며 추락해 가다가 바닥에 내동댕이쳐지는 환각(幻覺)이 그녀를 전율(戰慄)케 했다.

그녀는 그를 밀쳐 냈다. 그가 눈으로 갑자기 왜 그러느냐고 물었다. 그녀는 침을 삼켰다.

"있지……"

일단 말을 끊었다가 나머지 부분을 빠르게 토했다.

"나 그게 없어."

"그게 뭔데?"

"멘스."

그는 맷돌 같은 것이 가슴 위로 쿵하고 떨어지는 소리를 들었다.

"언제부터 였어?"

"지난 달."

"그럼 왜 이제야 얘기를 해."

"가끔 한 달 정도는 건너 뛸 때가 있었거든. 그런 것인 줄 알았는데 이번 달에도 비치지 않는 거야."

"어떻게 하지?"

"내가 자기한테 물을 얘기를 자기가 나한테 물으면 어떻게 해?"

분수처럼 솟구치던 열기가 일순간에 급랭했다. 그는 으스스 몸이 떨리는 것을 느꼈다. 평온은 거짓말처럼 순식간에 조각이 났다. 수목과 수목 사이의 어둠이 음산한 색채를 띠었다. 마치 음모가 도사리고 있는 듯 스산했다.

"병원엘 가보자?"

그녀의 눈꼬리가 길게 찢어졌다.

"지우라는 말이야?"

"우선 사실 여부를 확인하자는 거야."

"무서워."

그녀가 그의 가슴으로 쓰러지며 깊숙이 파고들어 왔다. 그러나 그녀의 어깨를 감싸는 그의 손에는 열기가 없었다. 넌 피임(避姙)을 남자가 챙겨 주어야 하는 아이였니? 그는 목구멍까지 치밀어 오른 말을 삼켰다.

진료를 마친 의사는 축복 속에 태어날 수 있는 아이를 가진 것인지 확신이 서지 않았기 때문에 어떻게 말문을 열어야 할 지 몰라 잠시 망설였다. 의사의 금테 안경 속 파란 눈이 한번 닫혔다가 열렸다. 이마 위로 흘러내리는 금발을 걷어 올리면서 의사는 축하한다는 말을 생략하기로 결정했다. 그는 사실만을 간단히 들려주었다.

"유 해브 프라그넌트. 씬스 쓰리 만스."

임신 3개월이 되었다는 말을 듣고 여자가 먼저 일어나서 밖으로 나갔다. 뒤이어 남자가 따라나갔다. 의사는 그들 젊은 남녀가 일주일쯤 후면 소파 수술을 받기 위해 자기를 다시 찾아 올 것이라고 여겼다.

소파 수술은 아직 형체가 생기지 않았지만 생명을 없애는 것이기에 분명 죄악이라고 할 수 있었다. 그러나 축복받지 못하는 생명이 태어나도록 방치해서 평생을 고통 속에 살도록 하는 것은 더 큰 인간 모독(冒瀆)이라는 것이 그의 철학이었다.

그러나 그들은 일주일이 지나도 다시 모습을 나타내지 않았다. 허긴 소파 수술을 해 주는 곳은 많이 있으니까 꼭 이곳을 다시 찾아올 필요는 없겠지. 의사는 수없이 찾아오는 환자 중에 한명이었던 그녀를 곧 잊었다.

그는 응접세트의 소파에 앉아 있었다. 그녀가 쟁반 위에 커피 잔을 받쳐 들고 나타났다. 한잔 뿐이었다.

"혼자 마셔. 커피는 배 속의 아이에게 안 좋데."

더 늦기 전에 병원엘 가야 한다는 것을 설득하기 위해 찾아 왔던 그는 가슴이 답답해 오는 것을 느꼈다. 기어이 아이를 낳겠단 말인가. 두어 모금의 커피를 마신 그가 잔을 내려놓으면서 고개를 숙였다. 침묵이 무겁게 내려앉고 있었다. 그가 결심을 한 듯 고개를 들었다.

"지금 우리가 아이를 낳을 수 없다는 것은 너도 알잖아. 빠를수록 몸이 덜 상한단 말이야."

그녀가 용수철처럼 튕기며 일어섰다.

"싫어. 난 병원엔 안 갈 거야."

그가 따라 일어섰다. 그녀 앞으로 다가섰다.

"아이는 다음에도 가질 수 있어. 난 너와 절대로 헤어지지 않을 거야."

그녀가 도리질을 했다.

"안 돼. 난 아이를 떼지 않을 거야."

"바보야, 고집피울 것을 피워야지."

"미안해. 널 걸고 넘어지려고 이러는 건 아냐. 난 외로웠어. 가끔 죽음을 생각할 만큼 그것은 처절한 것이었어. 넌 그것이 얼마나 큰 것인지 이해할 수 없을 거야."

"널 사랑해. 사랑한다는 것은 그 모두를 내 것으로 하겠다는 말과 같은 거야. 넌 이제 혼자가 아니야."

"고마워. 그리고 미안해. 나도 아이를 낳을 때가 아니라는 것은 알아. 하지만 힘들어도 나는 아이를 낳고 싶어. 어렵지만 내가 해야 하고, 해낼 수도 있는 일이라는 생각이 들었어. 아무것도 할 수 없다는 패배감에 빠져있던 내가 최초로 내가 할 수 있는 일이 있다는 것을 알았는데 그것을 포기하라는 말은 나더러 죽으라는 것이나 같아. 나는 아이가 나를 외로움에서 구해 줄 수 있다는 기대를 갖고 있기 때문에 절대 포기할 수 없는 거야."

난공불락의 요새(要塞)였다. 그렇지만 그는 어떻게 하던지 함락(陷落)시켜야 한다고 생각했다. 어떻게 하면 생각을 바꾸게 할 수 있을까.

우선은 자신의 열기로 그녀의 마음을 녹여 볼 수밖에 없었다. 너를 사랑하는 마음이 이렇게 뜨거우며, 이것은 변하지 않을 것이라는 사실을 납득시켜 놓고, 다시 설득을 시도해 볼 요량을 했다.

그가 그녀의 젖은 입술에 자신의 것을 포갰다. 손은 그녀의 셔츠 속으로 들어갔다. 그녀가 기다리고 있었다는 듯이 그의 혀를 받아 들였다. 유방은 바람을 넣은 풍선처럼 융기(隆起)했다. 두 사람은 한동안 서로에게 열중했다.

그가 그녀를 두 손으로 번쩍 들어 안았다. 침실로 들어간 그는 그녀를 침대 위에 내려놓았다. 그는 자신의 허리띠를 풀면서 결렬한 행위에 의해서도 유산이 될 수 있다는 사실을 상기했다. 그가 몸을 날리듯 그녀 위로 쓰러졌다. 병원에 가지 않고도 아이가 떨어질 수 있다면 다행한 일이 될 것이다. 그는 힘을 주어 아기집을 공략했다. 그러나 그녀의 그곳은 충격을 완화시킬 수 있는 윤활유(潤滑油)가 이미 처져 있었다.

그녀는 충격을 받지 않았다. 칡넝쿨처럼 그에게 감겨들었다. 그의 무차별 폭격을 그녀는 진동을 완화시켜가며 잘 흡수했다.

두 사람은 가쁜 숨소리를 몰아쉬면서 산을 오르고 있었다. 정상의 고지를 점령했다고 여기는 순간 두 사람은 다같이 벼랑으로 추락하면서 아득해졌다. 벼랑의 끝에서도 그녀는 낙태(落胎)하지 않았다.

무차별 공격을 통해 지친 사람은 그였다. 그는 다시 입을 열어 그녀를 설득할 기력이 없었다. 수렁 속에서 헤어날 묘책은 없었다.

두 사람이 성을 나눈 것은 쾌락의 추구를 위해서가 아니었다. 그것은 자기 확인이며, 고독한 존재 증명이며, 소외로부터의 탈출을 꿈꾸는 처절한 몸짓이었다.

그러나 지금까지의 소외는 죄의식(罪意識)을 느끼지 않아도 되는 것

이었다. 그녀의 잉태(孕胎)는 소외와 갈등과 죄의식을 심화시키며 비극
의 색채를 더해갔다.

2

덧

이시끼 식품은 일본계 미국회사였다. 캘리포니아의 센크라멘트에 대단위 농장을 소유하고 쌀과 밀, 옥수수, 콩 등의 농산물을 생산하여 판매하고 있는 회사로써 주력 상품은 쌀이었다.

이시끼 쌀의 판매시장은 동서부를 포함한 미 전역에 해당된다. UR 타결을 위해 막대한 로비 자금을 쏟아 부었던 이시끼 식품은 장차 농산물 수출 자유화의 물결을 타고 자사 제품을 수출하는 것으로 제2의 도약을 이룩하겠다는 전략을 세워 놓고 있는 상태였다.

그 이시끼 식품의 동부지사를 책임지고 있는 지사장 니시오까 겐죠는 로스앤젤레스 공항을 이륙하여 뉴욕으로 향하고 있는 팬암기(機)의 일등석에 앉아 있었다.

동부 마켓에서 이시끼 쌀을 찾는 주 고객은 동양계였다. 그 중에서 한국계 이민자들이 차지하는 비중은 전체 매상액의 4분의 1정도 선인 것으로 집계되었다. 한국인들이 결코 무시할 수 없는 수입원이라는 말이 된다. 그런데 그 한국계 시장에서 이시끼 쌀의 매상고가 최근 몇 달 사이에 급격히 떨어지고 있었다. 예상하지 못했던 사태였다.

기내식(機內食)을 사양하고, 스카치를 언더 록으로 주문하는 그의 얼굴 표정은 굳어 있었다. 이런 추세로 나간다면 금년도의 목표액을 달성하기는커녕 작년도 수준을 유지하기도 어림이 없을 것 같았다.

니시오까 겐죠는 이틀 전 본사가 있는 로스앤젤레스로 사장의 호출을 받고 왔다가 뉴욕으로 돌아가고 있는 중이었다. 스튜어디스가 날라다 준 스카치를 한 모금 마신 그는 담배에 불을 붙였다. 폐부 깊숙이 빨아드렸던 담배 연기를 천천히 뿜어낸다. 흩어지는 담배 연기 사이로 사장의 얼굴이 겹쳐 왔다.

니시오까 겐죠가 본사에 도착하여 사장실로 들어갔을 때 사장은 닛본도(日本刀)를 살피고 있었다. 입에 백지를 물고 오른쪽 눈을 감은 자세로 칼날을 점검하고 있는 사장의 표정은 참선(參禪)을 하고 있는 수도승과도 같았다.

니시오까 겐죠는 긴장했다. 사장은 미동도 하지 않았다. 침묵이 흘렀다. 시퍼렇게 날이 선 칼에서 발산되는 차가운 광채가 그를 숨 막히게 만들고 있었다. 사장은 천천히 칼을 들어 올렸다. 자신을 향해 내려치는 것이 아닌가 하는 공포가 니시오까 겐죠의 등줄기를 서늘하게 만들었다. 그러나 사장은 칼을 칼집에 넣었을 뿐이었다. 그리고 입에 문 백지를 빼냈다.

사장이 물었다.

— 닛본도의 칼날을 살필 때 왜 입에다가 백지를 무는지 알고 있는가?

백지를 입에 무는 것은 숨을 쉬지 않도록 하기 위함이었다. 더 정확히 말한다면 숨을 쉬지 않음으로서 입에서 나온 김이 칼날에 닿지 못하도록 하기 위해서 그렇게 하는 것이었다. 니시오까 겐죠도 일본인이다. 그 사실을 모르고 있을 리가 없었다.

그는 부동자세를 취한 다음 말했다.

— 하이. 와까리마시다.

사장은 그 대답에 고개를 끄덕였다. 그는 몇 달 만에 만났음에도 인사말을 생략한 채 바로 본론을 꺼냈다.

— 사업도 닛본도를 다루듯이 세심하게 신경을 써야 하는 것이라고 생각하네. 최선을 다하는데 실패란 있을 수 없다.

이십대에 일본에서 미국으로 건너와 맨손으로 사업을 일구었다는 사장은 최선이라는 말을 좋아했다. 칠순을 앞에 두고 있는 사장의 하얗게 서리 내린 머리와 이마에 움푹 패인 고랑을 대하면 그가 풍상(風霜)의 세월을 최선을 다해 살아온 백전노장(百戰老將)이라는 느낌을 준다.

판매액이 떨어지고 있는 것이 사장의 눈에 니시오까 겐죠가 최선을 다하지 않은 것으로 비쳤을 것이다. 니시오까 겐죠는 잔뜩 주눅이 들어 있었다.

이시끼 쌀의 매상고가 떨어지고 있는 원인은 한국인들이 자국(自國) 기업의 제품을 사기 때문이었다. 이시끼와 똑같이 센크라멘트에서 생산된 동일 품종의 쌀이 한미(韓美)니 대풍(大豊)이니 하는 상표를 달고 한국기업에 의해 선을 보이기 시작한 것은 몇 해 전의 일이었다.

처음엔 한국계 쌀의 출현 소식을 듣고도 별로 경계하지 않았었다. 규모가 영세하여 수요를 충족시킬 수 없는 양인데다가, 품질도 떨어질 것이라고 판단했기 때문이었다. 무엇보다 한국인들이 지금까지 먹어 왔던 이시끼를 하루아침에 배척하고 한국계 쌀을 살만큼 애국심을 발휘하리라고는 여겨지지 않았었다. 그렇게 판단한 것은 쌀이 기호와 밀접한 관계가 있기 때문에 애국도 좋지만 입맛에 길들여진 것을 쉽게 바꾸지는 않을 것이라는 논리에 근거한 것이었다.

얼마 전까지만 해도 그의 예상은 빗나가지 않았다. 그러나 판매액이 현저하게 떨어지고 있는 현 시점에서 보면 그것은 지나친 방심이었다는 결론이 나온다. 우선 한국계 기업에서 생산하는 쌀의 품질과 양이 몇 년 사이에 급격히 향상된데다가 때마침 뉴욕 한인회에서 국산품 애용운동을 대대적으로 전개하는 뜻하지 않은 복병(伏兵)을 만나게 된 것이었다.

뉴욕에 살고 있는 한국인들에게 국산품 애용을 주창한 사람은 한인회장 최인영이라는 자였다. 그는 금년 봄에 경선을 통하여 뉴욕 코리언 커뮤니티의 새로운 리더가 된 사람이었다. 최인영은 '국산품 애용으로 미국에서 조국에 애국하자' 는 슬로건이 적힌 띠를 어깨에 두르고, 한인회 임원진들과 함께 한국계 식품점을 순례하는 것으로 포문(砲門)을 열었다. 여기에 한국계 언론들이 적극 협조하기 시작하면서 사태가 걷잡을 수 없이 악화된 것이었다.

취재기자들은 일본인 경영의 식품점을 방문하여 사진을 찍었다. 그곳에는 쌀이나 라면을 비롯한 한국제품은 약에 쓸래도 없었다. 설령 그런 것을 진열해 놓았다고 해도 뉴욕에 살고 있는 일본인들 중에서 한국 제품을 살 사람은 아무도 없을 것이다.

기자는 이어서 한국계 식품점을 찾아가서 찍은 사진을 게재했다. 그곳에는 일제(日製)들이 판을 치고 있었다. 밥통이며 다리미 같은 가전제품을 위시하여 간장이나 된장 같은 소소한 식료품에 이르기까지 한국계 식품점의 진열장을 차지하고 있는 일제의 수효는 어림잡아 절반 이상이나 되었다. 그 중에 이시끼 상표가 붙은 쌀도 포함이 되어 있는 것은 물론이었다.

기사는 뉴욕에 살고 있는 일본인들은 자국 상품만을 쓰고 있는데 왜 한국인들은 일제를 선호하느냐는 의문을 제기했다. 이어서 결코 품질이나 맛에서 국산품보다 일본 제품이 앞서지 않다는 것을 강조한 다음, 굳이 일제를 선호할 이유가 없다는 논조를 펴고 있었다.

언론들은 독자의 집을 방문하여 코끼리표 일제 밥통이 아니라 쿠쿠나 삼성, LG에서 생산된 밥통을 사용하여 대풍이나 한미쌀로 지은 쌀밥을 먹으면서, 우리 입맛에는 우리 쌀이 최고라는 말이 나오도록 컨셉을 짠 기사성 광고를 게재하거나, 이찌방라면보다 신라면이 품질과 맛에서 뒤지지 않다는 등, 기꼬망간장보다 삼양간장이 더 맛이 좋고, 생산라인의 위생관리도 철저히 하고 있다는 점들을 심층분석해 놓고 있었다.

사실 니시오까 겐죠가 보기에도 이시끼 쌀이 생산체제는 먼저 갖추었지만 대풍보다 품질이 앞선다고 할 수는 없었다. 우열을 가릴 수 없을 정도로 품종이 똑같이 우수하고, 같은 토양과 일조(日照) 컨디션 하에서 생산되기 때문이다. 게다가 생산량도 초기와는 달리 이제는 모든 재미 코리언이 다 먹어도 남아서 수출을 모색할 정도로 많은 것으로 밝혀졌다. 아직도 이시끼 쌀을 사먹는 한국인들은 이민 초기에 이시끼를 먹었기에 습관적으로 이시끼를 사고, 막연히 이시끼 쌀이 더 좋을 것이라고 여기는 결과일 뿐이었다.

밥통이나 세탁기, 냉장고, 텔레비전을 비롯한 가전제품들도 삼성보다 쏘니제품이 더 좋다고 할 수 없고, LG보다 내쇼날의 성능이 더 우수하다고 할 수 없을 만큼 기술이 평준화 된 시점에서 보면, 국산품을 사는 것이 대미 수출력 혁신에 기여하는 애국을 하는 것이 된다는 논리는 한국인의 입장에서 볼 때 설득력을 갖는 것 같았다.

일본 차를 선호하던 한국인들 중에서 현대나 기아에서 생산 수출된 중형차의 성능이 일제만 못하지 않다는 생각을 갖는 사람도 늘어나고 있어서, 미국에 살면서 주말이면, 한국산 차를 몰고 한국계 할인마트를 찾아가 일주일치의 김치를 비롯한 부식재료나 한국산 식품과 쌀 등을 사가지고 가는 운동에 동참하는 코리언들이 날이 갈수록 늘어가고 있었다. 그들의 국산품 애용운동은 국산품의 품질이 우수해졌다는 자부심과 일제를 배척할 수 있다는데 따른 보상심리가 겹쳐져 있는 것이 아닌가 여겨졌다.

최인영은 뉴욕에서 국산품 애용운동이 어느 정도 성공을 거두었다고 여기자, 뉴저지 필라델피아 볼티모어 워싱턴DC를 포함한 버지니아와 커네딧컷과 보스턴 등 코리언 컴뮤니티가 형성되어 있는 동부 전역으로 그 운동을 확대시켜 나갔다. 그에 따라 이시끼를 비롯한 일본계 식품회사들의 동부지역 매상고는 바닥으로 떨어졌고, 한국계 회사들은 눈부신 약진을 기록하게 되었다. 남부나 중 서부에서도 동참하면 그 영향은 기하급수적으로 늘어날 전망이다.

국산품 애용운동으로 해서 가장 타격을 받은 업체가 곧 이시끼 식품이었다. 최인영의 국산품 애용운동이 큰 실효를 거두면 한국인들 중에서 아무도 이시끼 쌀을 사지 않게 되는지도 모르는 일이었다.

그들이 이렇게 쌀에 대하여 특히 포커스를 집중시키고 있는 것은 UR의 타결 이후 쌀시장을 개방한 한국의 국내 사정을 감안, 경각심을 고취하려는 의도도 어느 정도 내재해 있는 것으로 보인다.

사실 쌀은 일견 값비싼 공산품에 비해 크게 문제가 되지 않을 것 같아도 국민정서와 연결되는 중요한 품목에 속한다. 쌀이 WTO체제를 출범시키는데 가장 뜨거운 감자였다는 사실만 보아도 그것은 자명한 일이었다.

이시끼에서 주요 수출 대상국으로 정한 곳은 중남미와 아시아 쪽이었다. 현재 중남미시장 진출 건은 별 저항 없이 추진되고 있는데, 아시아 쪽은 그렇지가 못한 실정이었다. 수출대상국에 한국이 포함되어 있는 것은 물론이다. 장차 쌀이 수출되었을 때 한국에서도 뉴욕에서와 같은 현상이 일어날지 모른다는 사실이 문제의 심각성을 더해 주고 있었다. 나아가 전 동남아시아로 확대될 가능성도 있었다. 반일 감정은 한국에만 있는 것이 아니라 동남아시아 일대에 광범위하게 퍼져 있을 것이기 때문이었다.

지금까지 다른 일본 상품은 제품의 질이 우수하다는 장점을 가지고 있었기에 그리 큰 저항을 받지 않고 수출 시장을 확대해 나갔었다. 그러나 한국이나 대만 싱가폴 같은 나라의 제품이 무서운 추격전을 벌이고 있으며, 미국과 유럽의 선진국 제품 또한 질과 가격 면에서 일제와의 경쟁력을 날로 높이고 있는 시점에서 보면. 거센 도전을 받을 것임은 불을 보듯 뻔한 일이라고 하지 않을 수 없을 것이다.

특히 일본 제국주의의 침략을 받은 경험이 있는 아시아 제국가들은 아직도 과거가 청산되지 않고 있다고 믿고 있다. 일본의 아시아 침략은 그리 오래전에 저지러진 일이 아니라 불과 반세기 남짓한 현세(現世)의 일이다. 아직도 직접적인 피해 당사자들이 수없이 많이 생존해 있기 때문에 그것을 미화하거나 오도하거나 변명할 여지가 없는데도 일본은 아직까지 과거청산을 위해 성의 있는 태도를 보인 적이 없었다. 그에 대한 반발을 다른 무엇이 아니라 일제 상품에 대한 거부반응으로 나타날 수 있는 것이었다. 그런 점에서는 전쟁은 아직도 끝나지 않았다.

다른 상품이 이럴 때 국민 정서와 밀접한 관계가 있는 쌀의 경우는 말할 필요도 없는 것이 아닐까. 이시끼 쌀의 아시아 진출이 순탄하지 않을 것임을 코리언 커뮤니티의 이시끼 쌀 배척운동이 시사해 주고 있었다.

처음 상품명을 이시끼로 정할 때는 일본계 쌀이라는 것을 밝히는 것이 품질이 좋고 밥맛이 좋다는 것을 알리는데 도움이 된다고 판단했기 때문이었다. 이름 덕분에 별다른 광고 없이 한국계 이민자들까지 고객으로 확보할 수 있었으니 상품명은 성공작이었다고 할 수 있었다. 그러나 이제 그 이름 때문에 수난을 받게 된 셈이었다.

수출품의 상품명을 미국식으로 바꾸고 미국인 직원들로 하여금 동남아 마케팅을 담당하도록 할 계획이지만 일본계에 의해서 만들어져 수출되고 있다는 사실이 언제까지나 숨겨질 수는 없을 것이다.

사장은 사태의 심각성에 대하여 인식을 같이했다.

— 강 건너 불구경하듯 가만히 있지는 않았겠지.. 그러면 대책을 말해보게?

니시오까 겐죠는 그 동안 이시끼 쌀은 한국계 시장을 독점하여 많은 이익을 남겼지만 한국계 언론에 광고를 한 적이 없고, 코리언 커뮤니티을 위해 기부를 한 적도 없다는 것을 상기했다. 광고 없이도 이민자의 수효가 늘어나는 것만큼 판매액이 신장했는데 불필요한 돈을 지출할 기업인은 아무도 없을 것이다.

그 점에 있어서는 가전이나 식품부문의 다른 일본계 회사들도 마찬가지였다. 한국계보다 먼저 미국에 진출한 일본계 업체들은 광고 없이도 취향이 비슷한 한국인들을 고객으로 선점(先占)할 수 있었다. 반면 한국계 기업들은 한국계 언론에 광고를 하는 것으로 늦게 진출한 불리한 조건을 만회하려는 노력을 시도하고 있는 중이라고 볼 수 있었다.

그러니까 니시오까 겐죠는 대대적인 광고를 앞세운 한국인들의 추월 속도가 생각보다 빠르게 이루어지고 있다는 것을 정확히 파악하지 못했다고 할 수 있었다. 휴대폰을 비롯한 IT 관련제품이나 텔레비전을 위시

한 가전제품들이 일제보다 메이드 인 코리아가 더 비싸게 팔릴 만큼 한국기업들의 약진이 있었기에 일제에 대한 더 이상의 자부심은 패배를 자초하는 요인이 될 것이다. 적극적인 홍보전략을 세워도 고객의 일제 선호도(選好度)에 이탈이 생기는데, 안일은 금물이었다.

니시오까는 한국계 양노원을 지원하고, 한국인 유학생들을 수혜자(受惠者)로 한 장학재단을 만들어 한국계 기업 못지않게 한국인들에게 호의를 가지고 있다는 것을 알려 대일 감정을 희석시키는 회유책(懷柔策)을 펴는 동시에 한국계 언론에 제품의 질이 우수하다는 것을 알리는 광고를 장기로 계약하여, 언론사의 입도 막고 선전효과도 노리는 것을 타개책으로 제시했다.

한국마트를 대상으로 하는 세일즈맨을 코리언들로 교체하여 이시끼 식품이 수익을 독식하지 않고 코리언들과 나누는 기업이라는 인식을 심어주자는 것도 대안으로 보고했다. 한국인 세일즈맨들은 동족의 마트 주인이나 매니저들과 자유로운 의사소통을 통해 거부감을 희석시키며 진열대에 이시끼 제품을 올려놓도록 할 것으로 기대할 수 있었다. 코리언들의 국산품 애용운동을 통한 결집은, 유태인 세일즈맨을 고용하지 않고 유태계가 장악하고 있는 상권에 진출할 수 없듯, 점점 커져가고 있는 코리언 상권에는 코리언 세일즈맨들로 하여금 공략토록 해야 한다는 생각을 하도록 만든 것이었다.

사장은 니시오까의 건의를 전폭 수용하고, 그에 따른 자금이나 모든 뒷받침을 해 주겠다고 약속했다. 만약 그렇게 하고도 결과가 호전되지 않으면 니시오까 겐죠는 그 책임을 지고 사표를 내야 하리라. 회사를 떠난 다음 새로운 일자리를 찾아 나서야 한다는 것은 상상만으로도 아찔한 것이었다.

그는 남아 있던 스카치를 마시고 눈을 감았다. 피로했지만 잠이 올 것 같지는 않았다. 그의 망막(網膜) 위로 두 시간 후 뉴욕의 존 F 케네디 공항에서 만나게 될 티나 스트워트의 모습이 떠올라 왔다.

미스 앨라배마 출신의 티나 스트워트는 아름다운 금발에 호수와도 같이 그윽한 눈을 가지고 있었다. 늘씬한 각선미와 잘록하고 유연한 허리, 풍성한 유방은 매혹적이라기보다 차라리 뇌쇄(惱殺)적이라고 해야 마땅했다.

그녀는 비록 미스 아메리카에 당선되지는 못했지만 앨라배마 최고의 미녀로써 CF 모델로 활동 중이었다. 니시오까 겐죠는 그녀를 방계회사 제품의 TV용 선전 필름을 제작할 때 픽업한 바 있었다.

그녀를 호텔로 유인하여 처음 품었을 때의 환희를 어떻게 표현하는 것이 좋을까. 그녀는 미진한 구석이 조금도 남지 않도록 서서히 타오르면서 그를 열락(悅樂)의 피안(彼岸)으로 끌고 갔었다. 가히 신기(神技)의 명품(名品)이었다. 한번으로 끝낼 수는 없다는 것이 그가 내린 결론이었다.

니시오까 겐죠는 그녀에게 선물 공세를 펼쳤다. 옷과 보석을 사는데 그 동안 저축해 두었던 많은 돈이 들어갔지만 하나도 아까운 생각이 들지 않았다. 마침내 그녀는 그에게 감동하고 말았다. 두 사람은 동거하는데 합의할 수 있었다.

만약 니시오까 겐죠가 회사로부터 쫓겨난다면 두 사람의 동거는 파경을 맞이하게 될 것이다. 티나 스트워트가 실직자(失職者)를 벌어 먹일 확률은 낙타가 바늘구멍을 통과하는 것 보다도 더 낮을 것이기 때문이었다.

니시오까 겐죠는 어떻게 하든 이 난관을 극복해야 한다고 생각했다.

위기를 잘 극복하면 위기관리 능력을 인정받아 승진이 될 수도 있을 것이다. 그는 사장에게 보고하여 결재를 받은 타개책만으로는 안심할 수 없었다. 따로 묘안을 찾아야 한다고 여겼다.

언론은 장기 광고 계약을 체결한다면 숙으러들 것 같은데, 한인회장 최인영이 문제였다. 국산품 애용운동을 전개하고 있는 그의 진정한 목적이 무엇일까. 순수하게 애국을 하기 위하여 많은 시간을 허비하고 있다고는 믿겨지지 않았다. 자기의 어떤 개인적인 야망을 위한 명분 축적용으로 국산품 애용운동을 이용하고 있을 것만 같았다.

바가야로 조센징.

그는 미국 이민을 와서까지 해묵은 대일 적대감정을 부추기고 있는 최인영을 저주했다.

팬암기는 밤의 존 F 케네디 공항의 활주로에 사뿐히 내려앉는 것으로 비행 스케줄을 마쳤다. 니시오가 겐죠는 여행용 가방을 들고 트랩을 통과하여 대합실로 나왔을 때 예상대로 티나 스트워트가 마중을 나와 있는 것을 발견할 수 있었다. 그녀는 바바리코트의 깃을 올리고 안경알이 큰 짙은 바다색 선글라스를 끼고 있었다. 얼굴이 꽤 알려져 있기 때문에 위장을 한 것이지만 니시오가 겐죠는 아무리 그런 차림이라도 한눈에 그녀를 알아 볼 수 있었다.

그녀는 니시오가 겐죠에게 안기며 볼에 키스 세례를 퍼부었다. 팬암 청사의 주차장에 세워 놓았던 차에 오르자 그녀는 짙은 선글라스를 벗었다. 안경을 벗은 그녀의 파란 눈에는 정겨워하며 반기는 웃음이 새겨 있었다. 두 사람은 차를 출발시키기 전에 다시 한번 키스를 나누었다.

재패니스 레스토랑에 들려 스시와 스끼야끼로 저녁을 먹은 다음 맨해튼 퍼스트 애비뉴의 이스트 리버에 면해 있는 아파트로 돌아 왔을 때 니시오까 겐죠는 샤워부터 했다. 물기를 제거하고 침실로 들어가자 티나 스트워트는 침대에 누워 있었다. 그녀가 팬티를 손가락에 걸고 흔들어 보였다. 이불 속의 자신이 알몸이니 서둘러 달라는 신호였다.

그는 이불을 제키면서 '바가야로 조센징'을 잊었다. 하얀 시트 카바 위에는 대리석으로 조각한 것 같은 늘씬하고 미끈한 여체(女體)가 천정을 향해 바로 누워 있었다. 그는 그녀의 융기한 두 유방 사이에 얼굴을 묻으면서 권고사직(勸告辭職)을 당하게 될지 모른다는 사실도 잊었다.

니시오까 겐죠는 고개를 먼저 좌측으로 틀었다. 오디 같은 유두(乳頭)를 입안으로 가두며 아이스크림을 먹을 때처럼 혀끝으로 그것을 핥아 갔다. 그러다가 그는 허기진 아기가 모지락스럽게 엄마젖을 빨듯 세차게 그것을 빨기 시작했다. 한쪽 것만으로는 갈증을 채울 수 없었던 그는 우측으로 입을 옮겨 갔다. 피가 통하지 않는 대리석 조각품 같았던 여체가 꿈틀대는 것과 동시에 그녀의 온몸에서 신음소리가 나기 시작했다.

니시오까 겐죠는 세계 인종시장이라고 할 수 있는 뉴욕에 살면서 여자들의 거시기 털 색깔이 머리털 색과 같다는 것을 알게 되었다. 검은 머리는 그것도 검으며, 노란 머리는 그것도 노랗고, 흑인처럼 곱슬머리는 거시기도 곱슬이었다. 지금까지 일과 여자와 술밖에 모르는 남자라고 해도 지나치지 않을 만큼 세 가지에 몰두해 왔던 그는 그것을 체험을 통해 자연스럽게 알게 된 것이었다.

티나 스트워트의 노란 털로 뒤덮여 있는 그곳이 늪지대로 변한 것을 손을 통해 확인한 니시오까 겐죠는 마침내 그녀의 위로 올라갔다. 그녀는 기다리고 있었던 듯 휘감겨 왔다. 그리고는 곧 광란(狂亂)에 가까운 열풍이 일었다. 바람은 무념무상(無念無想)의 경지로 니시오까 겐죠를 몰고 갔다. 그러나 그것이 멈추었을 때 제일 먼저 되살아 난 것은 '바가

야로 조센징' 이었다.

묘책(妙策)이 없을까?

그는 적을 알아야 적을 굴복시킬 수 있는 방법도 찾을 수 있다는 점에 착안하였다. 지피지기(知彼知己)라야 이길 수 있다. 이건 전쟁이야. 그는 패배자가 될 수는 없다는 생각 때문에 정사(情事) 뒤의 나른함 속에서도 좀처럼 단잠을 이룰 수가 없었다.

니시오까 겐죠는 이튿날 맨해튼의 캐널 스트리트에 위치해 있는 한 사립탐정 사무실에 모습을 나타냈다. 얼굴이 수염으로 뒤덮여 있는 사립탐정은 자신의 이름을 에드워드 스타인버그라고 소개했다. 니시오까 겐죠는 에드워드 스타인버그에게 최인영의 뒷조사를 의뢰했다.

2

현대 마크를 단 중형 차 한대가 업 스테이트 뉴욕 쪽으로 달려 가다가, 조지 워싱턴 브리지를 건넌 다음, 팰리사이드 파크웨이를 따라 질주하고 있었다. 톨게이트를 빠져나온 현대차가 멈춘 곳은 뉴저지에 위치해 있는 한 골프장의 클럽 하우스 앞이었다. 차문이 열리면서 최인영이 모습을 나타냈다.

라커룸에서 옷을 갈아입은 최인영이 휴게실로 들어가자 먼저 도착해 있던 김동호 유엔 대사가 손을 들어 보였다. 최인영이 다가가자 기다리고 있던 일행이 모두 일어났다.

김 대사가 만면에 웃음을 띠면서 팔을 벌렸다.

"어서 오십시오, 회장님. 지난번 유스파티 때 뵙고 지금 다시 뵙는 것 같군요."

"그렇게 됐군요. 그 동안 별고 없으셨겠지요."

"염려 덕분에 잘 지냈습니다."

두 사람은 미국식으로 다정하게 포옹을 했다. 그런 다음 김 대사가 말했다.

"이 분이 이영훈 의원님이십니다."

최인영은 먼저 이영훈 의원과 인사를 나누었다. 이 의원이 옆에 있던 사람을 최인영에게 소개했다.

"콜롬비아에서 정치학 박사학위 코스를 밟고 있는 아들입니다."

최인영이 이영훈 의원의 아들에게 악수를 청했다.

"만나게 돼서 반가워요."

"존함은 익히 듣고 있었지만 뵙기는 처음이군요. 앞으로 잘 지도바랍니다."

그러니까 오늘의 골프 회동에는 최 회장과 김 대사, 한국에서 온 이 의원 그리고 이 의원의 유학 중인 아들이 어울리게 된 것이었다.

상견례(相見禮)가 끝나자 이영훈 의원이 말했다.

"워싱턴에 볼 일이 있어서 미국에 온 김에 뉴욕에서 공부를 하고 있는 아들 내외를 만났어요. 모레쯤 뉴욕을 출발해서 동경에 들렸다가 귀국할 예정으로 있습니다."

최인영이 답했다.

"바쁜 일정 중에 제가 모실 수 있어서 영광입니다. 모쪼록 즐거운 시간을 갖기를 바랍니다."

제일 먼저 공을 친 사람은 이의원의 아들이었다. 그의 드라이브는 2백 야드를 넘어 정확히 페어웨이에 떨어졌다.

"녀석, 공부는 안하고 골프만 친 것 같구나."

이의원이 너털웃음을 터트렸다.

김 대사의 드라이브도 이 의원의 아들과 비슷한 위치에 가서 떨어졌다. 오랜 외교관 생활 속에서 다듬은 솜씨였다. 이 의원의 볼은 그 보다 훨씬 못 미치는 곳에 간신히 러프를 면해서 떨어졌다. 마지막으로 최인영이 티 위에 공을 올려놓았다.

그는 먼저 힘차게 스윙 연습을 했다. 호흡을 가다듬은 다음 천천히 백스윙을 했다. 쟈스트 미팅으로 공을 치고는 충분하게 휄로우를 하자, 공은 빨래줄처럼 뻗어가며 2백 50야드를 넘은 페어웨이의 한가운데 떨어졌다. 깨끗한 장타였다.

일행들이 박수를 치면서 이구동성으로 말했다.

"굿 샷!"

웃음으로 답하고 있는 최인영의 기분은 최고조에 달해 있었다. 사실 그의 요즈음 기분은 생애에서 일찍이 없었다고 할 만큼 모든 면에서 최상을 기록하고 있었다. 사업은 순풍에 돛을 단 듯 아무런 장애 없이 성장해 가고 있었다. 무엇보다 원하던 한인회장이 되었다. 한인회장이 되었다는 것은 그의 가슴 저 깊숙한 곳에 숨겨 두었던 야망이 마침내 실현될 수 있는 발판을 마련했다는 것을 뜻하는 것이기도 했다.

지난 봄에 치러졌던 이번 한인회장 선거는 사상 유래가 없는 치열한 경합을 벌렸었다. 그의 아내는 그가 막대한 선거자금을 쓰면서 한인회장을 하려고 하는 이유를 알 수 없었던가 보았다. 그녀는 빈정거리듯 말했었다.

— 아니, 도대체 돈이 생기는 자리에요 밥이 생겨요. 술마실 일 천지니 시간 버리고 몸 버리는 것이 한인회장이라는 자리 아니에요?

— 돈을 많이 벌었으니 나도 남을 위해 봉사활동도 좀 하면서 살아야

할 것 아니오!

아내는 가당찮다는 듯이 일소에 붙였다.

— 무슨 꿍꿍이 속인지는 모르지만 당신이 자신이 아니라 순전히 남을 위해서 봉사를 하겠다는 것은 말도 안되는 소리에요. 그럴 위인이 아니라고요.

미상불(未嘗不) 맞는 말이다. 봉사를 한만큼의 반대급부가 보장되지 않는다면 기를 쓰고 회장이 되려고 하지는 않았을 것이다. 웬만치 돈을 쓴다고 해도 표가 나지 않을 만큼 많은 돈을 벌었으니, 남을 위해 봉사를 해도 되겠다는 마음이 전혀 없었던 것은 아니지만, 그것이 회장이 되려고 한 이유의 전부는 아니었다.

한인회장이 되면 한국에서 오는 여야 정치지도자들과 정부의 요인(要人), 재계의 거물들을 영접하고 접대하는 일은 다반사(茶飯事)로 해야 된다. 유엔 총회에 참석하기 위해서 오는 대통령 환영행사를 주관할 때도 있었다. 뉴욕 교포를 대신해서 한국에서 열리는 국가적 행사의 경축사절로 참석하기도 한다. 그러다가 보면 정부 차원의 굵직한 사업에 한 몫 끼어들 기회를 포착할 수도 있을 것이다.

허지만 최인영의 희망은 사업의 확장이 아니라 한국의 국회의원 자리였다. 한인회장으로서 많은 봉사활동을 하고 명예롭게 그 자리를 물러나고 나면 한국의 정계에 진출할 수 있는 교섭이 가능할 것이라고 판단했던 것이다. 그 동안 친교를 맺어 온 정계인사들이 적잖다. 오늘 골프를 치고 있는 이 의원만 해도 여당 내에서 다섯 손가락 안에 꼽히는 실세 중의 실세였다. 최인영은 골프가 끝나면 이 의원을 호화로운 레스토랑으로 모셔 식사를 대접한 다음 거액의 정치자금도 주어 보낼 생각이었다.

최인영은 첫 번 홀에서 버디를 잡았다. 쎄컨 샷이 보기 좋게 그린 위로 올라갔다. 한번의 퍼팅으로 공은 홀 속으로 빨려 들어갔던 것이다. 어쩌다가 보기가 끼었을 뿐 거의 파에 버디와 이글까지 하나 긴 점수는 이븐에서 두 점을 오버한 싱글을 기록했다.

식사 후에 이 의원의 아들은 일행 중에서 먼저 빠져 나갔다. 남은 세 사람은 은밀한 술집으로 자리를 옮겨 주연(酒宴)을 갖았다. 협상은 아주 짧은 시간 안에 순조롭게 마무리 되었다. 이 의원은 가까운 시일 내에 당 총재인 대통령과 청와대에서 면담을 할 수 있도록 주선해 주는 것은 물론 해외 교포 몫으로 할당될 전국구 의원직이나 지역구 공천에 대한 내락을 받아주기 위해 노력하겠다고 약속했다.

이 의원이 말했다.

"뉴욕 제일의 부자라는 최 회장께서 우리 손으로 만들어 수출한 차를 타고 다닐 만큼 검소한 분인 줄은 몰랐습니다."

"저에게 벤츠도 한대 있습니다. 그러나 쎄컨 카가 필수적인데, 그건 아무 주저 없이 한국 차로 골랐습니다. 국산차도 같은 외제 승용차들에 비해 성능이 결코 떨어지지 않더군요."

"잘 하셨습니다."

그 말끝에 김 대사가 말했다.

"우리 최 회장은 역대 한인회장 중에서 가장 봉사활동을 많이 하고 있는 사람입니다. 특히 최 회장이 앞장서서 벌이고 있는 국산품 애용운동은 큰 효과를 거두고 있습니다."

최인영은 바로 이런 말을 듣게 되는 것을 원했던 것이다. 그는 미소를 떠올렸다.

"뉴욕을 중심으로 미 동부지역에 1백만이 넘는 교포가 살고 있습니다. 한 세대당 일주일에 1백 달러 정도의 식품을 구입하는 것으로 보입니다. 한국 식품점에서 일제를 완전히 추방하고 국산품만 진열해 놓는다면 식품류의 대미 수출은 획기적인 전환점을 맞이할 수 있을 것으로 여겨집니다. 앞으로 이런 운동이 로스앤젤레스를 위시하여 전 미주에서 전개될 수 있도록 할 생각입니다."

"수출의 신장만이 조국의 선진화를 앞당길 수 있습니다. 다른 교포 지도자들이 최 회장의 뜻을 십분 이해하여 좋은 결실을 거두었으면 좋겠군요. 최 회장이야 말로 애국자입니다."

"과찬이십니다."

"아니에요. 대통령께서도 무척 기뻐하실 소식입니다."

국산품 애용운동이 국회의원 공천의 명분이 돼줄 수도 있을 것 같았다. 술자리는 화기애애한 가운데 종료 되었다.

3

만취한 최인영은 자가운전(自家運轉)이 불가능했기 때문에 자기 차는 주차장에 넣어두고 콜택시를 이용하여 집으로 돌아오고 있었다. 술이 취한 푼수로 보아서는 의식이 비교적 명료(明瞭)한 편이었다. 그는 불행 속에서 떠나왔던 조국으로 화려하게 귀국하고 있는 자신의 모습을 상상해 보고 있었다.

세계 정상의 지도자들 가운데는 좋은 가정환경 속에서 부모의 따뜻한 사랑을 듬뿍 받고 자란 사람도 많지만 그에 못지않게 불우한 어린 시절을 보낸 사람도 많다. 멀리 로마시대의 시저에서 링컨 대통령에 이르기까지 고아출신의 정치가는 한두 사람이 아니다. 아라비아 로렌스는 사생아(私生兒)였다. 뉴턴이나 넬슨 제독 같은 이도 부모의 사랑이 없는 결손 가정에서 자라난 사람들이라는 것을 역사는 말해 주고 있다.

불우한 것으로 따지면 누구 못지않게 참담한 어린 시절을 보낸 사람이 최인영이었다. 그는 부모의 얼굴을 기억하지 못하는 고아 출신이었다. 다만 자신의 지난날을 떠올릴 때 의식이 미치는 가장 오래된 기억이 기지촌에서 미군들에게 매달려 있는 자신의 모습이었다.

그는 은근한 목소리로 말했었다. 헤이, 헬로우 미. 아 윌 쇼우 유 프리티 걸. 언제 어떻게 부모를 여위었고 기지촌으로 흘러들게 되었으며 펨프짓을 시작하게 되었는지는 전혀 기억해 낼 수가 없었다.

환락(歡樂)과 마약(麻藥)이 난무하던 기지촌을 전전하며 굶어죽지 않고 살아남기 위하여 이리저리 찢기고 얻어맞으며 피를 흘려야 했던 과거를 가지고 있는 그는, 그런 환경 속에서 자라면서도 절망에 굴복하지 않고, 언젠가는 꼭 성공을 해서 이 시절의 상처를 보상받겠다는 강한 집념을 불태웠었다. 그것이 오늘의 그를 있게 한 원동력이 되었을 것이다. 그는 미국에 와서도 각고탁마(刻苦琢磨), 마침내 크게 성공을 거둔 것이었다.

콜택시는 차량의 통행이 드문 밤의 고속도로를 쾌속으로 질주하여 최인영을 그의 집 앞에 까지 무사하게 실어다 주었다. 차에서 내린 그는 방범등이 켜져 있는 진입로를 따라 현관을 향해 걸어가기 시작했다. 그를 처음으로 맞이한 것은 정원의 끝 바다 쪽에서 들려오는 파도소리였다. 잠들지 않고 있던 바다는 처얼썩 쏴아, 처얼썩 쏴아를 반복하며 끊임없이 보채고 있었다.

밤이슬이 내려있는 정원의 잔디는 물에 젖은 카펫처럼 축축했다. 곧장 집안으로 들어가려다가 생각을 바꾼 최인영은, 나무 밑에 놓아둔 의자에 몸을 내려놓고 담배를 한대 찾아 물면서, 성채(城砦)같은 자기의 저택을 바라보았다.

일층의 거실에는 불이 밝혀져 있었지만 아이들의 방에도, 이층의 아내가 쓰는 방에도 불은 꺼져 있었다. 새벽 2시가 가까워 오고 있는 시간이라는 것을 고려하면 이해가 안 가는 것도 아니지만, 아내는 그의 늦은 귀가를 한번도 기다려 준 일이 없었다.

남편의 귀가를 기다려 주지 않는 아내와 살고 있는 남자의 소외감은 당사자가 아니면 모르리라. 그렇게 된 원인의 발단을 남편 쪽에서 제공했다고 하더라도 그것은 참기 힘든 모독이며 소외감을 심화(深化)시키는 무엇이었다. 최인영은 신혼의 아주 짧은 기간 동안을 제외하면 아내가 열어주는 문을 통해 집안으로 들어선 기억이 전혀 없었다. 그것은 그들 부부의 사랑이 신혼기에 이미 종을 쳤다는 것을 의미하는 것이었다.

그의 결혼생활은 실패작이었다. 어디서부터 잘못 된 것일까. 그는 그것을 따져보기 위해서 결코 돌아보고 싶지 않은 지난날에 대한 기억을 떠올리기 시작했다.

아내에게는 이수정(李秀晶)이라는 한국 이름이 있기는 하지만 그녀는 이민 선두 그룹에 속해 있는 올드 타이머를 부모로 하여 미국에서 태어나 성장했기에 바바라라는 미국 이름으로 더 많이 불리워지는 여자였다. 바바라는 뉴욕의 명문 중고등학교를 거쳐, FIT를 졸업한 다음 패션 디자이너가 된 경력을 가지고 있었다.

그런 그녀에 비해 최인영은 원서만 내면 입학이 가능했던 시절의 시운(時運)을 타고 야간대학을 다닌 것이 공식학력의 전부였다. 사실 아내에 비해서는 보잘것없는 야간대학 졸업장이지만 그로서는 최선을 다해 산 결과로 그나마 그것을 얻은 것이었다.

기지촌에서 펨프짓을 하는 일을 계속하면서 그곳에 더 오래 있었다면 미제(美製) 물자를 파는 일 같은 것에 손을 댔을지도 모른다. 그것은 법망(法網)을 속이는 짓이었다. 자칫 했으면 소년원에 보내졌을 것이고, 그렇게 됐다면 그 후 교도소를 제 집처럼 드나드는 신세로 전락하지 않았을까.

그리고 기지촌에는 법보다 더 무서운 것이 있었다. 미군에게 몸을 파는 여자들에게 기생충(寄生蟲)처럼 붙어서 피같은 돈을 갈취하는, 둥기들로 대변되는 어깨들이 그것이었다. 그들은 이권(利權)에 따라 뭉쳐서 조직을 만들고 어린 그에게도 끄나풀이 되기를 강요했었다. 그 세계에 한번 발을 들여놓으면 인생 전체를 담보로 잡혀야 한다. 그들과 어울렸다고 해도 그는 별을 몇 개쯤 달게 되었을 것이다. 그렇게 되지 않은 것은 얼마나 다행한 일인가.

최인영이 기지촌을 떠날 수 있었던 데에는 쥬디 누나가 있었기 때문이다. 쥬디는 폐병을 알고 있던 양색씨였다. 그녀는 기침을 한번 시작하면 피를 한사발은 쏟았었다. 그래서 얼굴은 예뻤지만 단골이 없었다. 손님을 받지 못하면 약값을 벌 수가 없었다. 그는 공치는 날이 많은 쥬디에게 술 취한 미군들을 유인해다 주는 일을 했었다.

쥬디는 밤새도록 자고 가는 손님을 원하지 않았다. 언제 기침이 나올지 몰라서 그랬을 것 같다. 그래서 최인영은 주로 그녀와 같이 잠을 자고는 했다. 펨프였던 최인영은 쥬디가 무슨 짓으로 돈을 버는 지를 모를 리가 없었다. 사춘기도 되기 이전에 성에 대하여 너무 많은 것을 적나라하게 알게 되었지만 그렇다고 해서 그가 성에 눈을 떴다고는 할 수 없었다. 그는 그저 어린 소년이었을 뿐이다. 최인영이 쥬디에게 기대하는 것은 누이의 정이었다. 쥬디도 그를 동생으로 대했다.

두 사람은 친남매로 오인할 만큼 서로를 의지하며 살았었다. 그녀는 그가 같은 방에서 자다가 병을 옮을 것을 가장 걱정했었다. 쥬디의 병은 날로 더해갔다. 스물네 살의 꽃다운 나이에 만신창이가 되도록 찢기고 병들어버린 하찮은 여자였지만 마음이 고왔던 그녀는 소년 최인영을 애지중지했었다.

만약 그녀가 병이 들지 않았었다면 그녀는 최인영에게 펨푸짓을 시키는 대신 보호자로서의 역할을 수행하여 학교에 보냈을 것이다. 그녀는 그가 학교에 다니지 못하는 것을 가슴 아파하며 틈틈이 최인영에게 한글을 깨우쳐 주었다. 그는 그때까지 초등학교에 입학한 일도 없었지만 한글을 읽고 쓰는 것은 물론이요, 더하고 빼고 곱하고 나누는 것을 할 수 있었다. 그것은 순전히 쥬디 누나 덕분이었다.

몸으로 먹고 사는 여인들의 원색적이고 조잡한 화장과 네온사인과 악을 쓰는 것 같은 팝쏭과 술 취한 미국 병사들의 거친 욕설과 남녀가 어울려 토해내는 교성(嬌聲)이 난무하던 그곳은 인간애라는 것이 발붙일 수 있는 자양분(滋養分)이 없는 척박한 회색지대였다. 그러기에 최인영은 쥬디 누나와 나눈 정이 애틋하고 남다른 것이었다고 회상할 수 있었다.

겨울은 춥고 지루했었다. 쥬디 누나가 한 많았던 이승을 하직한 것은, 따뜻한 햇살이 언제까지나 세도(勢道)를 부릴 것 같았던 추위의 위세를 밀어내며, 음습하고 어둡던 기지촌에 봄을 몰고오던 무렵의 어느 날이었다. 그 밤 꽃시세움을 하는 바람소리가 문풍지를 끊임없이 울리며 보챘던 기억이 난다.

그가 그녀의 임종(臨終)을 지켰다. 그녀는 유언으로 이렇게 말했었다.

— 인영아, 네가 성공하는 모습을 보지 못할 것 같다. 넌 성공하겠다

고 말했었지. 성공하려면 더 늦기 전에 이곳을 떠나라. 여기는 배울 것이 없는 곳이다. 너도 보란 듯이 잘살게 되는 날이 있어야 하지 않겠니.

그녀는 마지막으로 이런 말로 당부했었다.

— 너는 꼭 성공해야 한다. 나를 봐라. 돈 없으면 인간이 아니야. 네가 성공해서 남부러울 것이 없게 사는 날이 있다면 나는 죽어서도 한을 풀 수 있을 것이다.

그는 누나의 이 말을 30년이 지난 지금도 잊지 않고 있다. 돈 없으면 인간이 아니야. 죽어가며 하는 말이었기에 힘은 없었지만 어떤 웅변보다도 더 진한 떨림으로 가슴을 울렸었다. 뼈에 아로 새겼기에 바로 어제 들었던 말인 듯 아직도 생생한가 보다. 그는 이렇게 일찍이 꼭 성공해야 한다는 생각을 했었다. 성공의 목표는 바로 돈을 버는 것으로 정해졌다. 그녀는 몸을 팔아서 약값을 마련해야 했던 참혹한 불행을 통해 최인영에게 성공에 대한 집념을 확실하게 심어주고 간 것이었다.

그는 누나의 말대로 그녀가 화장터에서 재로 만들어져 산에 뿌려진 이튿날 기지촌을 떠났다. 그의 나의 열세 살이 되던 해의 일이었다. 유일하게 믿고 의지했던 누이가 죽고 보니 더 이상 그곳에 있을 기분이 아니었다. 성공을 하려면 그곳을 떠나야 한다고 말했던 누나의 말에 동감한 때문이기도 했다.

최인영은 자기가 지금까지 살아오면서 여러 가지 결단을 내렸었지만 그때 기지촌을 떠난 것이 가장 쓸 만한 것이었다고 생각하는 사람이었다. 그곳은 최소한 굶지 않고 살아갈 수 있는 방법이 제공되던 곳이었다. 그는 안정된 기반을 버리고 서울이라는 낯선 도시로 진출한 것이었다. 그는 그런 면에서 모험심이 강한 편에 속한다고 할 수 있었다.

서울에 도착한 그에게 마땅한 일거리가 있을 리 없었다. 질서가 잡히

지 않은 서울 역시 보호자 없이 살아야 하는 사람에게는 무법천지(無法
天地)와 다를 것이 없었다. 대낮에도 버젓이 날치기가 성행하고 있었다.
도처에 소매치기와 깡패들이 우굴거렸다.

최인영은 기지촌에서 펨푸짓 이외에 낮에는 구두를 닦는 일을 했었
다. 그것이 그가 가지고 있는 유일한 기술이었다. 별로 가진 것 없이 상
경(上京)했던 그가 굶어 죽지 않기 위해서는 기득권(旣得權)을 가지고
있는 사람들에게 맞아 죽는 한이 있어도 우선은 닦이통을 들고 거리로
나서는 수밖에 없었다. 세상에 혼자 버려지고 생존을 위협받는 상황에
처하게 되면 평소에는 없었던 용기가 솟는다는 것을 최인영은 잘 안다.
허긴 굶어 죽으나 맞아 죽으나 죽기는 마찬가지 아니겠는가. 용기를 못
낼 것도 없는 일이었다.

어느 정도 예상은 하고 있었지만 여지없이 몰매를 맞은 것은 개업을
한지 1시간도 채 못되었을 때였다. 장소는 신설동 근처였다. 다방에 들
어가서 손님에게 주문을 겨우 하나 맡은 뒤의 일이었다. 그는 그 일대를
무대로 생활하고 있는 닦이들에 의해 골목으로 끌려가게 되었다. 다섯
명이었던가. 그를 에워싼 닦이들이 불문곡직(不問曲直) 얼굴과 배와 등
과 엉덩이를 사정없이 때리고 차고 지지 밟기 시작했다.

이때 그곳을 지나가던 한 청년이 다가왔다. 청년은 처음 점잖게 말했
다.

—너희들 그만 해.

닦이들이 청년에게 말했다.

—아저씨는 남의 일에 상관 말고 가던 길이나 가쇼.

청년은 입가에 미소를 지었다. 그는 타이르듯 말했다.

—내가 너보다 어른인데 반말을 하는 것을 보니 버릇이 없는 놈이구

나.

　—어쭈.

닭이들은 분명 청년보다 턱없이 어렸다. 그러나 수를 믿었거나 아니면 자신들의 뒤에 있는 큰형님을 믿었을는지도 모른다. 그들은 순식간에 청년을 에워싼 다음 최인영에게 하듯 주먹을 날리고 발길질을 시도했다. 그러나 그것은 시도로 끝나고 만 참으로 무모하기 짝이 없는 도전이었다는 것이 이내 밝혀졌다.

청년은 별로 몸을 움직인 것 같지도 않은데 닭이들이 하나씩 거리로 패대기쳐졌다. 마치 바위에 계란이 부딪친 꼴이었다.

최인영은 자기 눈을 의심했다. 닭이들도 자기네 형님보다 더 실력 있는 대부의 똘마니를 잘못 건드렸나 보다고 여겼을 것이다.

청년은 닭이들에게 말했다.

　—모두 일어서.

닭이들은 명령에 따랐다.

　—지금부터 토끼뜀 자세를 취한다. 알겠나.

닭이들은 이구동성(異口同聲)으로 소리를 질렀다.

　—네, 알겠습니다.

그들은 두 손으로 귀를 잡은 다음 쪼그리고 앉았다.

　—요령은 골목 끝까지 갔다 돌아오는 것이다. 알았으면 복창하고 실시한다.

닭이들이 복창을 했다.

　—네, 알겠습니다.

그리고 그들은 골목 끝을 향해 토끼뜀을 뛰기 시작했다. 그렇게 세 바퀴는 돌리고 났을 때 청년이 말했다.

—자, 이번에는 골목 끝까지 갔다가 되돌아오지 말고 그대로 거리로 나가서 너희들 갈 곳으로 가.

닭이들은 일진(日辰)이 나쁜 것을 원망하며, 자신들의 형님보다 더 실력 있는 주먹을 몰라본 것을 후회하며, 시키는 대로 토끼뜀을 하고는 골목 끝까지 갔다가 거기서 부터는 일어나, 걸음아 날 살려라 하고 달아나기 시작했다. 그 직후에 청년은 최인영을 살피더니 말했다.

— 좀 아프기는 하겠지만 크게 상처는 나지 않았으니 걱정할 것은 없겠다. 그럼 난 갈 테니. 알았어.

청년은 돌아섰다. 그대로 자기 가던 길을 가겠다는 표시였다. 최인영이 다급히 말했다.

— 저, 제가 앞으로 큰형님으로 모시겠습니다.

— 너 몇 살이냐?

— 열세 살인데요.

— 마 그러면 내가 너보다 스무 살도 더 먹었다. 그 정도 차이면 형님이 아니라 아저씨라고 부르는 거야. 그리고 미안하지만 나는 너 같은 동생을 거느릴 필요가 있는 사람이 아니다.

쉽게 말해서 깡패가 아니라는 뜻이었다. 그는 거의 본능적으로 이 사람에게 매달려야 한다는 직감이 들었다.

— 저기요 아저씨, 저는 3일 전에 서울에 왔어요. 갈 데도 없고 할 일도 없어요. 구두를 닦아서 생활하려다가 두들겨 맞고 있었던 거예요. 플리스 헬 미, 써.

그가 다급하게 말하다가 '플리스 헬 미, 써' 라는 영어를 하자 청년은 재미있다는 듯이 얼굴에 미소를 지었다.

— 어디서 배운 영어냐?

― 송탄이요. 전 지금까지 기지촌에서 살았어요.

― 부모님은?

― 전쟁 때 다 돌아가셨고요.

― 고아냐?

― 네. 아무도 없어요. 저 좀 도와주세요. 전 나쁜 사람이 되고 싶지 않아요. 성공하고 싶어서 서울에 온 거에요.

청년은 다시 한번 천천히 최인영을 살폈다. 그러면서 생각에 잠기더니 이윽고 결단을 내린 듯 말했다.

― 그래, 나를 따라 와라.

청년이 최인영을 데리고 간 곳은 신설동에서 고려대학교 쪽으로 방향을 잡아 가다가 만난 한 태권도 도장이었다.

― 나는 이 체육관 관장이다.

최인영은 그 날부터 그곳에서 자고 먹으며 청소를 하고 잔심부름을 하는 일을 하기 시작했다. 이날 청년을 만난 것은 최인영의 행운이었다. 쥬디 누나는 돈이 없으면 인간이 아니라는 것을 확실하게 가르쳐 준 선생이고, 청년은 치안부재의 서울에서 자신을 지키고 악의 세계에 빠지지 않도록 이끌어 준 스승이었다.

돈을 번다는 것은 나중의 문제고 일단 새우잠을 잘망정 먹고 잘 곳이 생겼다는 것만으로도 천만다행한 일이 아닐 수 없었다. 그는 체육관 바닥은 물론 그곳으로 올라오는 계단까지 먼지 하나 없도록 쓸고 닦았다. 청년의 성이 김 씨였다. 그래서 사람들은 그를 김 관장이라고 불렀다.

최인영은 청소를 하고 관장이나 사범들이 태권도를 지도하는 동안에는 전화를 받았다. 자연 그들로부터 운동을 배울 수 있는 기회도 주어졌다. 당시 서울의 치안은 엉망이었다. 만원 버스 안에는 의례껏 소매치기가 같이 타고 있었다. 그들이 범행을 저지르는 것을 목격했다고 하여 알려 줄 수도 없었다. 만약 그랬다가는 얼굴에 예리한 면도칼 세례를 받을 각오를 같이 해야 할 판이었다. 법은 멀리 있었다.

그는 자기를 지키기 위해서는 법만 믿고 있어서는 안된다는 생각을 할 수밖에 없었다. 법은 누구에게나 평등한 것 같아도 그것을 운용(運用)하는 사람들의 필요에 따라 있거나, 권력을 쥔 사람들의 편은 잘 들어도 혈혈단신인 고아를 지켜주는 데는 지극히 인색하다는 것을 일찍이 깨달은 바 있었다. 거기에 비해서 주먹은 너무 가까이에서 마구 휘둘려지고 있었다. 그는 자기를 지키기 위해서는 호신술(護身術)이 꼭 필요하다고 여겼기 때문에 틈틈이 태권도를 배우는데 최선을 다했다.

체육관은 5층 건물의 맨 위층에 들어 있었다. 그 건물은 없는 것이 없을 정도로 다양한 업소가 입주해 있는 재미있는 건물이었다. 일층은 전파상 약국 문방구 같은 것들이 들어 있는 상가였다. 2층에는 다방과 음식점, 3층에는 미장원과 무슨 연구소니 하는 것들이 입주해 있었다. 4층은 사무실이고 5층에는 체육관 이외에도 신문보급소가 하나 또 있었다.

그는 가끔씩 신문보급소에 들려 보급소장의 담배 심부름 같은 것을 자청해서 해주었다. 몸이 날렵한 그는 잠시도 쉬지 않을 정도로 부지런을 떨었다. 이것이 주위 사람들의 마음에 들었나 보다. 관장도 그를 귀여워했고, 신문보급소 소장도 그를 예뻐했다.

신문보급소 소장의 성은 박 씨였다. 그래서 사람들은 그를 박 소장이라고 불렀다. 박 소장은 매우 도수 높은 안경을 끼고 있었다. 그는 가까이 있어도 잘 보이지 않는지 최인영을 볼 때면 얼굴을 약간 숙이고 눈을 치뜨는 자세를 취하고는 했다. 성공하겠다는 생각은 꽉 차 있었지만 그것을 어떻게 성취해야 하는지 막연하기만 했을 때 구체적인 접근 방법을 가르쳐준 사람은 바로 박 소장이었다.

그는 흘러내리는 안경다리를 추켜 올리면서 이따금 불러서 이런 말을 들려주었다.

— 눈물 젖은 빵을 먹어 본 사람만이 승리의 월계관(月桂冠)을 쓰고 웃을 자격이 있다.

— 고생 끝에 낙이 있다.

— 젊어서 고생은 돈을 주고 사서도 하는 것이다.

— 오늘의 불후한 처지를 탓하지 마라 내일도 태양은 뜬다.

— 성공은 어떤 어려움 속에서도 좌절하지 않고 새롭게 일어나서 도전하는 용기에 의하여 쟁취된다.

— 아는 것이 힘이다. 배워서 남주나.

— 하늘은 스스로 돕는 사람을 돕는다.

그는 언성을 높여서 웅변하듯 말하지는 않았다. 목소리는 낮았지만 한마디 한마디에 지금까지 살아온 평생의 경험이 실려 있었다. 그는 또 이렇게 말했다.

— 이놈아! 성공을 하려면 공부를 해야 한다.

— 전 국민학교 문앞에도 못가 봤는 걸요.

— 그런 주제로는 어림도 없다. 지금부터라도 늦지 않았으니까 공부를 시작해.

— 누군 공부하기 싫어서 안하는 줄 아세요.

— 뜻이 있으면 길이 있다. 공부하고 싶은 생각은 있니?

— 물론이죠.

— 그럼 내가 도와주마.

신문보급소 박 소장은 먼저 체육관의 김 관장과 최인영의 문제를 상의했다. 그 결과 야간에 중등과정을 지도해 주는 공민학교라도 보내주자는 합의를 하기에 이른 것이었다. 그런 다음 박 소장이 직접 학교를 방문하여 최인영의 입학 문제를 매듭지어 주었다. 김 관장은 그에게 교복과 책과 책가방을 사주었다. 불우 아동들에게 배움의 길을 열어 주자는데 뜻을 같이 한 대학생들이 모여 운영하는 것이기에 등록금 같은 것은 없었다.

마침내 최인영은 배움의 기회를 잡은 것이었다. 정식 중학교는 아니었지만 중등과정을 지도해 준다는 면에서는 중학교나 다름없었다. 많지는 않았지만 이곳에서 공부를 한 다음 검정고시를 통해 정식으로 고등학교에 진학하는 학생들이 있었다.

최인영이 다닌 공민학교에는 의외로 초등학교도 다니지 않은 학생들이 많았다. 모두 불후한 환경에 처해 있는 학생들이었다. 공부를 하고 싶다는 마음이 들어 입학은 하지만 제대로 졸업을 하는 학생들이 많지는 않았다. 그러나 최인영은 악착같았다. 결코 중도에서 포기하지 않았다. 무식해서는 성공할 수 없다는 것을 박 소장이 기회 있을 때마다 그의 뇌리에 주입시켜 주며 용기를 북돋우어 준 것이 큰 힘이 되었다.

최인영은 마침내 그 공민학교를 통해 중학교 졸업자격 검정고시에 합격을 할 수 있었다. 고등학교 과정은 숫제 독학으로 마쳤다. 이때쯤 그는 태권도 유단자(有段者)가 되어 유치부 어린이들을 지도하는 것으로 김 관장에게 작으나마 보은(報恩)을 하고 있었다. 김 관장은 그에게 고등학교는 보내주지 못했지만 숙식 제공은 물론이고, 용돈과 책값을 인색하지 않게 주었다. 김 관장은 그의 보호자 역할을 그런대로 잘해 준 은인이었다. 아무튼 고등학교 졸업자격 검정고시는 우렁찬 구령소리가 멈추고 체육관이 텅 비게 되는 밤 시간을 이용하여 준비한 것이었다.

다행이었던 것은 요즈음처럼 입시경쟁이 치열하지 않았다는 점이었다. 검정고시를 통해서라도 고등학교 졸업자격만 인정받으면 대학생이 되는 것은 돈의 문제였지 실력의 문제가 아니었던 때였다. 그는 신설된 야간 대학의 영어영문과에 지원하여 무난히 합격할 수 있었다.

공부를 한다고 하다가 지레 지쳐서 포기할 줄 알았던 최인영이 한번 먹은 마음을 끝까지 변치 않고 초지일관(初志一貫)으로 밀고 나가 야간 대학이나마 정식으로 대학생이 되자 김 관장은 여간 흐뭇해하지 않았다. 박 소장도 물론이었다. 다른 아이들 같으면 중도에서 체육관을 뛰쳐나갔을 지도 모르는 일이었다. 한 우물을 판 덕분에 대학생이 될 수도 있었다. 태권도 실력도 관장과 버금할 수준까지 향상시킬 수 있게 되었다.

최인영이 대학생이 된 것은 배움의 길만 연 것이 아니라 주위 사람으로부터 부지런함과 성실성과 무엇이 돼도 꼭 될 사람이라는 가능성을 동시에 인정받는 계기가 되었다. 김 관장은 등록금을 대고 박 소장은 책 값을 자청하여 해결해 주었다. 주위의 그를 아는 많은 사람들이 저만큼 용돈을 찔러주고는 했었다.

그는 대학 2학년 과정을 수료하고 입대하여 태권도 교관으로써 군복무를 마칠 수 있었다. 이때 그의 태권도 실력은 일취월장(日就月將)했다. 제대하기 직전에 공인 9단을 획득했던 그는 복학한 다음부터는 김 관장을 대신하여 실질적으로 체육관을 이끌어 가면서 대학을 마칠 수 있었다.

아내와는 학력의 격차가 너무 심하다는 것을 자신도 인정한다. 그렇지만 그것이 부부화합을 가로 막는 결정적인 요인이 되었다고 보지는 않는다. 비록 제대로 배우지는 않았지만 최인영이 아내에 비해 지능이 뒤지거나 무지하지도 않다고 보기 때문이었다. 오히려 수많은 역경에 처했었지만 좌절하지 않고 그 때 마다 오뚝이처럼 일어서 살아온 그에게는 남다른 위기관리 능력이 있다고 할 수 있었다. 학력이 앞선 아내에게 위축을 느낄 그는 아니었다.

최인영의 대학교 학점은 모든 과목에서 우수하지는 못했다. 스스로 학비를 조달해야 하고, 먹고 살아야 하는 것까지 해결하는데 따른 불가피한 현상이었다. 그러나 그는 영어 하나만은 확실하게 정복할 수 있었다. 여분의 시간을 집중적으로 영어에 투자시킨 결과였다.

그가 영어에 그렇게 집착했던 것은 무엇 때문이었을까. 기지촌 시절 눈치코치로 얻어 들어 알게 된 반동가리 영어에 대하여 자존심을 세우고 싶었는지도 모른다. 그렇다기 보다 그는 기지촌에 빌붙어 살았던 경험 속에서 일찍이 영어만 잘하면 돈을 벌 수 있다는 생각을 하게 됐던 것 같다. 그 연장선에서 영어에 집착하게 된 것이라고 보인다. 콘사이스를 통째로 씹어 먹으며 단어를 암기하는 우직한 방법을 택한 그는 대학 문을 나서기 전에 걸어 다니는 콘사이스라는 별명을 얻을 수 있었다.

전 과목에 걸쳐 고루 우수한 학점을 받아봐야 야간대학 졸업장으로는 신통찮은 직장밖에 얻어 걸리지 못하던 때 그는 영어 하나를 완벽하게 습득한 보상으로 남들이 다 부러워하는 무역회사에 들어가서 바이어를 상대하는 일자리를 따낼 수 있었다.

우리 나라 전체 무역 액수가 몇 억 달러도 되지 않았던 호랑이 담배 피우던 시절이었기에 영어를 제대로 하는 사람이 별로 없던 때였다. 그런 만큼 그의 희소가치는 높았었다. 그대로 그 회사에 주저앉았다면 지금쯤 중역은 무난히 되었을 것이라고 여겨진다.

만약 나중에 자서전(自敍傳)이라도 쓰게 된다면 쥬디 누나의 죽음과 김 관장과의 만남 등이 소년기에서 대학을 마칠 때까지 사이에서 발생한 가장 큰 이벤트로 기록될 것이다. 박 소장도 빼놓을 수 없는 사람이었다. 그 이외에 지은옥(池銀玉)이라는 이름을 가진 여자가 한명 더 있지만 그녀와의 만남과 이별에 이르는 과정은 자서전에 낱낱이 공개할 수 있을런지 확신할 수가 없었다.

최인영은 세상을 살아오면서 사람들로부터 많은 은혜를 받았다고 여기고 있다. 그래서 가능하면 작은 것이든, 인생의 전기를 마련해 준 큰 것이든 그 모두를 소중한 것으로 여겨 은혜를 입었으면 꼭 갚고, 또한 서로에게 상처를 주지 않도록 노력하면서 살아왔다고 자부한다. 그러나 은옥과의 만남은 일방적인 그녀의 희생으로 막을 내렸다.

한 여자로부터 지고지순한 사랑을 받았으면서도 그것을 배신할 수밖에 없었던 전말(顚末)은 지금 되돌아보아도 가슴 아프며 부끄러운 일이 아닐 수 없었다. 그것을 공개하는 데는 상당한 용기가 뒤따를 것이다.

은옥을 만난 것은 군복무를 마치고 3학년으로 복학했던 직후의 일이었다. 3년 동안 군에 가 있다가 와 보니 동기생들은 아무도 남아 있지 않았다. 같이 강의를 듣는 사람들은 모두 새얼굴이었다. 은옥도 그 중에 하나였다.

그녀는 낮에는 출판사에서 일을 한다고 했다. 가정형편이 여유롭지는 않았지만 최인영보다는 나았던 은옥은 자기의 월급 중에서 상당 부분을 그를 위해 쓰는데 주저하지 않았다. 월급이 쥐꼬리만 했을 것이 뻔하고 보면 그녀는 다른 곳에 한 푼의 돈도 낭비를 하지 않는 또순이 기질을 발휘한 결과로 그에게 티셔츠도 사주고 내복도 선물할 수 있었을 것이다.

최인영은 이 무렵 김 관장의 배려에 의해 체육관 근처에다가 방 하나를 얻어서 생활하고 있었다. 김 관장은 부관장이라는 명칭을 사용하며 실질적으로 체육관을 이끌어 가는 최인영에게 더 이상 난방이 되지 않는 마룻바닥에서 자도록 할 수는 없다고 생각했었던 것 같다.

은옥은 낮에 직장을 다니고 밤에 공부를 하는 바쁜 틈에도 일요일 같은 때 그의 방을 찾아와서 냄새가 나는 이불과 양말을 빨고 찌개가 있는 밥상을 받을 수 있도록 해 준 여자였다. 결혼할 의사를 확인하자 잠자리를 같이 하는 데에도 주저하지 않았었다. 두 사람에게는 그것이 첫사랑이었다. 만약 자신이 그녀를 배신하지 않았다면 첫사랑이 그대로 결혼으로 이어진 역사를 창조했을 것이다.

최인영은 대학을 졸업하는 것과 동시에 취직을 했었다. 자연 체육관을 떠나 독립하게 되었다. 2년 이상 교제를 해왔던 은옥은 하루 빨리 같이 살게 되기를 원했다. 그 결과로 결혼식 올릴 비용이 없었던 그들은 월세 방을 얻어 동거를 시작하자는데 합의를 하게 되었다. 은옥의 집에서는 처음 내키지 않았지만, 딸이 원하는 일이고, 그녀가 또한 최인영은 배신할 사람이 결코 아니라는 보증을 했기 때문에, 가을이라도 식을 올리라는 조건을 달아 승낙을 해주었다.

그들이 세 들었던 방은 수돗물이 나오지 않는 산비탈에 위치해 있었다. 그녀는 공동 우물에서 물을 길어다가 밥을 짓고 쪼그리고 앉아 연탄불을 갈면서도 언제나 웃음을 잃지 않았었다. 판자로 얼기설기 만들어서 겨우 눈비를 피하게 만들어진 집은 바람만 세게 불어도 날아갈 것 같았다. 밥 지으려고 떠다 놓은 물이 꽁꽁 얼어붙기 때문에 그것을 녹여서 사용해야 할 정도로 난방이 전혀 되지 않았던 곳이었다. 옆방에서 기침만 크게 해도 다 들리니 사랑을 마음 놓고 할 수도 없었다.

그녀는 그와 함께 있다는 사실 하나로 그런 곳에서 살아도 우주를 얻은 듯 행복해 했었다. 영악한 면이 전혀 없는 정말 착한 여자였다. 그런 그녀였기에 그는 더욱 더 어떻게 하든 돈을 많이 벌어서 남들이 모두 부러워할 수 있도록 만들어 주고 싶었는지도 모른다.

최인영은 차츰 자기가 회사에 가져다 주는 이익에 비해 너무 형편없는 월급을 받아야 한다는 사실을 견딜 수 없어 하기 시작했다. 한번은 버스를 타러 비탈을 내려가다가 미끄러져 발목을 삔 일이 있었다. 그는 하루빨리 이놈의 달동네에서 탈출해야 한다고 이를 갈았다. 그러나 누구에게 일체의 도움을 받지 않은 상태에서 시작한 그가 셋방살이를 면하려면 언제가 될지 부지하세월이었다.

최인영은 무슨 수를 내지 않으면 안된다는 생각을 하기 시작했다. 이럴 때 그는 미국에 가면 기회를 잡을 수 있을지도 모른다는 유혹을 느꼈다. 영어에 자신이 있었기 때문에 한번 그 생각이 들자 유혹은 끊임없이 그를 충동질 했다. 그는 도전하는 자만이 성공의 기쁨을 만끽할 수 있다는 것을 신봉(信奉)한 사람이었다.

그런 그에게 회사에서 뉴욕 출장을 명한 것이 운명의 갈림길이 되고 말았다. 그는 뉴욕에 출장을 왔다가 귀국하지 않고 그대로 주저앉았던 것이다. 가까운 시일 내에 다시 올 것 같지 않은 기회를 놓칠 수가 없었던 것이다.

그는 은옥에게 길면 몇 년, 짧으면 일 년 이내라도 기반을 잡은 다음 미국으로 데려올 테니 기다리라는 편지를 내는 것으로 미봉책을 삼았다.

그는 원하던 미국에 의외로 쉽게 온 셈이었다. 문제는 은옥을 미국으로 데려올 수 있는 방법이 없다는데 있었다. 비자 기간이 만료되면서 불법체류자가 된 그로서는 신분상의 제약 때문에 성공하는 것은 고사하고 취직자리도 쉽지 않았다. 싸구려 노무자 합숙소에서 새우잠을 자고 자신에게 영주권을 해결해 줄 수 있는 고용주를 찾아 맨해튼을 이 잡듯이 뒤지고 다니던 때의 절망을 생각하면 이십여 년이 지난 지금도 진저리가 쳐진다.

최인영이 뉴욕에 처음 왔던 70년대 초에는 교포가 지금처럼 많지 않았다. 지금은 맨해튼 브로드웨이에 가면 1분에 한국 사람을 열 명도 더 마주칠 수 있지만 그 때는 한시간을 기다려도 한명을 만날 수 없던 때였다. 하루 온종일쯤 지켜 서 있으면 혹시 한명은 만날 수 있었을까.

한국 사람을 만날 수 있는 유일한 방법이 일요일에 교회를 찾아가는 것이었다. 한국말로 예배를 보니 한국말을 들을 수 있는 곳이 교회였다. 예배가 끝나고 나서는 김치와 된장찌개가 있는 한국식 음식을 나누어 먹었다. 한국 사람이 모이니 자연 고국 소식을 접할 수도 있었다. 그렇기 때문에 교회는 초기 이민사회 형성에 아주 독특한 역할을 담당했던 사랑방 같은 곳이었다.

교회에서 만난 유학생들이 목사의 주례로 결혼식을 올려 부부가 되는 예도 많았다. 아닌 게 아니라 교회를 가야 남자는 여자를 구경할 수 있고, 여자는 남자를 볼 수 있었으니 결혼 적령기의 청춘 남녀에게 있어 서로를 연결해 주는 유일한 중개 역할을 했던 곳이 교회였다. 교회는 그렇게 결혼상담소 역할까지 했었다.

최인영이 교회를 나가기 시작한 것은 한 교포 무역업자의 사무실에 취직이 된 직후였다. 그의 고용주는 그가 불법체류자라는 것을 빌미로 삼아 형편없이 적은 보수를 제시했지만 우선은 직장을 얻었다는 것만도 감지덕지해야 할 판이었다.

영주권을 만들어 줄 수 있는 여자를 만나려는 불순한 동기를 가지고 그가 교회를 다니기 시작했던 것은 아니었다. 교회나 가야 한국 소식을 듣고 예배가 끝난 다음에 제공되는 한국음식을 맛볼 수 있었다는 바로 그 점에 끌렸었다. 그렇게라도 하지 않으면 밤마다 져며오는 향수를 달랠 길이 없었기 때문이었다. 또한 자신의 처지가 한심했기에 신앙을 통해 위로를 받고, 용기를 얻을 수 있게 되는 것을 바랬다는 것도 부인할 수 없을 것이다.

최인영은 전쟁 고아로 버려져서 잡초(雜草)처럼 살아온 것에 비해서는 단정한 용모를 지니고 있는 편이었다. 키도 후리후리하고 눈이 서글서글하여 누구라도 그의 첫인상에 나쁜 점수를 주는 편은 아니었다. 성가대에 어울려 찬송까지 하는 최인영을 신앙심이 깊은 선량한 남자라고 생각하는 교우(教友)들이 의외로 많았다.

그는 유부남이라는 사실을 발설하지 않았다. 정확히 말하면 유부남이라기보다 한때 여자와 동거를 한 과거가 있는 남자일 뿐이었다. 그는 은옥과 혼인신고를 하지 않은 상태였다. 그러기에 과거는 있지만 총각이라고 한다 해서 하자(瑕疵)가 있는 것은 아니었다.

그렇지만 그는 자신을 스스로 총각이라고 생각하지는 않았다. 은옥을 배신할 생각이 없었기 때문이었다. 다만 구태여 자기 입으로 광고를 낼 필요가 없기에 침묵한 것뿐이었다. 사실을 밝히지 않음으로서 결과적으로는 총각행세를 하고 교우들을 속인 격이 되었지만 말이다.

총각이라고 보았을 때 그는 제법 괜찮은 신랑감 후보에 꼽힐 수가 있었다. 과년한 딸을 둔 부모 중에서 미국인을 사위로 보고 싶지 않은 사람들이 먼저 그에게 관심을 표명했다. 공부하느라 결혼이 늦어진 여자 중에서도 미국에서 살았기 때문에 대담할 수 있는 눈짓을 보내는 여자가 생겨나기 시작했다.

최인영은 그 모두를 점잖게 묵살했다. 적어도 경거망동(輕擧妄動)하거나 간단히 은옥을 배신했던 것은 아니라는 말이었다. 그의 그런 묵살이 그에 대한 주가를 천정부지로 올려놓고 있는 줄은 본인도 모르고 있었다.

그에게 관심을 집중 시킨 여자 중에서 가장 예쁘고 한눈에 띄었던 여자가 지금의 아내인 바바라였다. 그는 물론 그녀에게도 모른 척했었다. 결코 그가 먼저 바바라에게 접근한 것은 아니었다. 운명이 그렇게 돼 있었기 때문에 서로 맺어졌는지도 모른다.

운명이라고 생각하는 데에는 의지의 밖에서 어떤 사건이 개입하여 두 사람의 인연이 구체화되기 시작했다는데서 기인한다. 그 해 크리스마스가 다가오고 있던 무렵의 어느 날이었다. 그가 집으로 돌아가기 위해 사무실을 나왔을 때 밖에는 빌딩에서 쏟아져 나온 인파로 혼잡을 이루고 있었다. 그들의 얼굴에는 행복이 넘치고 있었다. 팔에는 가족들에게 줄 선물 꾸러미가 안겨 있는 사람이 많았다. 대형 크리스마스 장식들로 둘러싸인 백화점에서는 흥겨운 캐럴이 흘러나오고 있었다.

그는 인파에 휩쓸려 걸어가면서 한국에 두고 온 은옥을 생각하고 있었다. 그녀를 사랑하는 마음에는 변함이 없지만 그것을 표현할 방법이 없었다. 전화도 되지 않던 때며 선물을 사서 보낸다고 해도 그녀에게 배달될 수 있다고 장담을 할 수 없는 상태였다. 떨어져 있으니 마음만 간절할 뿐이었다.

지향 없이 걷고 있던 그가, 어떤 미국인이 차를 세워 놓고 싫다는 여자를 억지로 태우려 하는 모습을 발견하게 된 것은, 쇼윈도에 화려하게 만들어진 옷이 진열되어 있던 패션 애비뉴의 한가게 앞에서 였다. 저항하고 있는 여자를 첫눈에 보았을 때는 동양계였다. 다시 자세히 보았을 때는 같은 교회에 다니고 있는 바바라 리였다. 그는 두 사람에게로 다가 갔다. 여자가 최인영을 보고 놀란 표정을 지었다.

그녀가 그에게 구조를 요청했다.

"저 좀 도와주세요. 저 남자가 나를 납치하려고 해요."

그는 몇 명이 한꺼번에 덤벼도 눈도 깜짝하지 않을 수 있는 태권도 고단자였다. 최인영은 처음 좋은 말로 미국인을 돌려보내려고 했었다. 그러나 상대가 듣기 거북한 욕설을 퍼붓는 것으로 최인영의 코털을 건드렸다.

미국인으로 하여금 먼저 주먹을 날리도록 유도하여 정당방위 형식을 취한 다음 그는 두 번도 필요 없는 단 한방으로 거구의 미국인을 길바닥에 패대기쳐 놓고 말았다.

그는 공인 9단의 태권도 사범이었다. 그것은 어떤 무술의 고단자와도 일대 일로는 지지 않는다 것이라는 사실을 의미하는 것이었다. 하물며 덩치만 컸지 운동을 하지 않은 한 사람쯤이야 손바닥 뒤집는 것보다 더 쉽게 요리할 수 있었다.

미국인은 길바닥에 나가떨어져서 한참만에야 의식을 회복했다. 최인영은 일어나는 그에게 먼저 주먹을 쓴 것이 너라는 사실을 주지시켰다. 미국인은 경찰을 불러 리포트를 해봐야 자신이 불리하다는 것을 인정했을 것이다. 최인영이 없어지라고 하자 그는 잠자코 차에 올라타더니 사라져 갔다. 그는 처음부터 최인영의 상대가 아니었다.

바바라는 최인영을 바라보았다. 그녀의 얼굴에는 미국인을 단 한방에 묵사발을 만들어 놓은 최인영에 대한 존경심과 자신의 치부(恥部)를 들킨데 대한 수치심이 뒤엉킨 복잡한 표정이 나타나 있었다.

그녀가 먼저 입을 열었다.

— 미스터 최가 아니었다면 큰 곤경에 빠질 뻔했어요. 정말 고마워요.

— 제가 도움이 됐다면 다행입니다.

그는 그녀에게 어디 가서 차라도 한잔 하겠느냐는 말을 먼저 하지 않았다. 그는 그때까지도 은옥을 배신할 마음이 없었다. 그래서 그는 말했다.

— 그럼, 주일날 교회에서 뵙죠.

그의 말에 정작 어처구니없어진 것은 그녀 쪽이었다. 대체 이 남자는 어째서 이토록 자신만만한 것일까. 그녀는 크게 반발했다.

— 이대로 헤어질 수는 없어요.

— ……?

— 어디 가서 식사라도 대접할게요.

— 밥생각이 없습니다.

그는 그녀를 무시함으로써 그녀 쪽에서 적극성을 띠게 만들었다. 고도의 책략(策略)을 쓴 것은 아니었다. 방금 전까지 맨해튼 거리를 거닐면서 내내 은옥을 생각하고 있었던 그로서는 다른 여자와 시간을 같이 보내고 싶은 마음이 별로 없었을 뿐이었다.

— 그럼 술이라도 한 잔 해요.

그는 교회 다니는 사람이 무슨 술이냐는 말은 하지 않았다. 여자와 미국 남자가 실랑이를 벌인 전말에 대한 궁금증도 있고 하여, 그는 망설이다가 그 제안은 받아 드렸다.

— 정 그러시면 좋습니다.

두 사람이 최초로 데이트한 장소가 술집이 되고 말았다. 그녀는 그곳에서 코냑을 더블로 두 잔이나 비웠다. 역시 미국에서 자란 영향이 컸을 법한 행동이었다. 그런 다음 그녀가 불쑥 항의를 해오는 것으로 어색하게 계속되던 침묵을 깼다.

— 미스터 최는 오늘 실수를 했어요.

— 무슨 말이죠?

— 아까 미스터 최가 떡을 처 놓은 친구는 장차 내가 결혼하려는 남자에요.

— 그런데 왜 길가에서 실랑이를 했습니까?

— 우리 부모님들이 미국 사람은 안된데요. 그러니 어쩌겠어요. 당분간 만나지 말면서 생각을 좀 해보자고 할 수밖에요. 그러자 존은 막무가내로 안된다며 나를 차에 태우려고 한 것이에요.

상대 남자의 이름이 존이라는 게 밝혀졌다. 최인영은 바바라와 존의 사랑싸움에 지나치게 깊숙이 개입했다는 것을 알게 되었다. 허지만 납치하려고 하니까 도와 달라고 해서 그리 된 일이 아닌가.

바바라 리의 말이 계속 되었다.

— 그가 원하는 대로 따라 가서 잠자리를 같이 하고, 그러다가 동거를 하는 식으로 얼려들 수는 없지만, 분명 그 사람은 내가 사랑하는 유일한 남자에요. 부모님을 설득할 때까지 기다려 달라는 내 말을 잠자코 듣고 있을 수 없을 정도로 그도 나를 사랑하고 있고요. 미스터 최는 내 남자를 묵사발로 만든 거란 말이에요.

— 납치하려고 하니까 도와 달라는데 모른 척할 만큼 뻔뻔하지 않은 게 실수의 원인이 되었군요.

— 정도 문제죠. 제가 사랑하는 사람을 쭉 뻗도록 해놓았는데 기분이 좋을 것 같아요?

— 그렇다면 죄송하게 됐습니다.

그러나 바바라는 정말로 최인영에 대하여 기분 나쁘게 생각하고 있는 것은 아니었다. 다만 자기에게 남자가 있다는 사실을 숨기기 싫어서 그런 식으로 실토한 것이라 여겨졌다. 최인영은 그녀에게 남자가 있다는 사실을 알게 되자 한층 더 여유를 가질 수 있게 되었다.

　— 미스터 최는 깡패 출신이에요?

　— 그렇게 보입니까?

　— 그렇게 보이지 않으니까 물어보는 거죠.

　— 아닙니다. 태권도를 좀 배운 것뿐입니다.

　— 어느 정도에요?

　— 공인 9단입니다. 9단 이상은 없어서 거기서 머문지 몇 해 됐습니다.

바바라 리는 눈을 깜박였다. 잠깐 동안의 침묵이 흘렀다. 그녀가 생각을 마쳤는지 다시 입을 열었다.

　— 지금 무슨 일 해요?

　— 무역회사에 근무합니다.

　— 직업을 잘못 선택했군요. 자기의 탤런트를 살리는 것이 좋겠어요.

　— 무슨 뜻이죠?

　— 태권도 도장을 차려 보세요. 돈 많이 벌 수 있을 거예요.

　— 그럴 자본이 없는 게 문제입니다.

　— 그럼 나하고 동업해요. 수입을 반분하는 조건으로 내가 건물 빌리고 체육관 차리는데 들어가는 돈 일체를 댈께요.

그는 자신의 귀를 위심했다. 이것저것 따지고 검토해 볼 것도 없이 즉석에서 그런 제안을 했다는 것이 믿어지지 않아서였다.

　— 나에 대해서 아는 것이 별로 없을 텐데요?

　— 단 한방에 거구를 때려눕히는 실력이니 그만하면 되겠다는 판단이 들었어요. 인생에 동반자가 되자는 것이 아니라 사업의 파트너가 되자는 건데 뭘 더 복잡하게 따질 게 있어요. 최소한 돈 떼어먹고 달아날 사

람이 아니라는 정도는 교회에서의 평판이 입증해 주고 있으니, 그럼 된 것 아니에요?

그녀는 아주 시원시원했다. 그에 비해 최인영 쪽이 소심했다.

— 나한테는 문제가 하나 더 있어요.

— 그게 뭐죠?

— 난 영주권이 없는 불법체류자입니다.

그게 얼마나 많은 제약을 받아야 한다는 것을 그녀는 겪어보지 않아서 모르는 것일까. 겨우 그것이냐는 듯이 대수롭지 않게 받았다.

— 그건 문제가 안돼요. 필요하면 빨리 얻을 수 있는 방법을 내가 찾아 주죠. 내가 태권도 도장의 사업주가 되어서 미스터 최를 고용한 다음 스폰서를 서 주면 그린카드쯤 해결하는 것은 피스 어브 케이크이에요.

그런 방법이 있을 줄은 미처 몰랐던 일이었다. 말대로라면 정말 케이크 먹는 것이나 마찬가지로 쉬운 일을 가지고 고민한 것이 된다.

— 그렇지만 영주권이 나올 때까지는 아무래도 활동하는데 지장이 있을 것 아닙니까?

— 도대체 미국에 언제 왔어요?

— 이제 몇 달 밖에 안됐습니다.

— 영어를 유창하게 해서 오래 됐을 줄 알았더니 이건 순전히 생짜였네요. 영주권이 없어도 취업허가만 받으면 얼마든지 일할 수 있어요. 체육관 오픈하기 전에 변호사를 시켜서 노동허가증을 받아 드릴게요.

그는 행운의 여신이 자기를 향해 방긋 미소를 지어주고 있다는 생각을 했다. 아무리 고아의 몸으로 혼자 버려졌지만 한번은 기회를 줄 것이라고 믿었었다. 그것이 지금이라고 여겨졌다. 말대로만 된다면 생애 최대의 크리스마스 선물이 될 것이 분명했다. 갑자기 그녀가 구원자로 등장하고 보니 어느새 그는 여유로웠던 상태에서 간절히 매달려야 한다는 마음으로 바뀌어 있었다.

— 감사합니다. 그렇게만 해 준다면 은혜는 잊지 않겠습니다. 열심히 일해서 보답하겠습니다.

— 촌티 좀 그만 내요. 나는 당신을 고용하는 것이 아니라 당신의 동업자에요. 그렇지만 법적으로는 고용주니까 내 눈밖에 나지 않도록 하세요.

— 알겠습니다.

너무나 감격하여 눈물이 다 글썽였다. 그녀는 그런 그를 아주 순진한 사람으로 보았다. 그녀의 가슴이 이때 크게 울렁거리는 것을 느낄 수 있었다. 그녀는 그에게 실수를 한 것이라는 억지말을 했지만 사실은 그에게 이미 반한 상태였다. 교우로서 그를 지켜본 것도 그에게 빠져든 한 요인이 되었을 것이다.

바바라 리가 돈을 대고 최인영이 관장이 되어 문을 연 것이 뉴욕에 최초로 생긴 태권도 도장이었다. 그것은 대성공을 거두었다. 세 달이 지나지 않아서 더 넓은 평수를 체육관으로 만들지 않은 것이 후회될 정도였다.

바바라는 비즈니스 파트너라고 했지만 오픈을 하고 나자 체육관에 얼굴도 잘 내밀지 않았다. FIT를 졸업한 다음 유명 의류업체의 수석 디자이너로 일하고 있는 그녀는 밀리언이 넘는 돈을 받는 고액 연봉자였다. 디자이너 연봉이 그렇게나 많을 줄은 최인영이 미처 몰랐던 사실이었다. 이에 대하여 그녀가 설명했다.

— 디자이너의 생명은 30살이 끝이에요. 더 나이가 들면 유행을 따라가는 센스가 무뎌졌다고 판단하기 때문에 유명 메이커에서 쓰지를 않아

요. 그 이전에 평생 먹을 것을 벌어놔야 늙어서 고생 안하게 돼요. 사실 내가 디자인한 옷 하나가 전 세계 의류 시장을 석권해서 몇 십억 달러의 매상을 올리는데, 그 정도 연봉은 많은 것도 아니죠. 30이 넘으면 스스로 물러나서 개인 스토아를 차린 다음 일할 수밖에 없다는 것을 생각하면 더 그래요.

— 몰랐던 사실입니다.

그러니 체육관에 나타나서 투자한 돈에 비하여 수입이 신통찮다느니 생각보다 좋다느니 하면서 실망하거나 기뻐해야 할 이유가 없는 여자였다. 사실 그녀는 돈을 더 벌려고 체육관을 차린 것이 아니라 최인영의 탤런트를 알게 되자 그것을 살릴 수 있는 기회를 한번 제공해 준 것뿐이었다.

그녀는 머리 회전이 빠르고 센스가 타의 추종을 불허할 만큼 민감한 여자였다. 그러기에 세계 의류 시장을 석권할 수 있는 디자이너가 되겠지만 말이다. 대의류회사에서 엄청난 연봉을 지불하며 그녀를 채용하는 데는 그 만한 가치가 있었다.

최인영은 한국에 두고 온 은옥과 바바라를 견주어 볼 때가 많았다. 은옥은 가정을 잘 지켜 줄 것이라는 점에 대하여 의심의 여지가 없는 여자지만 자기가 성공하는데 도움이 돼 줄 수 있는 능력은 없는 여자였다. 바바라는 자기의 야망을 펴는데 날개를 달아줄 수 있는 여자였다.

그는 심한 갈등에 빠져 들고 말았다. 착한 은옥을 버릴 수는 없다는 인간적인 면에서의 고뇌와 바바라를 인생의 동반자로 하면 마음껏 야망을 불태울 수 있을 것 같다는 욕망 사이에서 그는 괴로워했다.

겨울이 가고 있던 어느 날이었다. 그는 체육관을 오픈 한 이래 그곳에 딸린 방에서 생활하고 있었다. 일찍 일어나서 새벽반 지도를 하고 밤늦은 시간까지 레슨을 시키는데 따른 편리함도 고려하고 따로 방을 꾸려 가는 경비도 절약하기 위해서 였다. 자정이 넘은 시각에 바바라가 술이 엉망으로 취해서 나타났다.

그녀는 체육관 바닥에 털썩 주저앉으며 통곡을 했다. 슬플 때 마음껏 우는 것도 자기 삶을 진지하게 사랑하는 자세였다. 그는 잠을 자려고 누었다가 아닌 밤중에 내민 홍두깨를 맞고 어리둥절해 있었다.

— 무슨 일인지 모르지만 우선 마음을 좀 진정 하십시오.

그녀는 실컷 울고 나자 손수건으로 눈물을 훔쳤다.

— 미안해요.

— 그럴 사정이 있으니까 그러신 거겠죠.

— 오늘 존과 영원히 굿바이 했어요.

— 그래요.

— 우리 엄마가 미국인 사위는 죽으면 죽었지 안 본다는데 어떻게 해요. 그렇지만 난 한국 사람에게 시집갈 수도 없어요.

— 그건 왜죠?

— 한국 남자는 자기 아내가 순결하지 않으면 평생 동안 구박하거나 일찌감치 소박을 놓는다면서요?

— 옛날 말이죠.

— 난 존과 여러 번 같이 잤어요.

이렇게 편하게 자기 과거를 고백할 수 있다는 것이 부러웠다. 그녀는 말했다.

— 이런 내가 어떻게 미스터 최같이 순수한 한국 남자를 만나 결혼할 수 있겠어요.

그녀는 자기의 과거를 숨김없이 밝히고 그래도 괜찮다면 자기를 아내

로 맞아 달라는 고백을 하기 위해 술이 엉망으로 취해서 나타난 것이었
다. 그는 오랜 정신적 방황을 끝낼 때가 바로 지금이라는 것을 알았다.
그는 은옥을 배신하고 바바라를 택하는 것으로 자신의 야망을 달성하자
는 쪽으로 기울어지고 말았다.

그는 말없이 그녀를 응시했다. 천천히 그녀에게 손을 내밀었다. 그녀
가 그를 보았다. 그가 고개를 끄덕였다. 그녀가 손을 내주었다. 그가 그
것을 잡아당기자 그녀는 기다리고 있었다는 듯이 그에게 와서 왈칵 안
겼다.

— 내가 처녀가 아니었다는 것을 빌미로 평생 동안 구박하면 안돼요?

— 내가 그렇게 옹졸한 사람인 줄 아십니까?

그녀는 그 한마디에 감격하고 말았다. 부모님을 찾아뵙고 정식으로
청혼하는 순서를 밟겠다는 그의 말에도 불구하고 그녀는 그 날 저녁 자
원해서 그를 위해 옷을 벗었다. 그는 그녀를 선택한 것이었다. 두 사람
이 교회에서 결혼식을 올린 것은 꽃이 만발해 있던 봄날의 일이었다.

미국인 사위를 보지 않겠다는 바바라 부모들의 생각과 운명적인 만남
과 최인영의 은옥에 대한 배신 등등이 결합되어 이루어진 결혼식이지만
겉보기에는 아무 문제도 없는 선남선녀(善男善女)가 만나 화촉(華燭)을
밝힌 축복받은 결혼식이었다. 교우들은 새로운 부부의 탄생에 대하여
한껏 선망의 눈길을 보내며 축하해 주었다.

바바라를 선택한 것을 은옥에 대한 배신이라고 단정하기보다 은옥과
는 끊어진 인연을 이어갈 방법이 없었다는 점에다 두고 싶은 것이 최인
영의 마음이었다. 그때까지도 영주권은 해결이 안된 상태였다. 영주권
이 나온다고 해도 그녀를 미국까지 데려오는 데에는 또 몇 년이 소요될
전망이었다. 전화나 편지 왕래가 용이하다면 그녀를 그때까지 붙들어

놓을 수 있겠지만 1,2년이 지나면 자기가 변심한 줄 알고 은옥 쪽에서 자기 갈 길을 찾아 갓을 지도 모르는 일이었다. 물론 어느 정도 그럴 여자가 아니라는 확신은 하고 있었지만 그래도 모를 것이 여자의 마음이었다. 갈대라고 하지 않는가.

그는 불확실한 미래에 매달려 외로운 생활을 영위하는데 따른 고통을 청산하고 새로운 여자를 만나 확실한 계획에 따라 성공을 창출해 내고 싶었던 것이었다. 이제 와서는 다 쓸데없는 말이 되었지만 은옥을 미국으로 빠른 시일 내에 데려올 수 있는 방법만 있어서도 그렇게 간단히 그녀를 배신하지는 않았을 것이다. 아무튼 그는 바바라를 선택한 것이었다.

최인영은 바바라를 선택하면서 은옥에 대한 이야기를 일체 언급하지 않았다. 한국에 있는 은옥이 미국에 나타날 리가 없다고 생각했기 때문이었다. 그의 과거가 들통이 날 수도 있겠지만 그거야 말대로 과거의 일인데, 바바라가 문제 삼을 이유가 없었다. 그는 새로운 출발을 결심하면서 싫어도 과거는 잊어야 한다는 결론을 내린 바 있었다. 그의 마음이 과거의 여자에 연연하지 않는 한 과거는 그저 흘러간 일에 불과할 것이라고 생각했었다. 그것은 그의 중대한 오판이었다.

그녀는 그에게 자기의 모든 것을 고백함으로써 면죄부(免罪符)를 받았는데 그는 그 절차를 생략했던 것이다. 불씨를 사전에 제거하지 않았던 것으로 보장될 수 있었던 기간은 겨우 6개월에 불과했을 뿐이었다.

그녀는 그 6개월 동안 까르르 까르르 은쟁반에 옥구슬을 굴리듯 웃음을 터트리며 행복해 했었다. 그녀는 성을 표현하는데 있어서도 수동적(受動的)이기만 했던 은옥과는 달랐다. 적극적이었다. 그를 기쁘게 해주기 위해서 최선을 다했다. 뿐만 아니라 그녀는 그 동안 자신이 저축해 놓았던 돈을 그의 사업자금으로 선뜻 내놓았다. 불행 중 다행이라면 아내가 자금을 내놓기 전에 그의 과거가 들통나지 않을 수 있었다는 점이랄까. 만약 진상을 알았다면 돈을 내놓았을 리가 없고, 오늘날의 그도 있을 수 없었을 것이다. 그는 아내가 내준 돈을 밑천으로 삼아 오늘의 부를 일군 것이었다.

사람들은 성공했다는 기준을 어디에 두는 것일까. 만약 돈에 둔다면 그는 성공을 해도 크게 성공한 것이었다. 그는 자타가 공인하는 뉴욕 교포 제일의 부자가 되었다. 미국인들과 겨루어서도 서열에 드는 부자였다. 그는 적수공권(赤手空拳)으로 뛰어 들어 무(無)에서 유(有)를 창조한 것이었다.

그의 성공은 성공을 하겠다는 자기의 집념과 몇 몇 자신에게 중요한 계기를 제공해 준 사람들의 만남을 통해 창출된 것이었다. 쥬디와 김 관장과 박 소장과 은옥과 아내 바바라가 그들이었다. 사람은 사람을 통해 절망하고 돌이킬 수 없는 상처를 받기도 하지만 또한 사람과의 만남을 통해 성공으로 가는 티켓을 구할 수 있게 된다는 것이 그의 생각이었다.

많지는 않지만 쥬디와 김 관장과 박 소장과 은옥과 아내 중에서 어느 한 사람이라도 만나지 못했다면 오늘의 그는 있을 수 없었을 것이다. 그렇게 만남은 소중한 것이었다. 우리가 공부를 하는 것은 민주 시민으로 살아가는데 필요한 보편적인 지식과 지성을 연마하기 위함이라고 할 수 있을 것이다. 그러나 따지고 보면 성공을 도와줄 수 있는 사람을 만나는 계기를 잡는 데에도 그것이 결정적인 역할을 한다고 볼 수 있었다.

학연으로 맺어진 인연은 일생 동안을 따라다니며 직장의 승진이나 사업의 확장에 영향을 미치고 있다. 같이 공부를 하는 동안 의리 있는 사람으로 인정하면, 신뢰를 쌓으면, 서로 의기가 통하면, 함께 뜻을 모아 성공을 창출하기 위한 노력을 기울일 수도 있다. 성공할 가능성과 능력이 보다 많은 사람들이 다니는 곳이 명문(名門)이기에 명문을 선호하는 것이라고 알아도 틀리지는 않을 것이다.

스스로 돕는 자를 돕는다는 말을 믿고 스스로 부지런하고 남의 신뢰를 얻기 위해 최선의 노력을 기울인 덕분이겠지만 공부를 마치기까지 끊임없이 도움을 준 김 관장과 박 소장은 은인이었다. 쥬디 누나는 죽었기에 도움을 줄 수 없었다. 은옥도 단절이 되었기에 성공의 결실을 나눌 수 없었다. 그러나 김 관장과 박 소장은 그 이후 미국에 초청하여 보은 관광을 시켜주고 경제적으로도 적잖은 도움을 준 바 있었다. 지금도 한국을 가면 빼놓지 않고 만나고 온다. 친척이 없는 그로서는 두 사람을 친척이나 다름없이 대해 오며 그들이 장수하기를 빌고 있었다.

그러나 그는 성공한 것에 비해서는 행복한 삶을 살지 못했다. 은옥과의 과거가 아내에게 알려지면서 생긴 불신의 골을 좀처럼 메울 수 없었던 탓이었다. 이렇게 될 줄 알았다면 영원한 비밀이란 없다는 것을 믿었어야 했다. 그리하여 아내처럼 자신도 출발하기 전에 은옥과의 일을 솔직히 털어 놓았어야 했던 것이다. 그러나 한국에서의 일이 문제될 리가 없다고 판단하고 돌이킬 수 없는 오류(誤謬)를 범하고 말았다.

그의 과거는 다른 곳도 아니고 바로 부부동반으로 교회에 나갔다가 교우들 앞에서 만천하에 공개되었다. 고아인 데다가 미국에 온 것도 혈혈단신이었기 때문에 그를 알아볼 사람이 없을 것이라는 점을 너무 믿었던 것 같다. 그 날 아내와 차에서 내려 교회 안으로 들어가는데 자기를 노려보는 사람이 있었다. 최인영은 무심코 상대를 쳐다보았다가 깜짝 놀라고 말았다. 자기를 보고 있었던 사람은 은옥의 친척이 되는 사람이었다. 그는 외무부에 근무하던 사람으로서 서울에서 동거 중일 때 그

126

들을 찾아와 빠른 시일 내에 결혼식을 올리고 떳떳하게 부부가 되라는 충고까지 한 일이 있었다. 그러니 서로가 얼굴을 몰라 볼 리가 없었다.

나중에 안 사실이지만 그는 뉴욕 영사관으로 발령을 받아 뉴욕에 온 지 몇 달이 되었고, 그 동안 최인영의 소식을 알아봐 달라는 은옥의 부탁을 받고 은밀히 최인영의 행방을 수소문해 오다가 이날 서로 마주치게 된 것이었다.

교우들이 한꺼번에 밀려왔기 때문에 거기에 휩쓸려 안으로 들어가느라 아슬아슬하게 충돌을 면했다. 그러나 예배가 끝나고 나왔을 때는 그가 작정하고 지키고 있었기 때문에 피해 갈 도리가 없었다. 최인영이 아내를 채근하여 차를 세워둔 곳으로 가려는데 그가 앞을 막아서며 고함을 질렀다.

— 야, 이 사탄아. 한국에 딸까지 낳은 아내가 버젓이 살아 있는데 여기 와서 새장가를 들고 하나님의 성전(聖殿)을 더럽혀.

그는 외통수에 걸려들고 말았다. 딸까지 낳았다는 아내라는 부분이 생소했다. 그는 은옥이 임신을 했었다는 사실은 전혀 모르고 있었다. 그것이 사실이라면 최인영은 은옥뿐만 아니라 자신의 피를 받아 세상에 나온 철모르는 딸까지 합해 두 여자를 버린 사람이 되었다.

바바리는 도매금으로 똥칠을 했다. 집으로 돌아온 그녀는 펄펄 뛰었다.

— 한국에 아내가 있었단 말이에요?

그는 거짓말을 할 수가 없었다.

— 미국에 오기 전에 일시적으로 동거를 했던 여자가 있었던 것은 사실이오.

— 딸까지 있다면서요?

— 난 그녀가 임신을 했는지 몰랐소.

— 그게 말이 돼요?

— 난 사실을 얘기하고 있는 거요.

— 그 사실을 왜 나한테 결혼 전에 밝히지 않았죠?

— 난 새롭게 출발하면서 과거를 잊고 싶었소. 내가 잊으면 그만인데 쓸데없이 지난 이야기를 해서 당신 기분을 나쁘게 해 주고 싶지 않았던 것뿐이오.

— 나는 그럼 당신 기분을 나쁘게 해 주려고 존과의 관계를 털어 놓았단 말이에요?

— 그 여자는 이곳에 있지 않고 한국에 있소. 경우가 다르잖소.

— 당신은 나하고 이곳에서 지내다가 적당한 기회에 아내와 딸이 기다리고 있는 한국으로 돌아갈 생각을 했던 거예요.

— 그건 아니오.

— 영주권을 받고 사업 밑천을 확보하기 위한 필요에 따라 새로 결혼한 것이 아니란 말씀이에요? 그렇다면. 그건 사랑이 아니라 일종의 사업이에요.

— 나는 당신을 선택했던 거요.

— 이제라도 늦지 않았어요. 내가 물러날 테니 한국으로 돌아가세요.

그녀는 정식으로 이혼할 것을 요구해 왔다. 이것이 은옥을 배신하고 자기가 선택한 결과였다. 은옥으로부터 어떤 비난이나 보복이 쏟아진다고 해도 그것은 달게 받아야 할 것이지만 바바라로부터 그런 대접을 받는다는 것은 감수할 수가 없었다. 그는 그녀를 설득하려고 시도했다.

그러자 그녀는 짐을 싸가지고 집을 나가 버렸다. 친정으로 간 것이 아니었다. 회사에 연락을 해보니 휴가 중이라고 했다. 그는 아내의 행방을 백방으로 수소문했지만 어디로 잠적했는지 찾을 수가 없었다.

그녀가 다시 나타난 것은 꼭 열흘 만이었다. 열흘 동안 여행을 하면서 복잡한 마음을 달래기 위해 노력했으리라고 여길 뿐 그 기간 동안 그녀가 정확히 어디에서 무엇을 하고 지냈는지는 20년이 훨씬 지금까지도 알지 못하고 있다.

다시 집으로 들어온 그녀는 한 집에서 각 방을 쓰는 별거를 선언했다. 그때 헤어졌어야 했다는 뒤늦은 자각이 든다. 그로부터 현재에 이르기까지도 그들 부부는 신혼 초의 행복했던 상태로 돌아가지 못했다. 그런 세월이 3년이 지나자 겨우 가라앉은 것 같았는데 이번에는 한국에서 은옥이 자살했다는 소식이 날라 들었다. 딸 수지를 미국으로 데려다가 기르지 않을 수 없었다. 이것이 또한 화해를 가로막는 요인으로 작용했다.

술기운을 빌어 막무가내로 쳐들어가서 우격다짐을 부려야 겨우 한 번쯤 관계를 갖게 되는 부부생활은 그에게 늘 채워지지 않는 허기로 남을 수밖에 없었다. 두 사람이 다 건강했음에도 불구하고 필립이 늦게 태어난 것은 하늘을 보지 못해 별을 딸 수 없던 이치와 같았다. 필립이 태어나면서 그녀는 한풀 꺾이기는 했다. 그러나 체념을 한 것이지 결코 그를 용서한 것은 아니었다.

그러면서도 왜 결정적으로 헤어지는 방법을 택하지 않고 지금까지 살아왔는지 모를 일이었다. 그녀가 두 번만 이혼을 강력히 요구했으면 그도 결단을 내렸을 것이다. 사랑하지 않는 부부가 같은 집에서 함께 산다는 것은 헤어지니만 못한 일이었다.

가정이 평안해야 사업도 잘된다는 말이 있다. 그러나 그것이 꼭 맞아떨어지는 말은 아니었다. 가정은 하루도 편안할 날이 없었지만 사업은 순풍에 돛을 단듯이 팽창해 나갔다. 그는 자기의 정열을 사업적 성취에 모두 쏟아 부었다. 돈은 눈덩이처럼 불어났다.

최인영은 체육관을 한국식으로 권리금까지 받고 팔아 넘겼다. 그 돈에다가 아내가 내놓은 것을 합하자 막대한 자본금이 조성되었다. 그는 그 돈으로 허름한 빌딩을 싼 가격에 사들여서 수리한 다음 비싼 가격을 받고 되파는 부동산 리페어 사업을 시작했다.

그의 판단은 예리하고 정확했다. 한번도 손해를 본 일이 없었다. 자금을 오랫동안 묶어두는 시행착오를 범하지도 않았다. 목이 좋은 곳에 위치해 있는 건물들은 수리를 해서 되팔지 않고 소유하고 있었는데 그것이 팔아치운 것과는 비교도 안될 만큼 이익금을 가져다 주었다.

가령 15년 전에 50만 달러가 투자된 건물 중에서 현재 5억 달러나 나가는 것도 있으니 얼마나 큰 이익을 보게 되었는지 짐작이 갈 것이다. 거저줍다시피 하여 현재까지 소유하고 있는 빌딩 중에서 가격이 수십 배씩 오른 빌딩은 5개나 된다.

최인영은 그 다음으로 가발업에 손을 댔다. 한 때 미국인들은 대 여섯 개에서 많게는 열 개 이상의 가발을 소유하고 매일 머리색깔과 스타일을 바꾸고 다녔었다. 자기 생머리보다 다양한 멋을 낼 수 있었다는데 따른 유행이었다. 그 가발붐을 통해 또한 엄청난 부를 챙길 수 있었다. 자기 건물에 가게를 차렸기 때문에 세도 나가지 않았고, 물론 수완과 노력도 비상했다. 무엇보다 재운(財運)도 따랐기 때문일 것이다.

맨해튼 브로드웨이에 형성되어 있는 한인 도매상가 지역에는 가죽제품을 수입해다가 홀세일하는 또 하나의 사업체가 성업 중이다. 초기에는 한국으로부터 핸드백과 여행용가방 같은 것을 수입해다가 팔았는데, 현재는 거래선이 중국으로 옮겨졌다. 그 업계에서 매출액 1위에 링크되어 있으며, 고객은 미 동부와 남부, 중부까지 광범위하게 분포되어 있다.

최인영의 사업적인 성공과는 상관없이 그의 아내는 유명 디자이너로서 먹고 살며 쓰고도 남을 돈을 스스로 벌었다. 아내가 돈을 벌기보다 가정을 지키며 아이들을 돌보아 주기를 바란 그의 기대는 여지없이 묵살되었다.

그의 권위는 아내에게는 끝내 통하지 않았다. 남편이 없어도 잘살 수 있는 잘난 아내와 사는 남자의 소외감을 묵묵히 감내하면서, 일 년에 한두 번 그녀의 생일이나 크리스마스 같은 때 값비싼 보석을 선물해 주는 것이, 그녀에게 해 줄 수 있는 유일한 일이라고 여겨야 했다.

부부관계만 해도 그렇다. 아내가 피곤하거나 내키지 않는 날은 절대로 그의 틈입을 허락하지 않았다. 젊어서도 그랬고, 나이가 든 요즈음은 더욱 그것이 심해졌다. 자신이 원해서가 아니라 아내의 생각이 동해지는 날, 그녀를 위해 자신이 봉사하는 형식을 빌려 이루어지는 부부관계는 그에게 한번도 만족을 느낄 수 있도록 해주지 않았다.

이것이 성공했다는 그의 진면목(眞面目)이었다. 그는 자신이 뉴욕에 와서 남들이 모두 부러워 할 만큼 엄청난 돈을 벌 수 있었지만 그것은 행복이 함께하지 않는 반쪽만의 공허한 앞만 보고 쫓아간 성취였을 뿐이라는 사실을 인정하지 않을 수 없었다. 이것은 자신이 꿈꾸었던 성공이 아니었다. 돈이 성공의 전부가 아니기 때문이었다.

그는 어린 시절의 아픈 상처와 어두운 기억들을 보상받고 그가 꿈꾸어 온 성공의 의미를 완성하기 위해서는 어차피 조국으로 돌아가는 방법을 택할 수밖에 없다는 결론을 내리게 된 것이었다.

사실 그가 빈 손으로 미국에 뛰어 들어 아메리칸 드림을 이룬 표상으로 여겨질 만큼 큰 성공을 한 입장에서 볼 때, 아무 문제가 없는 행복한 가정을 가꿀 수 있었다면, 이미 지난날의 어두운 상처는 다 잊을 수 있었을 것이고, 그러기에 그것을 보상받고 싶어서 조국으로 돌아가려는 계획을 은밀히 추진할 필요도 없었을 것이다. 그는 성공했지만 아직까지 행복해 보지는 못한 불행한 사나이였다.

최인영은 한인회장 자리가 자신의 화려한 귀국을 보장해 줄 수 있을 것이라고 믿었다. 그래서 막대한 물량공세를 편 끝에 마침내 그 자리를 차지하게 된 것이었다.

최인영은 한인회장에 당선된 이래 모든 비즈니스를 대리인을 선정하여 경영시키는 것으로 자기의 꿈을 실현시키는 체제를 가동해 오고 있었다. 무역회사에 월급 사장을 앉혔다. 다섯 개의 빌딩 관리도 측근에게 맡겼다. 사장들에게 많은 재량권을 넘겨주었기 때문에 아침에 출근하여 대강의 업무에 대한 보고만 받으면 곧 사무실을 떠날 수가 있었다.

사무실을 나온 그는 한인회관으로 직행하여 한인회장으로서의 업무를 개시한다. 대개 오전 중에는 자리를 지키고 오후에는 교포들이 있는 현장으로 나가는 식으로 활동해 오고 있었다. 그는 불우한 교포들을 찾아가서 위문하고, 노인회를 방문 금일봉(金一封)을 전달하기도 하고, 크고 작은 교포단체의 행사에 빠짐없이 참석하고 있었다.

동기야 어떤 것이든 발로 뛰면서 자기 사업을 제쳐 놓고 봉사활동을 하고 있는 최인영은 누가 보아도 훌륭한 한인회장이었다. 교포로서는 뉴욕 제일의 부자이기 때문에 돈을 쓰는 데 있어서도 인색한 편이 아니었다. 역대 한인회장 중에서 그 처럼 자기 돈과 시간을 과감하게 투입시켜 봉사활동을 한 사람은 없었다. 특히 국산품 애용운동에 바치고 있는 그의 열성은 대단한 것이었다.

이런 상태로 나간다면 많은 교포들의 칭송을 받으면서 한인회장의 임기를 마치게 될 것이다. 그러고 나면 이영훈 의원 같은 여당 내의 실세가 후원해 주겠다는 약속을 했으니 국회의원의 배지를 달게 되는데 큰 어려움이 없을 것으로 여겨진다. 그러나 그는 아직은 낙관할 수 없는 단계라고 생각했다. 떳떳하지 못한 것이 한가지 있었기 때문이었다.

사랑하던 여자를 야망을 위해 버렸다는 과거가 공인(公人)으로서는 있어서는 안될 결점이 되리라고까지 생각하지는 않았다. 그것은 이미 20년도 훨씬 지난 옛날 일이 되었다. 과거 속에 깊이 묻힌 진실을 새삼 밝혀서 시비를 걸 사람이 있을 것 같지는 않았다.

문제는 현재에 있었다. 그는 젊은 여자 하나를 정부(情婦)로 두었다. 이름은 김성희며, 나이는 서른넷이었다. 직업은 화가다.

그래서는 안된다고 수없이 자책했고, 작은 기쁨을 취하면 큰 것을 잃을 가능성이 있다는 것도 염두에 두지 않은 것은 아니었지만, 그 모두를 잃는다고 해도 포기할 수 없을 만한 강한 끌림이 있었기에, 그는 어쩔 수 없이 일을 저지르고 만 것이었다. 아내와의 불화는 20년이 넘도록 지속되었다. 그것은 너무 긴 세월이었다. 젊어서는 사업에 몰두하다가 보니 그런대로 넘어갈 수 있었지만 더 이상 돈이 필요 없어진 시점부터는 아내가 그에게 준 허기는 당장 채우지 않으면 안될 만큼 맹렬한 갈증을 느끼도록 만들었었다. 그럴 때 성희가 그의 앞에 나타났고, 그는 그녀에게 아파트를 한 채 선물하는 형식을 통해 딴살림을 시켜온 터였다. 이렇게 된 책임의 일부를 아내에게 묻는다면 너무 뻔뻔한 것일까.

최인영은 담배를 껐다. 그는 자신의 성희에 대한 불길도 꺼야 할 때가 온 것이 아닌가 하는 생각을 했다. 그녀는 자신의 상처받은 자존심과 권위의식과 소외감과 외로움을 이해해 준 최초의 여자였다. 단지 아내가 그에게 채워주지 않은 섹스의 허기만을 위해 불륜의 관계를 지속하고 있는 것은 아니라는 사실을 깨달았다.

사실 아내는 자신의 봉사활동에 방해가 되거나 거치적거리는 존재였지, 아내로 인하여 고무되거나 분발할 수 있는 마음을 가질 수는 없었다. 성희는 달랐다. 그에게 일에 대한 의욕과 야망을 부추겨 주었다. 그에게 용기와 신념을 주는, 나이는 어리지만 참으로 영리한 여자가 성희였다.

여러 사람을 기만하는 이중생활을 하지 않으려면 아내와 이혼을 하고 성희와 결혼하는 방법을 택해야겠지만, 아이들 문제와 상대가 딸 같은 여자라는 사실, 그리고 그것이 자기가 계획하고 있는 일에 미치게 될 파장을 고려하여, 이중생활이 주는 위험을 부담해 온 터였다.

그런 성희와 헤어져야 하는 것일까.

모든 것이 이상하리만치 순조롭게 진행되어 가고 있다. 오직 성희 문제만이 불씨로 남아 있는 셈인데, 그것을 사전에 진화하지 않았다가는 예상치 못한 파멸을 맞이할 것만 같은 불안이 그를 엄습해 왔다. 그러기에 헤어지는 쪽이 현명한 선택이 되리라는 생각이 들면서도, 성희 없는 생활의 황폐함을 감당할 자신이 없어 그는 쉽게 용단을 내릴 수가 없었다.

일단은 잠을 자야 할 것 같았다. 자고 나서 다시 한번 신중하게 검토해 보기로 작정했다. 몸을 일으키자 피로가 한꺼번에 전신으로 확 쏟아져 내렸다.

4

최인영은 자신의 마스터플랜에 대하여 재조율을 할 필요를 느꼈다. 자신의 귀국이 철저하게 아내를 배제시킨 가운데 추진된 것이라는 사실을 알았기 때문이었다. 그것은 당연한 결과였다. 아내와의 부조화에서 비롯된 반동가리의 성공을 완결시키기 위해서 귀국을 결심한 것이기 때문에 새로운 인생의 출발이라는 의미가 포함되어 있는 귀국에 아내를 동반할 이유가 없었다.

그렇다고 해도 그것이 최상의 선택이었을까. 그는 그녀를 제외시킨 상태에서의 새 출발이 아니라 귀국을 계기로 아내와 더불어 새 출발을 할 수 있지도 않겠느냐는 생각을 했다. 무엇보다 아이들을 생각할 때 그래야 할 것 같았기 때문이었다. 그리고 사실 그의 아내는 쉰을 넘겼지만 아직도 젊음의 탄력을 잃지 않고 있는 매력적인 여자였다. 자신을 신혼 때처럼 사랑만 해 준다면 아내보다 더 그럴듯한 파트너는 없을 것 같았다. 그녀는 어느 자리에 동반하고 가도 빠질 것이 없는 우아함과 지적인 세련미를 갖추고 있었다.

그는 아내에게 최종적으로 다시 한번 화해를 시도해 보기로 결정했다. 그것이 자신의 인생에 대하여 최선을 다하는 성실한 자세일 것 같았다. 아내가 자신의 말을 따라준다면 성희 쪽을 정리해야 하리라. 성희는 자서전을 쓸 경우 은옥보다 더 밝힐 수 없는 여자였다. 공인은 떳떳하게 공개할 수 없는 부분을 가지고 있어서는 안된다는 것에 착안하여 성희보다는 아내 쪽을 선택하는 것이 현명하리라는 판단을 했던 것이다.

그는 우정 시간을 내어 아내를 만나러 갔다. 집에서는 좀처럼 대화를 시도할 수 있는 시간을 만들 수 없었기 때문이었다. 그는 늦게 귀가하는데 집에 들어가 보면 아내는 잠들어 있기 일쑤였다. 가까이 있어도 두 사람 사이는 멀리 있는 것과 다름이 없다는 사실을 새삼 아프게 인정하지 않을 수 없었다.

바바라는 맨해튼 메디슨 애비뉴의 미드 타운에 매장을 가지고 있었다. 5천 스퀘어 피트의 넓은 매장에는 그녀가 손수 디자인을 하여 수제(手製)로 제작한 것도 있었고, 수주를 주어 만든 의류들도 있었다. 조명을 받고 있는 그녀의 작품들은 한눈에도 값비싼 고급품임을 알 수 있게 했다. 바바라는 전화도 없이 찾아온 남편을 매장의 안쪽에 있는 그녀의 사무실로 안내했다.

그녀는 덤덤하게 말했다.

"웬 일이세요, 이렇게 불쑥?"

"방해가 된 것 아니오."

"새삼 인사차릴 것은 없잖아요. 용건이나 말씀하세요."

그는 담배를 피우려다가 아내가 싫어한다는 것을 떠 올렸다. 막 꺼내 들었던 담뱃갑을 다시 주머니 속으로 집어넣었다.

"당신도 우리 부부 사이가 원만치 않다는 것은 인정할 것이오."

"어제오늘의 일도 아니잖아요."

"이대로 늙어서 인생을 끝낼 수는 없는 일이오."

"부실 애정을 정리하는 의미에서 헤어지자는 말씀을 하러 오신 거예요?"

"아이들 생각을 해 보구려. 헤어지는 것이 능사만은 아니잖소."

"그래서 저도 참고 살아왔어요."

"헤어지지 않을 바에야 용서할 것이 있으면 용서하고 노후를 좀 복되게 살 수 없을까."

"글쎄요."

"당신도 언제까지나 이렇게 일만 하다가 좋은 세월 다 보내지 말고 이제 일선에서 물러나는 것이 어떻겠소?"

"아직 그럴 만큼 나이가 들지는 않았어요."

"돈은 더 벌 필요가 없을 만큼 충분하잖소."

"돈 때문에 꼭 일을 하는 것은 아니에요. 손을 놓으면 소일할 것이 없잖아요."

"여보, 난 귀국을 하고 싶소. 지금까지 벌었던 돈을 정리해서 한국에 돌아가 보람있는 일에 쓰면서 살고 싶다는 것이 내 계획이요. 나하고 한국에 같이 돌아가서 노후를 보내는 것이 어떻겠소?"

"난 한국인이지만 미국에서 태어나 자란 사람이에요. 친구도 한명 없는 그곳에 돌아가서 어떻게 살겠어요."

"내가 있지 않소."

"내가 당신을 사랑하지 않는다는 것은 당신이 더 잘 알고 있는 사실 아니에요."

"나는 당신을 사랑하오. 내가 진실을 다해 당신을 돌보아 줄 테니 더 늦기 전에 일에서 손을 떼고 좀 홀가분하게 삽시다."

"은퇴를 논할 나이가 아니라니까요."

"난 한국에 돌아가면 국회의원이 될 것이오. 조국에 보다 적극적인 자세로 봉사할 생각이오."

"말씀은 바로 하세요. 봉사를 위해서 정치를 하겠다는 것이 아니라 야망 때문이잖아요. 그리고 정치하는 사람들은 한시도 한가하게 시간을 보낼 수 없다는 것쯤은 나도 잘 알고 있어요. 낯선 한국에 가서 당신 뒷바라지나 하다가 인생을 마치기에는 내가 너무 젊어요. 그만큼 당신이 소중한 남자도 아니고."

"나는 한인회장의 임기가 끝나면 어쨌든 한국으로 돌아갈 것이오. 그동안 잘 생각해 보시오. 나는 당신이 나와 동반해 줄 것을 기대하고 있겠소."

"더 이상 생각해 볼 것도 없어요. 당신이 한국으로 돌아간다면 그때를 계기로 해서 서로 헤어지는 것이 좋겠어요. 더 늦기 전에 당신도 새로운 인생을 출발하세요."

"그것이 최선이란 말이오?"

"더 이상 할 말이 없어요."

"내가 당신 마음을 아프게 했다는 것은 잘 알고 있소. 내가 잘못했소. 이제 용서하구려."

"당신 말에 대하여 아무런 감동도 느껴지지 않는 것을 보니 그런 말로 메워지기에는 너무 불신의 골이 깊게 패어 있는 것 같군요."

"지금 당장 결론을 내려 달라는 것이 아니라니까"

"결론을 유보할 필요성이 없다니까요. 난 어쨌든 한국에 가서 살 생각은 없어요."

최인영이 벼르고 별러서 시도한 화해는 여지없이 묵살되었다. 불행을 사전에 막을 수 있는 기회가 이렇게 해서 영영 사라지고 만 것이었다. 청혼하는 것보다 더 진지한 자세로 화해를 시도했다가 무위(無爲)로 돌아가자 그는 끓어오르는 분노를 삭일 수가 없었다. 꼭 배신을 당한 것 같았다.

그의 아내에 대한 분노와 배신감은 성희라는 여과장치를 어느 때보다 세차게 갈망하도록 만들었다. 자서전에 밝힐 수 없는 여자여서 정리하자던 생각은 일단 유보되었다. 정리를 유보하자 한시바삐 그녀를 만나고 싶은 맹렬한 갈증에 빠지고 말았다. 아내와의 화해 시도가 있던 그 이튿날 그는 더 참지 못하고 성희를 찾아 나섰다. 그는 그 날 오전 11시에 한인회관에서 나왔다. 벤츠를 몰고 성희의 아파트로 가면서 핸드폰으로 20분 이내에 도착할 것이라는 사실을 알리자 성희는 반색을 했다.

펄쩍 뛰며 기뻐하는 모습이 눈에 선했다.

그는 차를 성희의 아파트가 있는 A 애비뉴에서 두 블록 떨어진 곳에 있는 주차장에 맡긴 다음 거기서부터 걸어서 가기 시작했다. 그 주위에는 한국 사람의 통행이 거의 없었다. 누군가 안면이 있는 사람을 만나더라도 아파트에 숨겨 둔 애인을 찾아가는 길이라는 것을 눈치챌 리는 없었다. 그리고 사실 지금까지 성희의 아파트 근처에서 아는 사람은 고사하고 교포도 한명 만난 일이 없었다.

그러나 이 날은 달랐다. 최인영이 알아차리지 못했을 뿐, 그를 미행하는 사람이 있었다. 미행자는 선글라스를 끼고, 모자를 푹 눌러 쓴, 얼굴에 온통 수염이 뒤덮여 있는 지독한 털보였다. 그는 껌을 질겅질겅 씹으며, 성희의 아파트가 있는 쪽으로 걸어가고 있는 최인영의 뒤를 서행으로 차를 몰면서 미행하고 있었다.

털보는 최인영이 꽃가게에 들렀다가 나오는 것을 보았다. 최인영의 팔에는 장미꽃 한 다발이 안겨 있었다. 최인영이 성희의 아파트에 도착하여 안으로 모습을 감추었을 때 차에서 내린 털보는 현관 안으로 뒤 따라 들어와서 입주자 세대 명단을 훑어보고 있었다. 최인영이 만나러 왔음직한 이름을 찾아 나가던 그의 시선이 'Sung Hee, Kim' 이라고 쓰여 있는 곳에서 멈추었다. 그는 Kim이 코리언의 성이라는 것을 알고 있었다. 203호 였다. 그는 그것을 수첩에 적어 넣었다.

성희는 최인영이 내미는 꽃다발을 받아 들고는 꽃처럼 활짝 웃었다. 그녀는 그렇게 웃으면서 최인영의 목에 팔을 두르며 껑충 뛰어 올랐다.

"녀석 그렇게 좋으냐?"

"그냥 오셔도 반가운데 꽃까지 사오셨잖아요?"

그녀가 그에게서 떨어져 나가며 속삭였다.

"식사 준비 다 돼 있어요."

"벌써?"

"오늘쯤 오실 것 같은 예감이 들어서 아침부터 준비를 했어요."

"그 예감 한번 신통하구나. "

성희의 아파트에 오는 날이면 그는 언제나 이삼십 분 전에 카폰으로 연락하는데, 도착해 보면 오늘뿐만 아니라 그녀는 그를 기다리게 한 일이 없었다. 그가 오지 않는 날에도 식사 준비를 해 둔다고 여겨졌다. 그랬다가 그가 오지 않으면 그녀는 그것을 저녁으로 먹을 것임이 틀림없었다. 자기 때문에 매일 찬밥을 먹는다는 이야기가 된다. 마음 씀씀이가 예쁜 아이였다.

성희가 마련한 식탁에는 그가 좋아하는 나물무침과 호박전 같은 것이 맛깔스럽게 올려져 있었다. 게장도 입맛에 딱 맞았다. 자기의 식성을 잘 파악하여 구미에 맞는 음식을 장만해 주는 것도 작은 정성은 아니었다.

입맛처럼 생명력이 질기고 오래가는 것이 없다는 것을 미국에 살면서 최인영은 알게 되었다. 세살 때 어머니가 만들어 주었던 반찬의 맛을 여든 살이 되어서도 혀끝은 기억해 낸다고 하지 않는가. 미국에 살지만 입맛만은 한국식이 가장 좋을 수밖에 없었다. 구수한 된장맛을 못잊어 다시 한국으로 돌아간 사람들이 얼마나 많은가.

아내는 그런 남편을 위해 한번도 김치를 담아 본 일이 없는 여자였다. 미국에 살면서 김치 담그는 것을 배운다는 것이 쉽지 않다면 한국 식품점에 가면 얼마든지 있으니까 사다가 식탁에 올려 줄 수는 있지 않은가.

그는 집에서 가족들과 어울려 식탁에 둘러앉아 본 것이 언제인지도 아득했다. 그는 아예 아침을 먹지 않고 출근하며, 밖에서 저녁을 해결하고 들어가야 굶지 않고 잘 수 있는 신세였다. 아내가 자신을 위해 된장

국을 끓이는 것을 배우는 성의만 보여 주었어도 문제가 이 지경에까지 이르지는 않았을 것 같았다.

식사가 끝나면 성희는 그의 어깨를 주물러 주기도 하고, 그에게 다소곳이 안겨 그를 달아오르게 만들고는 했다. 그녀는 격렬하지 않았지만 자신을 태우고 그 열기로 상대도 타오르게 할 줄은 알았다.

젊은 그녀의 나신(裸身)은 매끄럽고 뜨거웠다. 그녀의 눈부신 살결을 어루만지고 있노라면 아내가 그에게 주지 못하는 정복욕이 되살아나게 된다. 그는 힘차게 방사하며 가득 고이는 충일감을 맛볼 수 있었다.

젊은 성희와의 정사는 늘 그에게 한두 시간 쯤의 휴식을 요구했다. 그것은 아주 달콤하고 나른한 것이었다. 잠은 스펀지에 물이 스며들듯 혈관을 타고 찾아와서 잠깐 사이 아주 깜빡하게 그를 점령하고는 했다.

그런데 모를 일이었다. 언제부터인가 그의 달콤한 잠은 가슴을 짓누르는 꿈에 의해 곧잘 깨워지는 것이었다. 오늘은 여느 때보다 더 심한 가위에 눌렸나 보았다. 거기서 벗어나기 위한 몸부림으로 소리까지 질렀다. 성희가 그를 흔들어 깨웠다.

"어머 이 땀 좀 봐요, 악몽을 꾸셨나 봐요."

평소보다 강하고 불규칙하게 뛰는 심장의 고동 소리를 들었다.

무슨 꿈이었던가.

매번 똑같은 내용은 아니었다. 명료하게 재생되지도 않았다. 그러나 악몽인 것만은 틀림없었다. 어떨 때는 미국에 오면서 한국에 두고 왔던 은옥이 보이기도 했다. 그녀는 수지를 낳아 기르면서 돌아오지 않는 그를 기다리다가 우울증에 걸려 자살하는 것으로 생을 마감했었다.

다른 남자를 만나서 여보라는 듯이 잘살아 볼 일이지 스스로 목숨을 끊어가면서까지 남자의 배신을 용서하지 않았다니, 외골수라는 것은 알고 있었지만 그렇게까지 독한 일면이 있을 줄은 미처 몰랐던 사실이었다. 그러고 보면 그녀의 원혼(寃魂)이 20년이 넘은 지금까지도 구천(九天)에 들지 못하고 떠돌다 태평양을 건너와 그의 단잠을 훼방놓고 있는지도 모르는 일이었다.

은옥이 죽은 것은 수지가 세 살 때였다. 그 직후에 수지를 미국으로 데려와서 기르고 있다. 다행이랄까. 지금의 아내도 수지에게는 관대했다. 수지는 너무 어릴 때의 일이어서 그런지 생모에 대한 기억을 갖고 있지 않은 것 같았다.

그는 수지가 원하는 것이면 무엇이든지 최고의 것으로 해 주면서 길렀다. 최고 비싼 옷을 입혔고, 운전면허증을 땄을 때 수지가 원하지도 않았는데 최신형 폴쉐를 한대 사서 선물해 줄 정도였다. 수지는 아버지 덕에 아주 어렸을 때부터 세계적인 피아니스트에게 엄청난 레슨비를 지불하면서 개인지도를 받을 수 있었다.

그녀는 현재 줄리아드의 졸업반으로서, 모스크바에서 실시되고 있는 차이코프스키 음악콩쿠르에 나가 피아노 부문의 그랑프리를 획득하여 천재성을 인정받은 바 있는 피아니스트였다.

최인영은 수지의 이름으로 빌딩을 하나 사 두었다. 그 아이의 어머니에 대한 속죄의 길은 수지를 행복하게 해 주는 것밖에 없다고 생각해 왔기 때문이다. 딸의 행복을 위해서라면 무슨 일이라도 할 각오가 되어 있는 그이기도 했다. 그런 자신의 마음을 안다면 이젠 제발 꿈에는 나타나지 말았으면 싶었다.

성희는 근심 어린 눈으로 그를 바라보았다. 그는 불길한 일이 생길 지도 모른다는 예감을 떨쳐 내려는 몸짓으로 그녀를 잡아당겨 가슴에 품었다. 자석처럼 딸려오는 성희에게서는 싱싱한 젊음의 내음이 물씬 풍겨 왔다.

그녀가 차분히 말했다.

"너무 죄의식 느끼지 마세요."

죄를 짓고 있다는 생각보다는 누려서는 안되는 과분한 행복을 탐하고 있다는 쪽이 더 강했다. 그는 자신을 수습하기 위해 옷부터 챙겨 입었다. 최인영이 거실로 나왔을 때 특유의 파라핀 냄새가 코를 찔렀다.

거실은 성희의 작업실이기도 했다. 그곳에는 거울은커녕 우스운 장신구 하나 눈에 띄지 않았다. 물감이며, 화구들로 가득차 있을 뿐이었다. 캔버스 위에는 오일이 채 마르지 않은 미완성의 그림이 올려져 있고, 그려만 놓고 표구를 하지 않은 것들은 여러 점이 한꺼번에 포개져서 구석에 놓여 있었다.

자세히 보아도 결국 무엇을 표현한 것인지 알아낼 수 없는 그림들로 꽉 차 있는 작업장은 그에게 있어 아주 동떨어진 세계의 것들이었다. 분명 이곳은 낯선 세계였지만 성희가 있는 곳이어서 그런지 그에게 소외감을 강요하지는 않았다. 20여 년 동안 돈 버는 일에만 자신의 모든 시간을 썼던 그에게 돈 냄새가 전혀 나지 않는 이 공간은 그 자체로써 긴장감을 이완(弛緩)시켜 주고, 숨통을 틔워 놓는 휴식처 역할을 훌륭하게 해 주고 있었다.

성희는 미술대학 서양학과를 졸업한 다음 세계적인 화가가 될 것을 꿈꾸며 뉴욕에 왔다고 했다. 앞으로 그림을 그리는데 필요한 돈을 충분히 준 다음 여기서 헤어져야 한다는 말을 해야 하는 것이 아닐까.

그러나 그는 결단을 내릴 수가 없었다. 아직은 한국의 국회의원 자리는 그에게 있어서 꿈이었고, 현재로서는 가장 확실하게 삶의 의미를 부여해 주고 있는 사람이 있다면 그것은 성희뿐이었다.

그의 복잡한 갈등을 모르고 있는 성희는 조금 더 그를 붙들어 둘 방법을 제시했다.

"커피 한 잔 들고 가실래요?"

최인영도 서둘러 헤어지고 싶지 않았다. 그래서 반색을 하며 말했다.

"좋지."

성희는 최인영의 습성대로 커피를 연하게 뽑았다. 그녀는 최인영이 설탕을 타지 않고 프림대신 우유를 넣는다는 것도 잘알고 있었다. 최인영에게 커피를 날라다 준 성희는 전축이 놓여 있는 곳으로 걸어갔다. 그녀가 고른 판은 바하도 모차르트도 아니었다. 한국의 판소리였다. 쑥대머리 한대목이 구성지게 울려퍼지고 있었다.

그런 다음 그녀는 캔버스 앞으로 다가가 작업을 시작했다. 성희는 시간을 다투어 끝내야 할 필요를 느껴서 작업을 시작한 것이 아니었다. 최인영이 자신의 작업하는 모습을 지켜보는 것을 좋아한다는 것을 알기 때문에 작업을 시작한 것이었다.

최인영은 성희의 손놀림이 빨라지면서 눈에 열기가 이글거리는 것을 지켜보고 있었다. 그것은 전희(前戱)를 생략하고도 단숨에 절정을 향해 치달아 오를 수 있는 뜨거운 열기 같은 몰입이었다. 그런 집중은 몸짓이 주는 진지함과 어울려 그녀에 대한 신비감을 불러일으키고 있었다. 그는 일순간에 혼자 버려진 것 같은 소외감을 느꼈다.

최인영은 작업하는 그녀를 방해하지 않고 조용히 지켜보려던 생각을 바꾸었다.

"성희야!"

그녀가 손길을 멈추지 않은 채 대답했다.

"네?"

"넌 그림을 그리는 것과 나 중에서 어떤 것을 더 사랑하느냐?"

그녀는 비로소 손길을 멈추고 돌아보았다.

"예술이나 사랑은 자기의 존재를 확인하는 작업이라는 면에서 똑같아요. 현실 속에서 행복하기를 바라는 사람은 사랑을 통해 자신의 존재를 확인하려 할 것이고, 그것이 불가능한 상태에 놓여 있는 사람이 예술에 매달리는 거예요."

"그게 내 질문에 대한 대답이냐?"

"저는 물론 현실 속에서 행복하게 사는 것을 더 원해요. 그렇게 안될 것 같아서 예술도 포기할 수 없는 상태지만요."

"예스 노우식의 명쾌한 대답을 듣고 싶다."

그녀는 빠렛트와 나이프를 내려놓고 최인영 쪽으로 왔다.

"말할 것도 없이 회장님을 더 사랑하죠."

"진실이냐?"

"네."

어떻게 이 아이에게 헤어지자는 말을 한단 말인가. 만약 성희가 그림 쪽에 더 집착을 보였다면 최인영은 그녀에게 이제부터는 그림을 그리는 데 따른 지원만 해주는 스폰서가 되겠다는 식으로 절연(絶緣)할 수 있었으리라.

그녀가 말할 것도 없이 자기를 더 사랑한다고 하자 최인영은 헤어지자는 말을 차마 하지 못했다. 그것이 예감을 묵살한 결정적인 실수가 되었다는 것을 나중에 알았다. 그러고 보면 불행이 결코 예고 없이 찾아오는 것은 아니었다.

그는 한인회장의 임기가 끝나면 어떻든 귀국할 결심을 확실히 굳힌 상태였다. 미국 내의 비즈니스를 완전하게 정리할 수는 없겠지만 수지와 필립 몫으로 빌딩 하나씩을 물려주고, 아내에게는 지금 살고 있는 집에다가 재산도 원하는 만큼 나누어 줄 생각이었다.

귀국하기 직전에 아내의 말대로 20년이 넘은 부실 애정을 정리하여 이혼을 해야 할 것 같았다. 아내에게도 더 늦기 전에 새로운 인생을 살 수 있는 길을 열어 주는 것만이 자기가 베풀어 줄 수 있는 최상의 애정이 된다는 데야 선택의 여지가 없었다. 그러니 명목뿐인 결혼생활을 더 이상 끌고 나가는 기만(欺瞞)은 여기서 끝을 내야 하리라.

자식들이 아버지를 따라서 귀국할 것 같지도 않았다. 그러고 보면 그는 혼자가 되는 셈이었다. 최인영은 혼자가 된 자신의 옆에 성희를 앉혀 보았다. 성희가 자신에게 과분하기는 하지만 혼자가 되었을 때 성희 정도는 욕심을 내도 무방하지 않겠느냐는 생각이 들었다. 그렇게 가닥을 잡을 수밖에 없었다. 그러나 아직은 이런 말을 정식으로 거론할 단계는 아니었다.

그는 밝은 웃음을 지어 보이며 의자에서 몸을 일으켰다.

"성희야, 나도 너를 이 세상에서 가장 열렬히 사랑한다."

그녀가 그의 가슴으로 쓸어졌다. 그는 그녀를 따뜻하게 감싸 안았다.

최인영이 아파트를 나왔을 때 털보가 그때까지 기다리고 있다가 시계를 보았다. 오후 2시였다. 그것은 최인영이 여자의 아파트에서 3시간 가까이 머물렀다는 것을 뜻하는 것이었다.

털보는 최인영이 아파트에서 무엇을 했을까에 대해서 생각해 보았다. 시간적으로는 그가 아파트에서 정사를 갖기에 충분한 것이었다. 털보는 최인영이 아파트의 여자와 내연(內緣)의 관계를 맺고 있다는 가정 하에 현장을 담을 카메라를 준비할 필요를 느꼈다.

5

니시오가 겐죠의 테이블 위에 올려져 있는 전화벨이 울렸다. 그는 무심 중에 수화기를 집어 올렸다가 상대의 말을 듣고 벌떡 자리에서 일어났다.

"알았소. 내가 지금 당신 사무실로 가겠습니다."

수화기를 내려놓는 것과 동시에 외출을 했던 니시오가 겐죠가 사립탐정 애드워드 스타인버그의 사무실에 모습을 나타낸 것은 그로부터 30분쯤 후였다.

니시오가 겐죠를 맞이하는 애드워드 스타인버그의 얼굴에는 수염이 뒤덮여 있었다.

"나는 아직 최인영의 사업상 비리 같은 것을 알아내지는 못했습니다. 그렇지만 아까 전화로도 말씀 드렸지만 당신이 흥미를 가질 수 있는 사실을 하나 발견했기에 만나자고 한 것입니다."

"내가 흥미를 가질 수 있을 것이라는 게 무엇이오?"

"최인영에게 정부가 한명 있습니다."

"그게 사실입니까?"

"물론입니다."

"최인영에게 아내 이외의 여자가 있는 것 같은 정보를 내가 처음으로 확보한 것은 2주 전입니다. 그러나 확신을 할 수 없기에 사실을 충분히 입증하는데 시간이 좀 걸려야 했습니다. 그는 여자에게 아파트와 살림을 시켜 놓고 있으며, 정사는 주로 낮을 이용하여 하고 있었습니다."

"그것을 입증할 만한 자료가 있습니까?"

"물론이죠. 나는 그들의 정사 장면을 카메라에 담는 매우 힘든 작업을 해야 했습니다."

그것은 확실히 니시오까 겐죠의 흥미를 끌기에 충분한 정보였다. 그것만 있으면 최인영을 잡을 덫을 놓을 수 있을 것 같았다.

니시오까 겐죠가 말했다.

"됐습니다. 그것이면 충분합니다. 더 이상 최인영에 대한 조사를 할 필요는 없습니다."

"그렇다면 남아 있는 사례비를 전액 지불해 주시기 바랍니다."

니시오까 겐죠는 수표책을 꺼내서 금액을 적은 다음 이서를 했다. 그는 그것을 사립탐정에게 넘겨주기 전에 말했다.

"당신은 의뢰인에 대하여 철저한 비밀을 지켜 주시겠지요?"

"그야 물론이오. 의뢰인에 대한 정보는 내가 무덤까지 가지고 갈 것입니다."

"그 말을 믿습니다. 사례하는 뜻에서 약정했던 액수보다 많은 금액을 적었소."

에드워드 스타인버그는 니시오까 겐죠로 부터 수표를 건너 받았다. 그의 말은 사실이었다. 에드워드 스타인버그는 만족했다. 수표를 받은 털보는 니시오까 겐죠에게 최인영의 정부에 대한 정보를 넘겼다.

그것은 사실 별 것이 없었다. 그녀의 이름과 그녀가 살고 있는 아파트의 주소 따위가 적혀 있을 뿐이었다. 그러나 두 사람의 정사 장면을 찍은 사진이 첨부되어 있었기에 그것은 아주 훌륭한 정보라고 할 수 있었다.

니시오까 겐죠는 벌거벗은 남녀가 뒤엉켜 있는 사진을 자세히 살펴보았다. 최인영이 틀림없었다. 그는 그의 사진을 신문을 통해 많이 보았기 때문에 단번에 알아 볼 수 있었다.

그는 그것을 가방에 잘 챙겨 놓고 사립탐정의 사무실을 나왔다. 그의 얼굴에는 득의만면의 미소가 어려 있었다.

"바가야로 조센징, 너도 이젠 끝장이다."

3

비극

1

일요일 아침 세라의 서울 집으로 전화를 걸었던 진우는 한영실 여사가 골프를 치러 갔는데 아직 귀가하지 않았다는 말을 들었다. 한국은 토요일 저녁 시간이였다. 혹시나 해서 삼진그룹의 윤천주 회장을 찾았지만 그는 외유(外遊) 중이었다. 중국에 갔는데 언제 귀국할지 모른다는 것이 전화를 받은 여자의 말이었다. 가정부인 듯싶었다.

진우는 세라의 부모들이 천하태평(天下太平)인데 자기가 몸 달 이유가 없을 것 같았다. 그렇지만 그녀를 맡았던 책임을 철없는 아이가 해고한다고 한 말에 마음이 상해서 일거에 도외시(度外視)해 버릴 수는 없는 일이었다. 그는 마지막 성의를 다하는 뜻에서 다음으로 유 선배의 집으로 전화를 걸었다.

유 선배가 직접 전화를 받은 것을 확인한 진우가 목청을 높였다.

"안녕하세요, 선배님? 뉴욕의 진웁니다."

"그러잖아도 내가 일간 전화를 걸려고 했었는데 마침 잘 됐네."

혹시 세라가 자기 집으로 전화를 걸었고, 그 전화를 받은 한영실 여사가 처음 소개를 했던 유 선배에게 항의를 한 것이 아닌가 여겨졌다. 진우가 세라 문제를 먼저 거론(擧論)했다.

"저로서는 세라를 컨트롤할 수가 없었습니다."

"무슨 일이 있었는가?"

그렇게 묻는 것으로 보아서는 세라의 문제로 유 선배가 전화를 걸려고 했던 것은 아닌 듯싶었다.

"저는 세라에 의해서 해고됐습니다. 제가 마음에 안 드는 모양입니다."

"해고라?"

"그렇게 말하더군요."

"철없는 아이니 동생처럼 잘 돌보아 주라니까."

"최선을 다했습니다만 아웃 어브 컨트롤입니다."

"자네가 손들 정도라면 어지간한 모양이군. 부잣집에서 워낙 안하무인격(眼下無人格)으로 자랐어. 그렇다면 할 수 없는 일이지."

"세라를 혼자 뉴욕에 놔두면 잘못될 확률이 높습니다. 한국으로 데려가던가, 뉴욕에 두려면 보호자가 같이 있어야 겠다는 것이 제 생각입니다. 세라네 집으로 전화를 걸었지만 부모들과 통화를 할 수 없어 유 선배님께 말씀드리는 것이니까 유 선배께서 제 의견을 대신 좀 전해 주십시오."

"알겠네. 자네 능력 밖이라면 세라는 잊어버리게."

"걱정이 돼서 드리는 말씀입니다."

"자네가 아니라도 삼진그룹의 뉴욕지사 사람들이 세라를 돌보아 주도록 조처할 수 있을 걸세. 자네 뜻은 세라의 부모들에게 전할 테니까 이 시간부터 그 문제는 잊어버리게."

"그럼 알겠습니다."

"그 문제는 그쯤 하고, 내가 전화를 하려고 했던 용건은, 우리 잡지에 실릴 기사를 하나 뉴욕에서 발굴해 보내 주게."

"어떤 내용을 원하시는데요?"

"내 생각에 우리 나라 젊은이들은 같은 또래의 선진국 청년들에 비해 국제경쟁력에서 뒤지는 것 같다는 생각이 드네. 미국이나 캐나다 대학생들은 경제가 어려웠을 때 일시 학업을 중단하고 우리 나라에 와서 영어강사 같은 것을 했었어. 고생해서 돈을 벌어가지고 돌아가 학업을 마친 사람들이 많았어요. 그러나 우리의 젊은이들은 취업문(就業門)이 좁다는 것만 탓했지 과감하게 외국으로 나가서 일자리를 찾아보는 식으로 부딪치는 용기가 부족하다는 생각이 드네. 그들이 우리 나라에 와서 돈을 벌어갔듯 우리도 미국이나 캐나다, 혹은 호주 같은 나라에 가서 취업할 수 있는 길이 없는 것이 아닐 텐데, 도전하려는 의지를 발휘하려고 하지를 않고 있어. WTO체제 하의 무한경쟁 시대에 국제경쟁력에서 뒤지는 것이 아닌가."

"……?"

"그러니까 우리 젊은이들로 하여금 분발할 수 있도록 해야 된다고 봐. 빈손으로 미국에 뛰어들어 아메리칸 드림을 이룬 사람의 생생한 성공담 같은 것을 게재하여 본받을 수 있도록 해주고 싶다는 것이 편집의도일세."

"무슨 말씀인지 알겠습니다."

"분량은 200자 원고지로 100매 내외로 하게. 어린 시절이나 한국에서의 생활이 비참할수록 성공이 돋보일 수 있을 거야. 자네의 글을 읽고 젊은이들이 눈을 밖으로 돌려, 나도 도전해 보고 싶다는 생각을 갖도록 하면 되는 거야. 유 캔 두 댓?"

유 선배는 그 동안 일간지에서 자매지인 월간지의 편집장으로 자리를 옮긴 바 있었다. 동시에 그는 종종 뉴욕에서 발굴할 수 있는 기사 거리에 대한 주문을 해 왔다. 그에 따라 진우는 패션에 관련된 것이나 공연 예술 또는 뉴욕에서 활동하고 있는 한국인 예술가들의 근황을 소개하는 인터뷰 기사 따위들을 종종 서울로 송고해 주었었다. 유 선배는 진우가 보내 준 원고에 대하여 원고료에다가 취재비 명목의 알파를 플러스시킨 돈을 송금해 주고 있었다. 그것은 진우에게 짭짤한 부수입원이었다.

우선 월간지용 기사라 시간 제약을 크게 받지 않는다는 면에서 그것은 환영할 만한 일거리였다. 신문사의 취재가 없는 토요일이나 일요일을 활용하여 수고를 좀 하는 대가로 집세를 해결할 수 있으니 마다할 이유가 없었다. 이번에도 그에 따른 취재 오더를 주고 있는 것이었다. 진우는 상대가 영어로 물었기에 영어로 명쾌하게 대답했다.

"아이 브 갓더 픽처. 아 윌 두 댓, 써어."

진우는 유 선배와 통화를 끝내는 것을 기점으로 세라 문제에서 완전히 해방되었다. 아닌 게 아니라 삼진그룹의 뉴욕지사에 유능한 상사맨들이 많이 파견되어 있으니까 그들 중에서 적당한 사람을 한명 골라 세라를 보살펴 주도록 할 수도 있지 않겠는가 싶었다. 사원들에게 회장의 가족 상황이 알려지는 것을 꺼려하여 외부인인 진우에게 세라를 맡겼던 것이겠지만 급해지면 이것저것 따질 겨를이 없을 것이다. 아무튼 그녀는 자기가 아니라도 돌보아 줄 사람은 얼마든지 있는 셈이었다.

진우는 세라를 잊고 유 선배가 부탁한 기사 문제에 대해서 생각하기 시작했다. 누구의 이민 성공 사례기를 소개하는 것이 기획 의도와 맞아떨어질까.

진우가 한국에서 발행되는 잡지에 아르바이트를 하고 있다는 사실을 아는 사람은 사내에서 예란 뿐이었다. 여가 시간을 활용하여 일을 하는 것이기에 시비의 대상이 될 이유는 없지만, 남의 말을 하기 좋아하는 사람들이 알면 자칫 양다리를 걸치고 있다는 식으로 입방아를 찧을 소지도 전혀 없는 것은 아니기에, 진우는 그 사실을 비밀로 해 왔다. 예란은 결코 자신에 대한 험담을 할 여자가 아니라는 믿음이 있었기에 털어놓게 된 것이지만, 그녀만을 예외로 한 데에는 또 다른 이유가 있었다.

가령 문화 관계 기사를 쓸 때 그녀의 조언을 받을 필요가 있었기 때문이었다. 뉴욕에서 활동하고 있는 한국인 예술가들에 대하여 예란 만큼 확실한 정보통은 없었다. 진우는 그녀가 중간에서 연결을 해 줘서 정말 만나기 어려웠던 천재 음악가와도 무사히 인터뷰를 한 적이 있었다. 예란은 웬만한 평론가는 명함도 내밀지 못할 정도로 그 방면에 대해 해박한 지식과 정보를 보유하고 있는 여자였다. 그녀는 단순한 중개역에 그치지 않고, 진우가 작성한 기사를 읽어본 다음, 몇 가지 내용을 바꾸거나 첨가하는 것이 좋겠다는 의견을 내놓은 적이 있었다. 그녀의 말을 따른 결과 진우의 기사는 호평(好評)을 받을 수 있었다. 예란은 진우가 무보수로 부려먹을 수 있는 좋은 조수였다.

누가 좋을까. 이 문제도 신문사의 고참인 예란의 의견을 수렴해 보는 것이 좋을 듯싶었다.

한국에서는 세라의 어머니같은 특권층이나 마음 놓고 골프를 치지만 뉴욕에서는 말단 직원이라도 즐길 수 있었다. 그런 것이 미국에 살고 있는 혜택이었다. 세라의 어머니가 골프를 치러 갔다는 말을 들은 뒤끝이어서 그랬을까. 오랜만에 예란과 골프나 치면서 기사 건에 대한 자문을 구해 보리라고 생각했다.

그는 마음을 정하자 망설이지 않고 예란에게 전화를 걸었다.

"나야. 일요일인데 집에 있었네?"

"밀린 세탁했어."

"골프치러 같이 갈 생각 없어?"

"예약은 된 상태야?"

"그냥 골프장으로 직행했다가 부킹이 안되면 드라이브한 셈 치지 뭐."

"필드에 안 나간 지 오래 돼서 형편없을 텐데."

"기분전환하자는 거지 시합하자는 거 아니야."

"그럼 기다리고 있을 테니까 데리러 와."

"30분 후에 아파트 현관 앞에 나와 있어."

"알았어."

예란은 진우의 말이라면 일단 거절하는 법이 없었다. 좋은 친구였다. 그는 예란이 있기에 뉴욕 생활을 그런 대로 견뎌 낼 수 있다고 여겼다. 그 동안 너무 얻어먹기만 했으니까, 오늘은 저녁까지 한 턱 쓰리라는 생각을 하면서, 그는 골프채를 챙겼다.

예란의 아파트는 우드사이드에 위치해 있었다. 진우가 차를 몰고 그녀의 아파트에 도착해 보니 약속했던 대로 그녀는 현관에 나와서 기다리고 있었다. 그는 차를 출발시키기 전에 오는 동안 생각해 두었던 의견을 내놓았다.

"가까운 휘레스트 힐 클럽으로 가는 게 어떨까?"

"거긴 그린 상태가 엉망이더라."

"그래도 여기서 제일 가까운 곳이야. 별로 인기가 없는 골프장이라, 사람들이 많이 밀리지 않기 때문에, 지금 가도 기다리지 않고 칠 수 있는 거의 유일한 곳이고."

"그렇다면 자기 생각대로 해."

그녀는 자연스럽게 자기라는 말을 썼다. 그녀의 자기라는 호칭에는 단순히 상대를 지칭하는 이상의 의미가 들어 있는 것이지만 진우는 그냥 편한 대로 부른 호칭 이상의 의미를 부여하지는 않았다.

퀸즈 블러바드에서 우드헤븐 블러바드로 바꾸어 탄 진우의 차가 훠레스트 힐 클럽까지 가는데 소비한 시간은 20분 정도였다. 그리고 그의 예상은 맞아 떨어졌다. 골퍼들이 별로 없었기 때문에 두 사람은 커피 한 잔 마시는 동안을 기다렸다가, 바로 라운드에 들어갈 수 있었다.

훠레스트 골프장은 첫 번 홀이 가장 난코스다. 연못이 중간에 놓여 있는 낭떠러지를 넘겨야 하기 때문이었다. 두 사람은 간신히 러프를 면할 수 있었다. 예란은 골프장이 많은 플로리다 출신이기 때문에 골프를 시작한 지 오래된 편이었다. 그에 비해서 진우는 이제 겨우 비기너 딱지를 뗄 정도였다. 남자이기 때문에 거리는 비슷하게 나지만 정확도에서 예란을 따라갈 수가 없었다. 그녀는 레이디스 티를 사양하고 진우와 함께 레귤러 티에서 쳐도 결코 진우에게 스코어가 뒤지지 않을 실력을 보유하고 있었다. 그만하면 사교 골프는 충분히 칠 수 있는 여자였다.

세 번째가 파 쓰리 홀이었다. 그녀는 그곳에서 버디를 잡았다. 진우는 보기였다. 네 번째 홀이 또한 워터 해저드를 끼고 있는 난코스였다. 다섯 번째부터는 필드도 편편하고 그린 상태도 좋은 편이었다. 롱 홀로 접어들었을 때였다. 드라이브가 모처럼 비슷한 위치에 공이 떨어졌기 때문에 두 사람은 나란히 필드를 걸어가기 시작했다.

예란이 물었다.

"세라라고 했던가. 그 학생 잘 있어?"

"유스파티가 있던 날 만나고 나도 못 봤어."

"개인지도 해 주고 있다지 않았어?"

"그날 부로 해고됐거든."

"나 때문이구나?"

"전혀 관계가 없다고는 할 수 없겠지. 저를 파티장에 혼자 두고 자기를 데리고 가는 것을 본 모양이야."

진우의 자기라는 말은 친한 친구에게 쓰는 호칭이었다. 이것을 예란이 또 자기 식대로 받아들인다. 그녀는 자신이 원하던 대로 진우에게서 세라가 떨어져나간 것이 기쁘고, 진우가 자기라고 불러 준 것에 고무되어 기분이 한껏 좋아졌다.

"나 때문에 수입원이 끊긴 거네. 앞으로 술 자주 사는 것으로 보상할게."

"어차피 내가 핸들하기 어려웠던 아이야. 돈 많은 집에서 너무 철없이 자랐어."

"자기는 돈 많은 여자가 필요해?"

"나쁠 것이야 없는 조건이지."

"아직도 박사학위에 대한 미련을 못 버렸다면 내가 도와줄 수도 있어."

"그 동안 돈을 좀 모아 둔 모양이지?"

"신문사에서 받는 거야 나 쓰면 딱 맞을 정돈데 저축이 됐겠어. 부모님 신세 좀 지겠다는 뜻이야. 재벌은 아니래도 이민 오신 지 오래됐으니까 돈은 좀 버셨어."

"명분 없는 일이야."

"명분을 만들면 되잖아?"

"데릴사위를 맞이하려고 생각하시는 분들인가?"

"그냥 사위만으로도 충분해."

"나 한테 시집오고 싶다는 얘기를 하고 있는 거야?"

"박사 한명 만들어 보겠다는 뜻이야."

"안하고 말겠다."

"왜?"

공 있는 곳에 도착했기 때문에 거기서 이야기가 중단되었다. 세컨 샷을 한 다음에 진우가 정색을 했다.

"이래 봐도 난 여자 힘을 빌려서 잘돼 보겠다는 기대는 안하는 사람이야."

"돈 많은 여자 나쁠 것 없다고 해서 시작된 얘기라는 것 몰라?"

"그건 농담이었어."

"세라에 대한 미련이 좀 남아 있는 것 같은데?"

"나는 세라를 이성으로 생각해 본 적이 없을 뿐만 아니라 누구라도 돈이 있다는 것에 이끌려서 배우자로 맞아들이지는 않을 거야. 여자가 가지고 있는 조건이 아니라 여자 그 자체만 보겠다는 것이 내 신조야. 그 얘기는 그만 두는 것이 좋겠어."

예란은 자신의 진담을, 골프를 치는 도중에, 생각 없이 들어내 보이는 것이 아니었다는 후회를 했다. 상대에게 전달도 되지 않았을 뿐만 아니라 진실이라는 것을 눈치 채지도 못한 것 같았기 때문이었다. 그녀는 파 화이브 홀에서 쓰리온을 시켰지만 그만 보기를 하고 말았다.

아웃코스 첫 번째 홀로 들어가기 전에 맥주를 한 캔 마시면서 골프 회동의 목적이 되는 화제를 꺼내기 시작했다.

"교포 중에서 뉴욕 제일의 부자가 누구야?"

"부자들을 다 원수 취급하더니?"

"일 때문에 물어 보는 거야?"

"한인회장 최인영 씨가 첫 손가락 꼽힌다는 것은 자기도 알고 있을 텐데?"

"그 사람 언론에 나가도 도덕적으로 하자가 없을까?"

"글쎄."

"한국으로부터 입지전적인 인물의 이민 성공 사례기를 하나 발굴해서 보내라는 오더를 받았거든."

"도덕적으로 하자가 있었다면 한인회장이 되는 데 문제가 됐을 거야."

"밝혀지지 않은 진상이 따로 있을 지도 모르잖아."

"그런 것은 나도 모르는 일이고, 그가 뉴욕 교포의 우상이라는 것만은 분명해."

"그 사람 한인회장이 끝나고 나면 한국 정계에 진출할 지도 모른다는 소문이 취재 기자들 사이에 퍼져 있어."

"잘하면 촌지(寸志)를 두둑이 받을 수 있겠다."

"들러리 서는 꼴이 돼서는 안 되잖아."

"인물만 된다면 한국 정계에 진출한다고 해서 색안경 쓰고 볼 것만도 아니라고 생각해. 입지전적(立志傳的)인 인물을 소개하는 기획의도가 뭐야?"

"그걸 읽고 본받아서 도전해 보라는 뜻이지 뭐."

"그렇다면 최인영 씨를 소개해 줘. 그는 무에서 유를 창조한 표본이라고 할 수 있어. 불법체류자였던 그가 교포 최대의 부자가 되었으니 분명 그의 성공담에는 눈물겨운 스토리가 있을 거야. 그리고 그 이야기는 한국에서 아메리칸 드림을 쫓아 미국을 오고 싶어 하는 사람들에게 큰 흥미를 줄 것이라고 봐. 현재로서는 최인영 씨보다 더 좋은 점수를 줄 수 있는 사람은 생각나지 않는데."

예란이 그렇게 말하자 진우는 그를 인터뷰 대상자로 낙점했다. 그는 교포 제일의 부자였다. 도덕적 하자가 없다는 것을 검증(檢證)받았다고 여겨도 될 선거를 거친 현직 한인회장이기도 했다.

이 날의 골프 회동에서는 역시 경력이 패기를 앞선다는 게 밝혀졌다. 진우가 예란보다 10여 점을 더 쳤다. 진우가 말했다.

"내가 졌으니까 저녁 살께."

"우리가 내기했었던 거야?"

"그 동안 자기가 많이 냈잖아. 오늘은 나에게 맡겨."

진우가 예란을 데리고 간 레스토랑은 훠레스트 힐에서 가장 오래된 스테이크 하우스였다. 세대가 바뀌면서 대물림해 온 전통이 말해주듯 우선 실내장식이 고풍스러웠다. 무엇보다 맛에 특별한 노하우가 있었다. 값이 비싸다는 것이 흠이지만 아깝다는 생각은 들지 않는 곳이었다. 거기까지는 잘 나갔다. 예란은 진우의 마음 씀씀이에 대해 감동할 수 있었다. 그러나 그뿐이었다. 와인까지 곁들인 분위기 있는 식사를 하면서 그는 연인이 아니라 친구 입장이라는 것을 분명히 견지했다.

진우가 여고생인 세라를 이성으로 생각한 일이 없다는 말은 믿어도 되리라. 진우에게 현재 여자가 없는 것은 분명한 일이었다. 그의 일거수일투족을 지켜보고 있기 때문에 여자가 생겼다면 곧 포착이 됐을 것이다.

서른세 살이면 결코 적은 나이가 아닌데 어째서 이토록 느긋한 것일까. 예란은 진우가 정신적인 결함을 가지고 있다고 여긴 적은 없었다. 그것은 육체적으로도 마찬가지였다. 동성애적인 요소가 전혀 없는, 지극히 정상인 사람이 이성 문제에 대해서 초연한 입장을 취하는 것을 이해할 수가 없었다. 그녀는 좀처럼 진척이 되지 않는 두 사람의 관계에 획기적인 전환점을 마련해야 되겠다고 생각을 했다.

2

최인영은 금요일에 출근을 하지 않았다. 외출했던 가족 중에서 제일 먼저 귀가한 사람은 수지였다. 그 다음이 필립이었다. 최인영은 남매를 앞에 놓고 말했다.

"너희들 내일 외출할 계획이 있니?"

수지는 없다고 했고, 필립은 약속이 있다고 대답했다. 그래서 필립에게 말했다.

"그 약속을 다음으로 미룰 수 없겠니?"

필립이 난색을 표명했다.

"왜요?"

"내일 우리 집에 기자가 한 명 찾아온다. 한국에 있는 잡지에 이 아빠의 이야기를 소개해 주기로 되어 있다. 우리 가족사진이 필요하다는 구나."

필립은 내키지 않은 표정이었지만 아버지의 부탁을 무시할 수 없다고 판단한 것 같았다.

"그렇다면 알겠습니다. 약속은 다음으로 미루어 놓겠어요."

"고맙다. 그리고 기왕 가족사진을 찍을 바에는 잘 나오도록 해야 하니까 특별히 의상에 신경들을 쓰는 것이 좋겠다. 그게 예의 아니겠니."

수지는 아버지가 이번 기자의 방문에 대해 매우 신중을 기하고 있다는 것을 알았다. 그녀는 이의(異意)를 달지 않는 것으로 아버지에게 협조를 했다.

"잘 알겠어요."

"내일 우리 집에 오는 기자의 이름은 정진우라고 하고, 방문 예정 시간은 오후 2시경이 될 것이다. 점심 식사는 하고 온다니까 수지가 차 심부름을 좀 해 주는 것이 좋겠구나."

"내일은 엄마도 집에 계실 텐데요 뭐. 상황을 봐 가면서 제가 해야 될 형편이면 그렇게 할게요."

"고맙다."

최인영은 자기의 이민 성공 사례기를 한국에 소개하겠다는 진우의 전화를 받고 속으로 쾌재(快哉)를 불렀다. 한국에서 발행되는 유수 잡지에, 자신의 라이프 스토리가 소개된다는 것은, 귀국을 은밀히 추진해 오고 있는 그의 입장에서 볼 때, 크게 환영하지 않을 수 없는 일이었기 때문이었다.

그는 한국에 자신을 알릴 수 있는 절호의 기회라고 생각했다. 충실한 인터뷰가 될 수 있도록 하기 위해서는 사전에 준비를 할 필요가 있다고 판단하여, 그는 출근까지 포기하고 집에 머물고 있는 것이었다.

그는 그 동안 자기가 추진해 온 국산품 애용운동이나 각종 봉사활동 또는 유스파티 같은 것을 적절하게 홍보하고, 이민 초기에 겪었던 고생담을 풀어 한국의 독자들이 흥미를 가질 수 있도록 해 줄 생각이었다.

기자에게 충분한 자료를 제공해 주는 면에서는 어려움이 없는데 문제는 아내가 협조하느냐 그렇지 않느냐에 달려 있었다. 기자가 와 있는데 내다보지도 않거나 일이 있다면서 외출을 해버리고 나면 화기애애한 집안 분위기를 연출하는데 실패하게 될 것이다.

최인영은 광고나 홍보효과를 기대할 수 있는 기사를 써 주는 기자에게 대개 촌지라는 이름의 봉투를 주는 것이 관행화 되어 있다는 것을 상기했다. 일부러 시간을 내서 멀리 있는 집까지 찾아온 수고에 보답하는 의미라면서, 기자가 미처 상상하지 못했을 정도의 액수가 들어 있는 봉투를 찔러 줄 생각이지만, 그것으로 언론인을 매수하는 것이 가능하게 될 지는 확신할 수 없었다.

촌지를 사양하는 기자도 있고, 돈은 돈대로 받아가고도 돈에 좌우되지 않는 기사를 쓰는 기자도 있기 때문이었다. 호의는 수용하되 글은 자기 판단대로 쓰겠다는 것을 얌체족이라고 매도할 수 있는 상황이 아니었다.

결국 기회가 주어졌다고 하여 그것이 꼭 자기에게 큰 도움을 줄 것이라고 확신할 수는 없다는 말이 된다. 쉽지 않은 이번 기회를 꼭 효과가 날 수 있도록 활용하는 지혜가 필요하다고 여겨졌다. 다른 것은 다 자신이 있는데 역시 아내의 협조 여부가 걸림돌이었다. 자신의 귀국 시나리오에 대하여 긍정적인 견해를 가지고 있지 않은 아내는, 방해야 놓지 않겠지만 방관자적인 입장을 취하기가 쉽지, 협조하지 않을 것 같았다.

최인영은 아내가 저녁 식사 전에 귀가하면, 가족들을 모두 데리고 오랜만에 외식을 하면서 분위기를 잡으려고 했었지만, 그의 아내는 저녁 식사를 밖에서 해결하고 나타났다. 가족이 함께 식탁에 둘러 앉아 본 것이 언제인지 기억에도 없을 정도였다. 최인영과 그의 아내는 거의 식사를 밖에서 해결하는 편이고, 수지와 필립만이 아침저녁을 집에서 먹는데, 그들도 일어나는 시간과 귀가 시간이 각기 다르기 때문에 함께 식사를 하는 경우는 거의 없었다.

각자 자기 편한대로 끼니를 해결하는 것은, 합리적인 사고방식이 낳은 결과라기보다, 함께 하는 것이 싫기 때문에 식탁에 마주 앉는 것을 피한 결과로 그렇게 된 것이었다. 그래서 그는 가족이 함께 식사를 하는 집은 문제가 없고, 같이 식사를 하지 않는 가정은 문제가 있다는 것을 알게 되었다. 먹는 것이 따로따로니 생각도 따로따로고, 생각이 따로따로니 가족애라는 것이 없는 것은 당연한 일이었다.

저택의 일층은 수지와 필립이 쓰며, 이층이 그들 부부용이었다. 이층 거실에는 홈바가 갖추어져 있었다. 잠은 각기 욕실이 딸린 자기 방에서 잔다. 집이 큰 것도 가족이나 부부가 화합하는데 적잖은 방해 요인이 되었을 것이다.

수지의 생모와 단칸 셋방에서 살 때는, 두 사람이 다툴 이유도 없었지만, 설령 심하게 충돌을 했다고 해도 결국은 같은 방에서 잘 수밖에 없었다. 같이 자다가 보면 잠을 자기 시작할 때는 냉랭했다고 해도, 아침이 되어 일어날 때 보면, 서로 껴안고 있는 것을 발견하게 될 수도 있다. 결정적인 대립이 아니면 그런 식으로 말없이도 화해가 되는 것이 부부 사이다. 최인영의 성채 같은 집에서는 그것이 불가능했다.

그는 아내와 대화를 시도하기 위한 방법을 암중모색하다가 그녀에게 술을 한잔 권해 보기로 결정했다. 그녀는 칵테일이나 온더 록보다 스트레이트를 즐기는 편이었다. 그리고 코냑을 가장 좋아한다. 그는 아내가 욕실에 들어가 있는 동안 마른 안주를 챙겼다. 불빛의 광도를 낮추고 먼저 술을 한잔 하고 있던 최인영은 그녀가 욕실에서 나왔을 때 말했다.

"한잔 같이 안하겠소?"

아내는 나이트가운을 걸치고 있었다. 그녀가 홈바의 스탠드에 몸을 걸쳐 놓았다.

"오늘 일찍 들어오셨나 보죠?"

"아예 출근하지 않았소."

"웬일이세요?"

"조용히 생각할 것이 좀 있었소."

그가 코냑 잔을 그녀 앞으로 놓았다. 목욕 후의 적당한 피로가 알코올을 사양하지 않게 만든 것이리라. 그녀는 그것을 집어 들면서 의례적으로 말했다.

"고맙군요."

그는 그녀가 술을 한 모금 마시고 났을 때 운을 떼었다.

"내일 우리 집에 가지가 한명 오기로 되어 있소."

"기자요?"

"한국에서 발행되는 잡지에 내 이야기를 소개한다는 구려."

"한국에서 오는 사람이에요?"

"이곳 신문사에서 리포터로 일하고 있는 기잔데 유능하다고 인정을 받고 있는 모양이오. 서울에서 직접 기자를 파견하지 않아도 되는 일거리는 비용도 절감할 겸 해서 이곳에 있는 기자들 중 한명을 선택하여 외주(外注)를 주는 것이 그쪽 방면의 관례인가 봅디다. 일종에 비상근 특파원 라인을 형성해 놓고 있는 셈이랄까. 정 기자는 그런 기자 중에 한명이오."

"당신은 그 기자가 유능하다고 하는데 내 생각에는 그런 것 같지도 않네요."

"무슨 뜻이오?"

"당신 같은 사람을 인터뷰 대상자로 선택한 것을 보면 알죠."

"당신이 보기에는 내가 형편없는 사람이지만 세상 사람들이 알고 있는 나는 그렇지도 않소."

"그들은 나처럼 당신을 자세히 몰라서 그런 거예요."

"당신은 내가 그렇게 못마땅하오?"

"위선자를 좋아할 사람은 아무도 없을 거예요."

"나는 무에서 유를 창조한 사람이오. 나는 도전했고, 투쟁해서 얻었소. 내 삶이 도덕이나 인륜에 위배되었다고 비판하고 싶겠지만 보기에 따라서는 그렇지도 않을 것이오. 더구나 본받을 것이 전혀 없는 무가치한 것이었다고 보지는 않소. 나는 부모 잘 만나서 고생 모르고 공부한 사람들과는 다르오. 혼자서 싸웠고, 무수한 실패와 좌절 속에서도 용기를 잃지 않는 것으로 절망을 극복한 것이오. 당신은 나의 그런 투쟁사에 대해서 박수는 못보내줄 망정 어째서 그렇게 냉소적일 수 있단 말이오. 당신이 그렇게 잘나고 대단한 사람이오?"

"……"

"오늘의 내가 있기까지 당신의 도움이 컸소. 나는 당신의 은혜에 대하여 늘 고마워하고 있소. 그런 나의 진심을 당신은 언제나 외면했소. 내가 참는 것에도 한계가 있다는 것을 알아 두시오."

"당신은 귀국하고 나는 여기 남을 거니까 더 참을 필요도 없어지는 것 아니에요? 좋은 사람 만나서 노후나 행복하게 보내세요."

"진심이오?"

"네."

그녀는 남아 있던 술을 입안으로 털어 넣고 자리에서 일어났다. 그녀는 자신의 침실로 들어가기 전에 말했다.

"기자가 온다는데 협조해 드릴 것이 없네요. 방해하지 않는 것이 도와주는 것인 줄 알고 제가 피해 드릴게요."

그는 아내를 설득하려던 계획이 말도 제대로 꺼내보지 않은 상태에서 수포로 돌아간 것을 알았다. 그것은 아내가 함께하는 화기애애한 분위기를 보여주는 것은 불가능하게 되었다는 것을 뜻하는 것이었다. 그 어느 때보다도 아내에 대하여 강한 적개심이 솟구치는 것을 느꼈다. 그는 그것을 자제하기 위하여 술잔을 연거푸 비웠다. 할 수 없는 일이지. 그는 수지를 호스티스로 삼을 수밖에 없다고 생각했다. 수지는 영리하니까 분위기를 잘 유도해 낼 것이다. 그렇게 믿는 것으로 울분을 갈아 앉혔다.

토요일 아침에 최인영이 눈을 떴을 때 아내는 아직도 잠을 자고 있었다. 그가 헬스클럽에 가서 운동을 하고 왔을 때도 아내는 집에 있었다. 외출을 할 것으로 알았는데 집에 있으면서 모른 척한다는 것인가.

그는 기자를 만나서 들려줄 이야기들을 마지막으로 점검했다. 그는 이야기를 나눌 장소로 정원을 선택했다. 화창한 가을날이었기 때문에 낙엽이 물든 정원에서 바다를 내려다보면서 이야기를 나누면 운치가 있을 것 같았다. 그는 기자가 나타날 때까지 독서를 하고 있는 것이 좋겠다는 생각을 했다.

서재에서 책을 고르며 창밖을 내다보았을 때 아내가 바다 쪽으로 걸어가는 것이 보였다. 그녀는 정원의 끝 백사장에 놓아두었던 모터보트를 타고 바다로 나가고 있었다.

3

진우의 잠을 깨운 것은 요란하게 울려 퍼진 전화벨 소리였다. 그는 머리맡에 놓여 있는 수화기를 향해 손을 뻗쳐 올렸다. 잠이 덜깬 그의 입에서는 쉬어터진 소리가 새어 나왔다.

"헬로우!"

그러자 진우의 목소리와는 정반대의 카랑카랑한 여자의 음성이 흘러 나왔다.

"아직까지 자고 있으면 어떻게 해!"

예란이었다.

"식전부터 난리가 쳐들어오는 것도 아닐 텐데 웬 소란이야."

"어머머 생사람 잡고 있어. 이봐요 진우 씨, 지금은 식전이 아니라 정오가 넘은 한낮이야. 그리고 내가 전화를 걸게 된 것은 자기가 어제 헤어지면서 혹시 못 일어나게 될지도 모르니까 전화를 좀 걸어 달라고 했기 때문이라고."

진우는 재빨리 그녀의 말을 막았다.

"잠깐 지금 몇 시라고?"

"낮 12시 반이야."

"정말이야?"

"내가 왜 쓸데없는 거짓말을 하겠어?"

맞다. 그녀가 거짓말을 하고 있을 리는 없었다. 그는 이불을 확 걷어찼다. 상체를 일으키며 시계를 보니 틀림없었다.

"이런 젠장."

"취재 약속은 오후 2시라고 했잖아. 지금부터 준비하고 나가면 늦지는 않을 거야. 잠을 조금이라도 더 잘 수 있도록 최대한 고려해서 지금 전화를 건거야."

"처음 가는 곳이란 말이야. 길이라도 잃으면 낭패잖아."

"약도는 받았을 것 아냐?"

"그야 그렇지만. 아무튼 고마워. 전화 끊을게."

"저기 진우 씨!"

"왜?"

"속 많이 쓰리지?"

"그야······"

"내가 북엇국 끓여 놓을 테니까 취재 끝나면 우리 집으로 오겠어?"

"시간이 많이 걸리는 인터뷰야."

"늦어도 괜찮아. 내 국 끓이는 솜씨는 엄마한테 전수받았는데 아버지도 인정해 주신 거야. 먹을 만 할 거야."

"하여튼 고마워. 나중에 전화할게."

수화기를 내려놓는데 설사끼가 엄습해 왔다. 화장실로 달려가는 그의 아랫도리가 후들후들 떨렸다. 머리는 골이 금방이라도 쏟아질듯 찌근거렸다. 간밤에 마신 술탓이었다. 양치질을 하는데 내장이 뒤꼬이며 헛구역질이 나왔다. 냉수로 입가심을 하고 샤워를 하면서 그는 진저리를 쳤다. 약속만 없다면 하루쯤 집에서 푹 쉬고 싶은 생각이 간절했다. 싫구나. 언제까지 이렇게 살아야 하는가.

그는 억지로 자신을 수습하여 카메라와 취재노트가 들어 있는 가방을 차에 내다 실었다. 주차장을 빠져나온 진우의 차는 벤윅으로 접어들었다가 롱아일랜드 익스프레스로 바꿔 탔다. 차는 전혀 밀리지 않았다.

도로변의 형형색색으로 물든 단풍잎들이 어지러이 날리고 있었다. 아직은 따가운 햇살이 눈부시게 출렁이며 쏟아져 내리고 있었지만, 열어놓은 차창을 통해 밀려들어오고 있는 바람 끝에는 서늘한 기운이 실려 있어서 머지않아 가을이 깊을 것임을 알려주고 있었다. 하늘은 구름 한 점 없이 투명했다.

그는 다시 한번 고개를 내 흔들었다. 싫다. 정말 싫구나. 눈물이 날 만큼 맑고 투명한 가을날의 휴일 한 때를 이런 식으로 허둥대며 없애버려야 하는 것도 싫고, 술을 입에 대었다 하면 끝장을 보고야 마는 자신의 술버릇에도 질렸고, 바둥대며 살아도 좀처럼 운신(運身)의 폭을 넓힐 수 있는 돈이 모이지 않고 있는 것도 사람을 짜증나게 만드는 일 중에 하나였다.

뉴욕은 그런 곳이었다. 술이 취해서 잠이 들었다가 찌근거리는 두통을 느끼며 눈을 떠서, 소득도 없이 분주하게 허둥대며 살아야 하는 곳이었다. 정녕 쓰레기 같은 삶이었다. 뉴욕은 하나의 거대한 쓰레기통이라는 것은 이제 변할 수 없는 진우의 고정관념이 되고 말았다.

뉴욕이 세계 제일의 것으로 가득한 도시라는 것을 부인하는 것은 아니다. 그런 뉴욕을 쓰레기통이라고 하는 것은 지나친 비하(卑下)가 아니냐고 할 지 모르지만, 뉴욕은 뉴욕을 세계 최대의 도시로 만들어 주고 있는 것들만큼이나 악명 높은 세계 제일의 범죄 도시며, 마약중독자와 거지와 창녀들이 많기로도 단연 세계 랭킹 1위를 점하고 있는 도시였다.

뉴욕은 풍요롭지만 풍요롭기에 빈곤도 상대적으로 더 처절한 비장미와 소외감을 유발시키고 있었다. 떨어진 곳에서 바라보면 꽃밭처럼 아름답고 가보고 싶은 온갖 구경거리로 가득차 있지만 그 속에 뛰어들어 부딪치며 그가 살아내고 있는 뉴욕은 쓰레기통이었다.

사건을 따라 다니고 있는 진우는 자신이 쓰레기통을 뒤지고 다니는 또 하나의 쓰레기가 아니겠느냐는 자조(自嘲)로 울적해 질 때가 한두 번이 아니었다. 그런 자신으로서는 세라에 대해 더 이상 관심을 기우려 줄 여력도 없는 셈이었다.

차량의 통행이 뜸한 고속도로를 40여 분 달리다가 톨게이트를 빠져나와 만난 동네는 뉴욕에 이런 곳도 있었는가 하는 느낌을 주는 호화로운 주택가였다. 소음을 여과시키는 아름드리 고목이 들어차 있고, 맑은 공기를 가르는 새들의 지저귐 소리는 은방울이 구르는 것처럼 낭랑했다.

진우는 차를 서행으로 몰아가면서 한인회장 최인영의 집 번지를 확인해 나갔다. 초행이었지만 팩스로 보내준 약도가 워낙 자세하게 그려져 있어서 그는 힘들이지 않고 최인영의 집을 찾아 낼 수 있었다. 진우는 최인영의 집을 발견하는 순간 부지불식간에 탄성을 발하지 않을 수 없었다.

그것은 우람하고 거대했으며, 독특한 조형미를 갖춘, 집이라기보다는 성채에 가까운 것이었다. 과연 뉴욕 제일의 교포 부잣집다웠다. 저택은 진우가 뉴욕을 쓰레기통이라고 생각해온 것을 비웃으며, 오후의 햇살을 받아 웅장한 위용을 유감없이 발휘하고 있었다.

현관으로 이르는 진입로는 도로에서 3백 미터가 넘을 듯싶었다. 양편에는 잘 다듬어진 향나무가 열병식을 갖는 근위병(近衛兵)처럼 질서 있게 도열해 있다가 진우를 맞이하고 있었다.

진우가 차에서 내렸을 때 그의 시야에 가장 먼저 들어온 것은 바다였다. 녹색의 카펫 같은 잔디가 깔려있는 정원은 바다를 향해 원만한 경사를 이루며 열려 있었다. 군데군데 동(銅)과 대리석으로 만들어진 조각품이 서 있는 정원의 넓이는 어림잡아 천 평이 넘을 것 같았다. 그곳에는 풀장과 분수대까지 설치되어 있어서 백만장자의 요람을 더욱 화려하게 돋보이도록 만들고 있었다.

잎사귀가 물들어 있는 나무 아래 비치파라솔이 놓여 있었다. 최인영은 그 파라솔 아래 앉아서 책을 읽고 있다가 진우를 향해 손을 흔들어 보였다. 두 사람은 한인회장과 취재기자로서 이미 여러 차례 만난 일이 있었기에 서로 잘 알고 있는 터였다.

진우가 다가가자 최인영이 일어나면서 손을 내밀었다.

"어서 오시오, 정 기자. 찾느라고 고생하지는 않았소?"

"쉽게 찾을 수 있었습니다."

"자, 앉읍시다."

"네."

진우가 최 회장의 맞은편으로 앉으면서 문득 바다 쪽으로 시선을 주었을 때 바닷가에 모터보트가 와서 멈추고 있었다. 색안경을 쓰고 있는 여자가 날렵한 몸동작으로 모터보트에서 훌쩍 뛰어내리더니, 그것을 정박(碇泊)시켜 놓은 다음, 정원 위로 올라 왔다. 여자의 옆구리에는 스케치 북이 끼여 있었다. 그녀를 바라보는 최인영의 눈썹이 꿈틀했다.

진우가 물었다.

"누구십니까?"

최인영은 빠르게 평온을 회복했다.

"집사람이오."

"사모님께서는 화가신가요?"

"그림을 그리고 있었던 것이 아니라 의상 디자인에 필요한 스케치를 하고 있었을 게요. 내자는 패션 디자이너 올씨다."

최인영은 독서를 하고 있었으며, 그의 아내는 바다에 보트를 띄워 놓고 의상 디자인에 필요한 스케치를 하고 있었다는 것을 알게 되었다. 평화로운 토요일 오후였다. 진우는 가방에서 카메라를 꺼냈다. 렌즈를 통해 바라보았을 때 여인은 아주 기품있고 우아했다. 주위에는 갈매기가 높고 낮게 선회(旋回)하고 있었다. 진우는 이쪽을 향해 걸어오고 있는 여자의 스냅 사진을 연속 동작으로 재빨리 카메라에 담았다.

아내는 분명 어제 저녁 방해하지 않는 것으로 도와주겠다는 말을 했었다. 그런 그녀가 바다에 나가 있다가 막 기자가 출현한 시각에 맞추어 모습을 나타냈다는 것은 무엇을 뜻하는 것일까. 아내가 인터뷰를 망쳐 놓기로 마음을 바꾼 것은 아닐까. 불쑥 무엇 때문에 위선자를 한국에 까지 소개하려는 것이냐는 말을 던지는 식으로 재를 뿌릴 지도 모르는 일이었다.

그녀는 두 사람이 앉아 있는 곳을 향해 걸어오고 있었다. 그는 긴장하지 않을 수 없었다. 마치 시한폭탄을 바라보고 있는 느낌이었다. 그녀는 두 사람 가까이 다가오자 선글라스를 벗었다. 최인영은 조마조마했지만 그녀에게 진우를 소개하는 순서를 밟았다.

"정진우 기자요. 정 기자는 이곳 신문의 취재기자로도 명성이 높지만 서울의 언론기관을 위해 특파원 일을 겸하고 있는 유능한 기자라오."

그녀가 얼굴에 미소를 지며 손을 내밀었다.

"만나게 되어서 반가워요."

악수를 하면서 보니 곱고 매디없이 쭉 뻗어있는 그녀의 손가락에 처연하도록 눈부신 루비 반지가 끼어 있었다. 오후의 햇살이 보석 위에 와서 부딪치며 영롱한 광채를 뿜어내고 있었다. 그녀가 차고 있는 시계의 문자판에는 다이아몬드가 박혀 있었다. 반지와 시계를 합한 가격은 모르면 몰라도 자신의 연봉보다 훨씬 많을 것 같았다.

진우는 스케치북을 가리키며 말했다.

"좀 봐도 될까요?"

"내년 봄에 유행시킬 옷들이에요."

그녀가 내준 스케치북에는 허리에 악센트를 준 차밍하고 맵시 있는 캐주얼 봄옷들이 그려져 있었다. 진우는 패션에 대한 바바라 리의 얘기를 양념으로 곁들이면 주부 독자들이 관심을 가지고 볼 것이라는 생각을 했다.

"월급쟁이들은 감히 사모님의 작품을 사입을 엄두도 못 내겠습니다. 아주 훌륭하십니다."

"앞으로는 서민들을 위한 옷도 만들어 볼게요."

최인영은 파이프에 입담배를 재면서 잠시 관망했다. 아내는 진우를 만난 첫인상이 나쁘지 않았는지 얼굴에서 웃음을 지우지 않고 있었다.

그녀가 물었다.

"정 기자님이라고 했죠?"

"그렇습니다. 정진웁니다."

"점심식사는 하셨어요?"

점심은커녕 아침도 먹지 않은 터였지만 식욕은 전혀 없었다. 사실 그의 속은 지금 내장이 뒤꼬이고 위가 쓰리다 못해 따가운 상태였다. 간밤에 마신 위스키의 뒷맛이 아직도 입안에 남아 있었다. 식사 전이라는 말을 사실대로 말하면 번거로운 사태가 발생할 것 같아서 그는 상을 찡그리지 않도록 애쓰며 대답했다.

"오다가 간단히 요기를 했습니다."

"아, 그래요. 모처럼 요리 솜씨 좀 발휘해 보려고 했더니 유감이군요."

그런 다음 그녀는 최인영에게 물었다.

"여보, 여기서 말씀 나누실 거예요, 안으로 옮길 거예요?"

그 말에 대하여 진우가 나섰다.

"우선 여기서 이야기를 시작했다가 나중에 안으로 옮기는 것이 좋겠습니다."

"그게 좋으실 것 같다면 내가 안에 들어가서 커피를 만들어다 드릴게요."

최인영은 자기 귀를 의심했다. 아내가 말을 잘못한 것이 아니라 자기가 잘못 들은 것 같아서였다. 아내는 그의 예상대로 깽판을 놓지 않았을 뿐만 아니라 극히 정상적인 가정의 주부 역할을 훌륭하게 해 주고 있었다. 딸에게 시중을 들도록 하지 않아도 될 것 같았다.

진우가 대답했다.

"감사합니다."

우아한 미소를 보이며 돌아서고 있는 바바라에게서는 은은한 샤넬의 향내음이 풍겨왔다. 그녀는 현관을 향해 걸어가기 시작했다.

"사모님이 참 미인이시군요."

"고맙소."

최인영은 낮도깨비에 홀린 기분이었다. 무엇이 아내의 마음을 확 바꾸어 놓았는지 알 수가 없었다. 아닌 게 아니라 사사건건 까다롭게 굴지만 않으면 빼어난 미인이라고 할 수 있었다. 얼굴에는 아직 주름이 잡히지 않으며 몸매도 그 나이에 쉽지 않을 탄력을 그대로 유지하고 있었다.

"집이 참 좋군요."

"7년 전에 5백만 달러를 주고 구입했어요. 지금은 1천만 달러가 좀 더 나갈 겁니다. 사실 우리 네 식구가 살기에는 지나치게 큰 집이지요."

진우는 취재노트를 폈다. 최인영의 말꼬리를 잡아서 자연스럽게 질문 공세를 취하기 시작했다.

"가족이 모두 네 명인가 보죠?"

"그렇소. 우리는 남매를 두었소."

"가족들의 이름과 나이부터 먼저 부탁드립니다."

"아내의 이름은 바바라에요. 한국 이름은 이수정이고. 직업은 아까도 말했지만 패션 디자이너입니다. 나이는 쉰둘이지요. 딸 이름은 수지, 나이는 스물셋, 줄리아드 음대 졸업반이며, 피아노를 전공하고 있어요. 아들 필립은 이제 고등학교 3학년이니까 특별히 언급할 것이 없군요. 수학경시대회에 나가서 수석을 한 경력이 있기는 하오만……"

"미 전역에서 수석이었습니까?"

"그렇소."

"그렇다면 대단한 수재군요."

"아이들이 과히 미련하지는 않은 것 같습니다. 수지도 모스크바에서 열렸던 차이코프스키 콩쿠르에 참가하여 그랑프리를 받은 일이 있습니다."

"미처 몰랐던 사실입니다. 최 회장님께서는 무척 다복하시군요."

수지와 필립에 대한 부분은 따로 보충을 해야 할 필요를 느꼈다. 진우는 최인영이 돈만 많은 것이 아니라, 딸과 아들을 아주 훌륭하게 길렀다는 것을 알았다. 수지의 차이코프스키 건이나 필립의 전국 고등학교 수학경시대회 수석 건만 해도 교육열이 유난히 높은 한국의 독자들에게 큰 관심을 주게 될 것 같았다.

세계화를 지향하고 있는 한국의 현실을 감안, 지구촌 구석구석에서 활동하고 있는 코리언의 생생한 체험담을 발굴하여 게재하는 시리즈의 뉴욕 편에 예란의 추천을 받아 최인영을 선정한 것인데, 가족사항을 듣고 나니 대상자를 잘 택했다는 생각이 들었다.

적수공권(赤手空拳)과 다름없는 몸으로 태평양을 건너온 그가 어떻게 오늘날 교포 제일의 부자가 되었으며, 뉴욕 교포들의 권익을 옹호하고 대변하는 최고 단체인 뉴욕 한인회의 회장에 피선될 수 있었는가를 알아내는 것이 포인트가 될 것이다.

안으로 들어갔던 바바라가 커피포트를 들고 모습을 나타낸 것은 이민 초기로 거슬러 올라가서 그 비밀을 하나씩 벗겨가고 있을 때였다. 얘기가 잠시 중단 되었다. 바바라가 진우에게 물었다.

"어떻게 드세요?"

진우는 커피를 사양하고 싶었다. 폭음(暴飮)을 한 이튿날은 커피는 사절이었다. 그러나 성의를 무시할 수가 없었다. 울며 겨자 먹기가 이런 것이리라.

"설탕 없이 크림만 넣어 마십니다."

그녀가 진우의 주문대로 만든 커피를 그의 앞으로 놓았을 때였다. 갑작스러운 설사끼가 그를 엄습해 왔다. 난감한 일이 아닐 수 없었다. 진우는 자리에서 일어섰다.

"커피는 화장실에 다녀와서 마셔야 할 것 같습니다."

남의 속도 모르고 바바라가 과잉친절을 베풀었다.

"제가 안내해 드릴게요."

여자를 따라 천천히 화장실로 갈 상황이 아니었다.

"아닙니다. 저 혼자 빨리 뛰어갔다가 와야 커피를 식기 전에 마실 수 있을 겁니다."

그녀는 더 이상 사족(蛇足)을 달지 않았다.

"일층의 복도 끝방이 화장실이에요."

"감사합니다."

진우는 현관을 향해 걸어가기 시작했다.

간밤 그는 신문사 동료들과 함께 퀸즈 블러바드 선상에 있는 한국식 족발 집에서 추렴으로 술자리를 시작하여 3차까지 가서야 끝을 냈었다. 미국에 살면서도 한국식 음식점을 찾아가고 한국 스타일로 어울려 술을 마시는 관습은 진우같은 술꾼이 있는 한 쉽게 사라지지 않을 것이다.

술추렴을 제일 먼저 충동질한 사람은 진우였다. 데스크 민부장이 이에 호응하면서 어우러지게 된 것이었다. 한동안 뜸했던 일이었기에 자연 술자리는 2차로 이어졌다.

한번 입에 술을 대면 끝장을 보아야 직성이 풀리는 것은 그의 오랜 술버릇이었다. 서울서 그랬다. 뉴욕에 와서도 그것은 변하지 않았다. 안에서 새던 바가지가 밖에 나가도 샌다는 말은 진우의 술버릇에 딱 맞아 떨어지는 말이다.

1차에서 몇 명이 빠져나갔다. 2차로 옮겨 앉은 스탠드바에서 두얼스세 병을 여섯 명이 해치웠다. 진우가 3차의 지원자를 모집했을 때 동조한 사람은 단 한 명뿐이었다. 그것은 예란이었다. 다른 동료들은 취중운전으로 객사(客死)하고 싶지 않다느니, 너무 늦었다는 이유 등을 달아나면서 노총각 노처녀끼리 잘해 보라는 농담을 남겼다. 거기까지는 생각이 난다.

필름이 끊어진 것은 3차에서였다. 그는 어떻게 집으로 돌아 왔는지대한 기억이 전혀 없었다. 취중에도 일에 대한 실수를 하지 않으려고 예란에게 오늘 취재가 있으니 전화를 좀 걸어 달라는 부탁을 했던가 보았다. 그녀가 전화를 걸어주지 않았다면 진우는 아직도 꿈속을 헤매고 있을 것이다.

술을 더 마시고 싶어서 예란이 3차까지 어울렸다고 볼 수는 없었다. 진우를 혼자 남겨두고 갈 수가 없어서 남았으리라. 예란의 보살핌에 힘입어 집에까지 올 수 있었을 것이라는 사실도 짐작이 가고도 남는 일이었다. 자신의 아파트까지 들어왔을 것임이 틀림없는 예란에게 술김에실수나 하지 않았는지 모를 일이었다.

폭음은 늘 골이 쏟아질 것 같은 두통을 동반한다. 그 다음으로는 예외 없이 내장이 뒤틀리고 쓰리고 아픈 복통을 유발시킨다. 그것이 심할 때는 이삼일까지도 간헐적(間歇的)으로 오락가락 하면서 설사를 하게 만든다. 한번 그러고 나면 전쟁을 치룬 것처럼 초토화(焦土化)되는 데도 일단 술을 입에 대었다 하면 끝장을 보아야 하니 이 무슨 오기란 말인가. 그는 술을 마실 계획이 있는 날은 아예 차를 몰고 나가지 않음으로서 아직까지 취중운전으로 사고를 저지르지는 않았다.

진우는 정원이 운동장보다 넓은 것을 저주하면서 진저리를 쳤다. 정말 싫다. 언제까지 이렇게 쓰레기통에 쑤셔 박혀 살아야 하는가. 그는 걸어가다가 뛰기 시작했다. 최인영 내외로부터 멀리 떨어진 지점부터는 단거리 선수처럼 피치를 올려야 했다.

현관으로 들어선 그는 바바라가 끝방이라고 했던 말을 상기했다. 그는 쿵쿵쿵 복도의 끝 쪽을 향해 계속해서 달려갔다. 그리고는 문을 벌컥 열었다. 그렇게 문을 열었던 진우는 마치 고압선에 감전이 된 듯 놀라 멈추어 서고 말았다. 화장실이라고 생각하며 열었던 그곳은 화장실이 아니었다. 방이였다. 그리고 방주인은 여자였다. 공교롭게도 여자는 옷을 갈아입는 중이었다. 그것도 실오라기 하나 걸치지 않은 상태에서 팬티를 입으려던 참이었다.

상대는 진우보다 더 놀란 것 같았다. 그녀의 속눈썹이 부챗살처럼 펴졌다. 그녀는 재빨리 팬티를 올린 다음 두 손으로 젖무덤을 감싸며 주저앉았다.

"실례했습니다."

진우의 말에 여자가 울상을 지었다.

"실례한 줄 알았으면 어서 문 닫으세요."

"저 화장실은……?"

"맞은편이에요."

복도의 끝은 맞았는데, 그곳에 서로 마주보고 있는 방이 또 하나 있었던 것이 화근의 요인이었다. 진우는 변기에 쭈그리고 앉아 급한 것을 해결하고 나자 참으려고 해도 터져나오는 웃음 때문에 기어이 낄낄거리지 않을 수 없었다.

술은 그에게 결코 웃어넘길 수만은 없는 여러 종류의 해프닝을 연출케 했었다. 월급봉투를 고스란히 날린 적도 있었고, 의식이 돌아왔을 때 기억에도 없는 여자가 옆에 누워 있어 당황하게 만들었던 때도 있었다. 이 경우는 아무리 생각해도 웃음이 나올 수밖에 없는 것이었다. 술 뒤의 설사가 여자의 벗은 모습을 볼 수 있도록 해 주다니, 이런 코미디는 다시 없을 것 같았다.

황급히 팬티를 올릴 때 보았던 여자의 비경(秘境)은 검은 털로 뒤덮여 있었다. 방금 욕실에서 나왔다는 것을 알려주는 물기 젖은 몸은 마치 아침 햇살을 받아 번쩍이는 물고기처럼 신선했다.

누굴까.

잘해야 스물 서너 살이 되어 보였던 것으로 미루어 최 회장의 딸인 수지일 것 같았다. 내가 차이코프스키 피아노 콩쿠르에 나가서 그랑프리를 받았다는 피아니스트계의 새로운 별 최수지의 벌거벗은 몸을 보았단 말이지. 그는 입이 저절로 벌어졌다. 그 사실은 자신이 발설하지 않는 한 영원한 두 사람만의 비밀로 남을 것이다. 진우는 왠지 좋은 일이 있을 것 같은 예감을 받았다.

나신(裸身)의 주인공은 진우가 예상했던 대로 수지였다. 용무를 마치고 정원으로 나와 인터뷰를 계속하고 있는 도중에 집안으로 들어갔던 바바라가 좀 전의 여자와 동생인 듯 한 남자를 데리고 나타났다. 여자의 어깨에 손을 올려놓으며 바바라가 설명했다.

"이 아이가 딸 수지에요. 줄리아드의 재원이랍니다."

진우는 시치미를 떼고 대답했다.

"처음 뵙겠습니다. 정진우라고 합니다."

그녀는 고개를 숙였다. 그리고 고개를 들 때 두 사람의 시선이 허공에서 부딪쳤다. 수지의 눈꺼풀이 파르르 떨렸다. 진우는 그녀의 얼굴이 도화(桃花) 빛으로 물드는 것을 볼 수 있었다. 치부(恥部)를 들킨 수치심이 살아났을 것이다.

이번에는 최인영이 사내아이를 쳐다보며 말했다.

"저 녀석이 우리 집안의 장손이자 하나밖에 없는 아들 필립이라오."

아직 동안(童顔)의 티를 채 벗지 않는 필립은 수재형의 소년이었다. 진우가 악수를 청하자 필립이 쑥스러워 하면서 손을 마주 잡아 왔다. 가족이 한자리에 앉은 가운데 이야기가 진행 되었다.

진우는 수지가 취재기자 앞에 나서기 전에 몸단장을 하려다가 벌거벗은 몸을 들키게 된 것이라고 여겨졌다. 그녀는 정장을 착용하고 있었다. 단정하고 예의바른 여자라는 사실을 그 모습에서 어렵지 않게 읽을 수 있었다. 그녀의 머리는 아직도 물기가 완전히 마르지 않은 상태였다. 촉촉한 그래서 우수에 잠긴 것 같은 수지는 진우로 하여금 눈이 부시도록 만들고 있었다.

진우는 수지에게 마음을 빼앗겨 자신의 질문에 대한 최인영의 대답이 끝났는데도 무슨 이야기를 들었는지 정확하게 요약하여 적어 둘 수가 없었다. 그는 자신에게 냉정해 지기를 명한 다음 정신을 집중시키고야 최인영의 이민 체험담과 인생관에 대한 이야기를 제대로 들을 수 있었다.

이야기를 일단락 짓고 장소를 집안으로 옮기자는데 의견의 일치를 보게 되었다. 진우는 정원을 떠나기 전에 저택이나 바다를 배경으로 한 가족 사진을 몇 장 찍었다.

집안으로 들어 왔을 때 진우의 시선을 제일 먼저 끈 것은 천정에 매달려 있는 샹들리에였다. 그것은 수제품 크리스털로써 프랑스의 장인(匠人)에 의하여 만들어진 것이었다. 육중하고 우아한 가구들은 인도네시아 원목을 사용하여 이탈리언들이 만든 작품이었다.

일층의 거실에는 수지와 필립이 탄 상장과 상패와 트로피들을 따로 진열해 놓은 진열장이 있었다. 그것들은 남매가 모두 장학생이라는 것을 알려 주고 있었다. 수지는 초등학교 시절부터 각종 피아노 대회에 나아가 그랑프리를 휩쓸다 마침내 모스크바로 날아가서 세계적인 명성을 획득하는 개가(凱歌)를 올렸다는 것을 알 수 있었다.

바바라가 아들 자랑을 했다.

"필립은 장차 과학자가 되겠다는 꿈을 가지고 있어요."

전국 고등학교 수학경시대회에서 수석을 한 두뇌의 소유자이니 이변(異變)이 없는 한 자기가 원하는 분야에서 세계적인 권위를 자랑하는 과학자가 되는데 별문제가 없을 것으로 여겨졌다. 대화에 잘 어울리지 않고 침묵으로 일관하고 있는 필립에게서 냉철하지만 차가운, 그래서 이질적인 느낌을 받은 것이 특기할 만한 사항이라고 할 수 있었다.

나선형(螺旋形)의 계단을 따라 이층으로 올라 왔을 때 홈바가 갖추어진 응접실이 눈에 들어왔다. 진우는 세계 각국에서 컬렉션된 명주(名酒)들의 이름을 살펴보면서 자신은 그저 많이 마셔대는 폭주가지 좋은 술을 음미하듯 즐기는 애주가는 못 된다는 생각을 했다. 벽에는 동양화와 서양화가 한 폭씩 마주보며 걸려 있었다. 보험에 들어 있다는 설명으로 미루어 어지간히 비싼 작품인 것 같았다.

창문 쪽으로 시선을 돌리자 게으르게 누워있는 바다가 손에 잡힐 듯 내려다 보였다. 도로 쪽이 저택의 배면(背面)이 되며, 바다를 향해 천어 평의 정원을 품은 채 남향(南向)으로 지어진 씨 사이드 저택은, 정원의 끝 백사장에서 그대로 모터보트를 타고 바로 바다로 나갈 수 있는, 가히 환상적인 운치가 있는, 거부의 요람이라는 생각이 다시 진우의 뇌리를 스쳐갔다.

이 정도면 날고 기는 세계적인 부호들이 운집(雲集)해 있는 뉴욕에서도 서열에 들어갈 수 있는 저택일 것이다. 건축미학적인 가치를 유감없이 발휘하면서도 최대한으로 쾌적하고 안락한 분위기를 창출해 내고 있는, 진우로서는 언감생심(焉敢生心) 꿈도 꾸어 볼 수 없는 집이라는 것이 최종적으로 내린 결론이었다.

진우는 집안을 둘러보는 순서가 끝났을 때 최인영과 수지를 번갈아 보면서 말했다.

"수지 씨를 피아노 앞에 앉혀놓고 독사진을 한 장 찍었으면 합니다."

최인영은 거부 반응을 나타내 보이지 않았는데, 수지가 난색을 표명했다. 그렇다고 일단 말을 꺼냈는데 물러설 진우가 아니었다.

"음악가족 정명훈 씨네 일가가 모스크바의 차이코프스키 콩쿠르에서 입상했을 때 국내 언론에서 얼마나 집중적인 보도를 했습니까. 그와 똑같은 쾌거를 올림으로써 한국인의 음악성을 세계에 과시했는데 수지 씨에 대한 기사는 한국 언론에 단 한 줄도 비치지 않았어요. 이런 일은 알려야 합니다. 최 씨 가문의 자랑이자 곧 한국인의 긍지를 나타낸 한국인의 자랑 아닙니까?"

최 씨 가문의 자랑이라는 말이 최인영을 충동질했으리라. 취재를 빙

자하여 수지의 독사진을 꼭 한 장 확보해 두고 싶은 진우의 속셈을 간파하지 못한 최인영이 너털웃음을 터트린 다음 말했다.

"정 기자가 이렇게 까지 극찬하니 사양하는 것이 예의는 아닐 것 같구나. 수지야, 응해 드려라."

수지는 아버지의 말을 거절하지 못하는 착한 딸이었다. 이렇게 해서 일행이 모두 수지의 방으로 몰려가게 되었다. 수지의 공간에 들어와 보고야 진우는 그곳이 자신의 아파트보다도 넓은 곳이라는 사실을 알게 되었다.

우선 그랜드 피아노가 놓여 있는 음악실이 진우의 아파트 거실 넓이보다 컸고, 침실 옆에 옷장과 소지품을 놓아 두는 방이 따로 또 있었다. 욕실에서 그 방으로 나와 옷을 갈아입으려다가 수지의 입장에서 보면 생전 처음 보는 외간 남자에게 벗은 몸을 보여주는 뜻하지 않은 봉변(逢變)을 당하게 된 것이었다.

피아노 앞에 수지를 앉혀 놓고 셔터를 연거푸 대여섯 번 눌러댄 다음 가족을 합류시켜 또한 몇 장을 찍었다. 단란한 음악가족이라는 분위기가 연출 되었다. 진우는 카메라를 내려놓으면서 말했다.

"떡 본 김에 제사지낸다는 말이 있는데, 기왕 피아노 앞에 앉았으니 한 곡 들려주실 수 없을까요?"

그 말에 최인영과 그의 부인이 박수를 쳤다. 수지는 처음 그것만은 곤란하다고 완강하게 사양했지만 진우가 거듭 정중하게 부탁을 하고, 그녀의 부모들이 다시 박수를 치자 자신의 의사를 번복하지 않을 수 없게 되었다.

이때 수지와 진우의 시선이 부딪쳤다. 수지의 속눈썹이 다시 파르르 떨렸다. 진우와 시선이 마주 치기만 하면 그녀는 평정(平靜)을 잃고 있었다. 그런 자신에게 반발하듯 그녀는 빠른 손놀림으로 조율(調律) 상태를 확인하기 위해 건반을 두드리기 시작했다. 짧은 사이를 두며 심호흡을 한 그녀는 이윽고 피아노를 치기 시작했다. 그녀의 길고 가녀린 열개의 손가락은 건반 위를 종횡무진(縱橫無盡)으로 내달리며 신비의 선율을 불러 내놓기 시작했다.

느리고 빠르고 숙련되고 정확한 손놀림은 몸짓이 주는 분위기와 어울려 진우로 하여금 세찬 감동을 불러 일으켰다. 과연 천재적이라는 것을 인정하지 않을 수 없었다.

진우는 수지의 콧등과 이마에 이슬 같은 땀방울이 맺히는 것을 볼 수 있었다. 링컨 센터에서 입추의 여지없이 꽉 들어찬 관객을 대상으로 연주하는 것이나 다름없이 최선을 다하고 있다는 반증이었다.

박수로써 답례를 보낸 진우는 피아노 교본을 꽂아 놓은 책꽂이에서 한국 가곡집을 한권 뽑아 들었다. 그는 거기서 '명태' 라는 곡을 골라 내 보이며 수지에게 물었다.

"이 곡의 반주를 좀 부탁 드려도 될까요?"

바바라 최가 관심을 표명했다.

"정 기자님이 노래 한곡 부르시게요?"

"번데기 앞에서 주름잡는 격이겠지만 도사는 아니래도 요령 한번 흔들어 보고 싶습니다."

필립이 무슨 뜻이냐는 듯 눈을 크게 떴다. 진우의 말귀를 제대로 알아들은 사람은 최인영 밖에 없는 것 같았다. 그가 말했다.

"수지야, 정 기자가 네 반주에 맞춰서 노래 한곡 선사하겠단다."

그러자 수지를 제외한 모든 사람들이 박수를 쳤다. 수지는 '명태' 의 악보를 보고 있었다. 반주를 쳐 주겠다는 자세였다. 진우는 가볍게 발성

연습을 했다. 베이스의 매혹적인 목소리를 타고나서 고등학교 때는 음악대학에 진학하여 성악을 전공해 볼까도 생각했던 그였다. 음악 선생의 간곡한 권유를 받아 드렸다면 지금쯤 성악가가 되어 있을 텐데 아버지 말을 따랐다가 쓰레기통을 뒤지는 넝마주의가 되고 만 것이었다.

'명태'는 진우가 수백 번도 더 부른 곡이었다. 대학의 축제 때 음대생과 겨루어서도 더 많은 박수를 받았던, 그의 영원한 애창곡(愛唱曲)이었다. 악을 쓰며 살아오는 동안 목소리가 많이 탁해졌지만 '명태'만은 아직도 자신 있었다.

수지가 시작한다는 신호를 눈으로 보내왔다. 진우가 고개를 끄덕이는 것으로 준비가 끝났다는 것을 알렸다. 이윽고 수지의 반주에 맞춘 진우의 노래 소리가 울려 퍼지기 시작했다. 그가 노래를 하기 시작하자 놀라지 않은 사람이 없었다. 수지의 방은 넓었지만 진우의 '명태'를 수용하기에는 턱없이 좁았다.

진우의 소리는 뱃속 깊숙한 곳에서부터 끌어올라 오는 것이었다. 머리를 울리고, 목을 통해 나온 진우의 노래는 수지의 가슴으로 파고들어 왔다. 수지의 건반을 두드리는 손끝에 교감(交感)이 주는 기쁨이 실리고 있었다. 진우의 열창이 끝났을 때 수지는 누구보다 뜨거운 박수를 쳐 주었다.

바바라가 감탄을 한다.

"정 기자님 전공이 성악 아니었어요?"

"그런 건 아닙니다."

"그런데도 프로 뺨치는 수준이네요."

"과찬이십니다."

"정식으로 앙코르를 청하겠어요."

"원하신다면 못하는 노래지만 한 곡조 더 불러올리겠습니다."

진우는 앙코르 송으로 '그리운 금강산'을 불렀다. 타고난 미성(美聲)임에 틀림이 없었다. 이토록 가슴이 찡하는 노래를 부를 수 있다는 것은 한마디로 경이(驚異)였다. 최인영의 가족들은 취재기자가 아니라 어디 별나라에 살고 있던 왕자가 평범한 모습을 가장하고 자기네 집을 방문한 것이 아닌가 하는 착각이 들 정도였다.

왕자는 그로부터 집안 전체를 여지없이 뒤흔들어 놓기 시작했다. 그는 자기에게 앙코르를 시켰던 바바라를 지칭하여 노래를 요구했다. 그녀는 잠시 생각하더니 존 덴버가 부른 노래의 제목을 하나 말하면서 덧붙였다.

"하도 오랜만이라 노래가 될지 모르겠어요."

잘 부르고 못 부르고는 둘째 문제로 치고 노래를 부르겠다고 한 것만으로도 그녀는 최인영은 물론 수지와 필립까지 깜짝 놀라게 만들었다. 세계적인 피아니스트 수지가 컨트리 송 반주를 맞출 수는 없었다. 필립에게 기타가 있어서 다행이었다. 진우가 그 기타를 건네받아서 튜닝을 했다.

진우의 기타 반주에 맞춘 바바라의 노래는 수준급이라고 할 수는 없어도 진우가 고비마다 합창을 하자 그런대로 경쾌한 리듬을 유지하며 끝낼 수 있었다. 기타를 잡은 김에 진우는 바바라의 노래가 끝나는 시점에서 간격을 두지 않고 곧바로 '럭키 마운틴'을 이어서 불렀다. 바바라는 컨트리 음악을 선호하는 편인 것 같았다. 이번에는 그녀가 진우의 노래 사이사이에 끼어들어 합창을 했다.

최인영은 아내를 처음 만나던 무렵에 그녀가 성가대에서 활동을 했으며 미국 민요나 컨트리 송 또는 팝송 같은 것을 곧잘 불렀었다는 사실을 상기했다. 20년이 지나서야 옛날에 들었던 아내의 노래를 다시 들어 보게 된 셈이었다. 수지와 필립은 어머니의 노래를 최초로 들어보는 것이었다. 그녀의 굳게 닫쳐 있던 입을 열도록 한 진우는 기적을 일으키게 한 것이나 다름없었다.

바바라는 아들을 지명하여 노래를 부르도록 했다. 필립은 최신 팝송을 하나 부른 다음 바통을 아버지에게 넘겼다. 최인영은 '눈물 젖은 두만강'을 역시 진우의 기타 반주에 맞추어서 구성지게 불렀다. 뽕짝으로 넘어오자 이번에도 진우가 최인영에 이은 접속곡으로 '울고 넘는 박달재'를 베이스로 불러 별스러운 감흥(感興)을 돋우었다.

진우에 의하여 즉석에서 개최된 음악회는 다시 수지의 피아노 연주가 마지막을 장식했다. 수지는 피아노를 치면서 자신의 연주가 가족들에게 진심으로 즐거움을 줄 수 있기를 바랬다. 그래서 자기의 온 기량을 다 쏟아 부었지만 자신의 연주가, 어느 날 갑자기 나타나서 자신의 벗은 놈을 보는 천재일우(千載一遇)의 일생에 다시는 없을 행운을 누린 이상한 남자가, 자기 가족들에게 선사한 가곡과 컨트리 송과 뽕짝만큼 위력이 없다는 생각을 했다.

그렇지만 그녀는 속상하지 않았다. 자신의 나신을 본 것에 대해서도 분하지 않았다. 그가 고의적으로 파렴치한 행동을 한 것으로는 여겨지지 않았기 때문이었다. 그녀는 오히려 눈물이 나려는 것을 참고 있는 중이었다. 그래. 이렇게 살아야 되는 거야. 노래도 부르고 웃기도 하면서 살아갈 수 있다면 소외니 불행하다느니 하는 생각들이 끼어들 여지가 없지 않겠는가.

그녀는 하나님이 정진우 기자라는 전령(傳令)을 보내서 너무 오랫동안 가라앉아 있던 자기 가정에 웃음을 되찾을 수 있도록 배려해 주신 것이라고 여기고 싶었다. 그녀는 진우가 나이가 들어 보여 기혼자일 것이라는 가정 하에 그것이 좀 애석하게 여겨졌다. 그녀는 초인적인 노력을 기우려 끝까지 눈물만은 흘리지 않을 수 있었다.

음악은 분명 사람들의 마음을 즐겁게 해 주고, 사람들을 감동시키거나, 공감대를 형성하게 만들어, 처음 만났다는 서먹함을 없애주는 역할을 해 주는 것이 틀림없었다. 오랜 만남을 통해서도 도달할 수 없는 이해와 교감을 피아노 연주와 노래가 이루게 해 줄 수 있다는 것은 확실히 음악이 인간에게 주는 선물이라고 하지 않을 수 없었다.

진우는 즐겁고 흐뭇한 한 때를 보낼 수 있었다. 그것은 최인영 씨 가족들도 마찬가지였다. 진우는 수지를 오래 전부터 알고 있었던 것 같은 느낌을 받았다. 같은 맥락(脈絡)에서 최인영의 가족들도 진우를 취재 기자가 아니라 마치 가족의 일원인 것처럼 대해 주었다.

최인영은 음악회가 끝난 직후에 진우를 고급 레스토랑으로 데리고 갔다. 물론 가족 동반이었다. 진우는 수지의 벗은 몸을 보게 했던 설사끼가 사라진 것을 알았다. 폭음을 한 후면 보통 이틀 정도는 굶다시피 해야 탈이 진정되는데, 여느 때와는 달리 식욕이 동했다. 경이로운 일이 아닐 수 없었다.

자리를 매듭짓는 순서로 최인영이 다시 말했다.

"정 기자 덕분에 모처럼 즐거운 시간을 가질 수 있었소. 앞으로 가족처럼 지냅시다."

바바라도 진심으로 말했다.

"정말이에요. 정 기자님이라면 언제든지 환영할께요."

좀처럼 친밀감을 나타내지 않는 것이 습관이 된 듯 이지적인 모습의 필립도 즐거운 시간을 보냈다는데 동감인 듯 헤어지기 전에는 미소를 보여 주었다. 진우는 필립에게 말했다.

"나는 네가 노벨상을 타는 과학자가 될 수 있기를 바란다."

진우는 마지막으로 수지를 보았다. 두 사람의 시선이 다시 한 번 부딪쳤다. 그녀의 눈에는 자신의 몸을 훔쳐본 사람에 대한 불쾌감이 나타나 있지 않았다. 가슴이 따뜻한 여자일 거라는 느낌이 왔다.

"만나서 반가웠습니다."

그에 대하여 수지는 말로 답하지 않았다. 목례를 하며 웃음을 떠올리는 것으로 동감을 표했다. 피아노 앞에 앉으면 열정적으로 변하지만 아직은 앳된 수줍음을 잘 타는 성격의 소유자 같다는 느낌이 들었다.

최인영 씨 가족들은 털털거리는 고물차를 몰고 나타나 침묵이 무겁게 가라앉아 있던 집안을 발칵 뒤집어 놓고 사라져가는 진우를 향해 손을 흔들어 주었다.

예란은 동양 그로서리에 가서 사온 재료로 북엇국을 끓여놓고 진우로부터 전화가 오기를 기다렸지만 밤 12시가 되어도 그로부터는 연락이 없었다. 그녀는 전화기 옆에 붙어 앉아서 꼼작도 하지 않다가 마침내 참지 못하고 자기 쪽에서 먼저 수화기를 집어 들었다.

진우는 그의 집에 돌아와 있었다. 신호가 떨어지자 졸음끼가 섞여 있는 진우의 목소리가 흘러 나왔다.

"헬로우. 후 이즈 디스?"

"나야."

"낮에는 전화 걸어 주어서 고마웠어."

"늦어도 좋으니까 국 끓여 놓을 테니 들리라고 했었잖아. 못 오면 전화라도 줘야 되는 것 아니야?"

"미안해. 깜빡했어. 저녁은 취재 끝나고 잘 얻어 먹었어. 고단하고 피곤해 죽겠다. 잠을 좀 자야 되겠으니까 나중에 얘기하자."

예란은 할 말이 없었다. 국을 끓여 놓겠다고 한 것은 자청(自請)한 것이었다. 부탁을 받았던 것이 아니라 자청한 일에 대하어 성의를 보이 주지 않았다고 해서 화를 낼 수도 없었다.

그녀는 맥없이 말했다.

"그럼 잘자!"

수화기를 내려놓은 예란은 속이 부글거리는 것을 자제할 수 없었다. 그녀는 진우가 오면 같이 먹으려다가 지금까지 쫄딱 굶고 있었다. 그러나 식욕은 없었다. 그녀는 함께 먹으려던 국을 쏟아 버렸다. 그녀는 담배에 불을 붙였다. 담배가 타는데 자기 속까지 그대로 타들어 가는 것 같았다.

바바라는 잠을 청하기 위해서 침대에 누웠다가 최근 남편이 자기를 찾은 일이 없다는 것을 상기했다. 그녀는 자기가 생각이 동해지지 않을 때면 잠자리에 들기 전에 문을 채워 두고는 했었다. 그녀는 잠귀가 밝은 편이었다. 잠이 들었다가도 남편이 자신의 방문 앞에 와서 손잡이를 돌리면 그 소리에 잠이 깰 수 있었다. 방문이 채워져 있으면 남편은 노크를 한다. 응답하지 않으면 체념하고 돌아서면서 내쉬는 남편의 한숨소리를 들을 수 있었다.

그녀는 눈을 떴다. 남편이 했던 말이 떠올라 왔다.

— 나는 무에서 유를 창조한 사람이오. 나는 도전을 했고, 투쟁해서 얻었소. 내 삶이 도덕이나 인류에 위배되었다고 비판하고 싶겠지만 보기에 따라서는 그렇지도 않을 것이오. 더구나 본받을 것이 전혀 없는 무가치한 것이었다고 보지는 않소. 나는 부모 잘 만나서 고생 모르고 공부한 사람들과는 다르오. 혼자서 싸웠고, 무수한 실패와 좌절 속에서도 용

기를 잃지 않는 것으로 절망을 극복한 것이오. 당신은 나의 그런 투쟁사에 대해서 박수는 못 보내 줄 망정 어째서 그렇게 냉소적일 수 있단 말이오. 당신이 그렇게 잘나고 대단한 사람이오?

남편은 또 이런 말도 했었다.

— 오늘의 내가 있기까지 당신의 도움이 컸소. 나는 당신의 은혜에 대하여 늘 고마워하고 있소. 그런 나의 진심을 당신은 언제나 외면했소. 나도 참는 것에도 한계가 있다는 것을 알아 두시오.

왜 이 말이 자꾸 떠오르는지 모르겠다. 그녀는 낮에 바다에 나갔을 때도 그 말을 상기했었다. 모터보트는 하늘과 맞닿아 있는 수평선의 반원 안에서 소실점에 불과했다. 파도는 없었다. 차폐물(遮蔽物)이 없기에 싱그러운 가을 햇살이 하늘로부터 곧장 쏟아지고 있었다. 그녀는 사방을 둘러보았다. 출렁이는 물결뿐이었다. 그녀는 문득 바다 한가운데 갇혀진 것 같은 느낌을 받았다. 혼자라는 생각이 슬며시 고개를 들었다.

남편은 한인회장의 임기가 끝나면 그가 말했던 대로 귀국할 것이다. 함께 가자는 그의 말은 거절한 바 있었다. 정녕 그를 그렇게 혼자 떠나 보내야 하는가. 내가 그럴 만큼 잘나고 대단한 여자였던가. 그녀는 남편을 너무 오랫동안 외롭게 만들었다는 생각을 할 수 있었다.

그는 세상에 혼자 버려졌지만 좌절하지 않고 투쟁하여 부를 일군 것만으로도 무시해서는 안될 사람이었다. 자신의 그에 대한 냉대와 무관심은 횡포에 가까운 것이었다. 그것을 지금까지 참아 주었다는 것만도 남편 아니면 안되는 일이었다.

그러다 말이다. 증오(憎惡)가 사랑의 다른 표현이라고 누가 말했던가. 그녀는 자신이 남편을 사랑했다는 사실을 떠올렸다. 진작 갈라서야 마땅한 명목상의 부부관계를 유지해 온 것이라고 말할지 모르지만 사실은 그녀의 마음 저 안쪽에는 남편과 결코 헤어지고 싶지는 않은 집착(執着)이 있었다. 사랑하지 않았던 것이 아니라 그 사랑이 표현 방법을 찾아내지 못해서 오랫동안 표류했던 것뿐이었다.

이제 와서 그의 과거를 문제삼고 싶지는 않았다. 가장 큰 장벽이 되었던 것은 그가 시간이 없었다는 사실이었다. 그는 한번도 해 떨어지기 전에 귀가한 일이 없었다. 집에서 밥을 먹고 출근할 생각도 하지 않았었다. 남편은 자신을 위해 그녀가 식탁을 마련해 준 일이 없다고 생각할지 모르지만 그녀의 입장에서 보면 먹을 생각이 없는 사람을 위해서 수고를 할 필요가 없었던 것뿐이었다. 남편이 함께 하지 않으니 자신도 자연스럽게 밖에서 식사를 해결해 오고 있는 것이었다.

어디서부터 바로 잡아야 할 지 모르지만 지금 이 순간에도 쪽박을 완전히 깨고 싶지 않은 것만은 분명했다. 그에 대한 그녀의 무관심과 냉대는 그의 각성을 요구하는 끊임없는 시위였던 것이다. 시위만으로는 안 된다면 방법을 바꿔야 하는 것이 아닐까. 그를 따라 한국으로 가서 살 수 없다면 그가 미국에, 가족 곁에, 자기 옆에 남도록 해야 하는 것이 아닐까.

그녀는 남편과 내내 만족스럽지는 않았지만 그렇다고 해서 다른 남자를 만났었다면 불행하지 않았을 것이라는 생각을 한 적은 없었다는 것을 상기했다. 부모님의 반대를 무릅쓰고 존과 결혼하지 않은 것을 후회해 본 적도 없었다. 존은 부모님의 반대가 없어도 어차피 헤어졌을 것이라는 게 그녀의 생각이었다.

아니 정확히 말한다면 최인영을 만나지 않았다면 존과 결혼했을 지도 모른다. 그러나 최인영이 존을 단 한방으로 길가에 눕혔을 때 그녀의 마음은 이미 최인영에게로 기운 상태였다. 동족이라는 것이 또한 그렇게 다행일 수 없었다. 국제결혼을 하는 여자가 생각보다는 많이 있지만, 동족이 싫어서가 아니라, 동족 중에서 서로 좋아할 수 있는 사람을 못만났거나, 동족의 남자로부터 환영받지 못할 결정적인 약점을 지니고 있는 여자들이, 차선책(次善策)으로 선택하는 것이 국제결혼이라고 할 수 있었다.

그녀는 결혼 생활이 불행하다고 여기는 중에도 다른 사람에게는 한눈을 팔아본 적은 결단코 없었다. 일에 열중하는 것으로 불행을 견디려고 했을 뿐이었다. 그것이 그의 진실한 사랑을 언제나 갈망했던 것이라는 사실을 명백하게 시사해 주고 있었다. 그녀는 그것을 깨달았다. 그를 한국으로 떠나보내고 다른 남자를 만나 재혼할 생각이 아니라면 과부로 살아가야 할 것이다. 그럴 수는 없었다.

그녀는 모터보트의 선수(船首)를 집 쪽으로 돌렸다. 남편이 원했던 것은 취재 기자에게 단란하고 화목한 분위기를 보여주는 것이었다. 정원으로 올라오기 전에 그녀는 남편이 원하는 대로 해 줄 마음의 준비가 끝나 있었다. 기사가 남편이 한국으로 돌아가는데 있어 결정적인 들러리를 제공할 지도 모른다는 우려가 들었지만 우선은 남편의 환심을 사고 싶었다. 그러면 그것이 남편의 마음을 돌려 놓는 전기가 될 수도 있을 것 같았다.

그녀는 미국 기자들은 여러 번 대한 경험을 가지고 있었다. 패션을 커버하는 그녀가 만난 기자들은 인간미가 별로 없었다. 진우는 그들과 다른 무엇이 있었다. 그는 이 집을 산 이래 최초로 집에서 웃음소리가 나도록 만들었다.

그래. 웃으면서 살아야 되는 거였어. 남에게 보이기 위해 웃는 것이 아닌 정말로 즐겁고 기뻐서 웃는 그런 웃음소리가 새어나올 수 있도록 해야 했어.

잠이 올 것 같지가 않았다. 그녀는 코냑을 한잔 마셔야 겠다는 생각을 하며, 나이트가운을 찾아 걸쳤다. 홈바가 있는 거실로 나왔을 때 그곳에 뜻밖에도 남편이 앉아 있었다. 그녀가 그에게로 다가갔다.

남편이 물었다.

"한잔 하겠소?"

"네, 코냑을 주세요."

그가 잔에다가 술을 따라서 내밀었다.

"고마워요."

"고마워 할 사람은 나요. 당신 오늘 수고했소. 하기 싫은 것을 억지로 하는 것에 비해서는 연기도 완벽했고."

"내가 왜 하기 싫은 것을 억지로 했다고 생각하세요?"

"엊저녁 이 자리에서 당신이 나한테 위선자라고 했던 것 같은……"

"사과할 게요. 진심이 아니었어요."

"오늘은 당신이 계속 나를 놀려줄 작정을 한 모양이구려. 아무튼 고맙소."

그는 잔에 남아 있던 술을 비웠다. 그녀가 물었다.

"한잔 더 하시지 그래요."

"그만두겠소. 인터뷰라는 것이 사람을 이렇게 피곤하게 만드는 것인지는 예전에 미처 몰랐었구려. 들어가서 쉬어야 겠소."

말을 마친 그는 자기 방을 향해 걸어갔다. 바바라는 남편을 제지하고 싶었다. 그러나 그녀는 그를 불러 세울 수가 없었다. 안하던 짓을 하는 것은 힘든 일이었다. 부부애도 늘 일상적으로 표현해 버릇해야 자연스러울 수 있다는 것을 그녀는 처음 알았다.

바바라는 최근 들어 남편이 자기에게 잠자리를 요구하지 않고 있다는 것을 다시 한번 상기했다. 그녀는 그것을 나이가 들어가는 탓으로 돌렸다. 이 밤 남편이 원했다면 그녀는 축적된 에너지를 발산하기 위해서 극렬하게 타올랐을 것이라는 생각을 했다. 그녀는 남편이 들어간 방을 노려보았다. 그 방을 밀치고 들어갈 용기는 없었다. 부부화합의 실올 같은 가능성은 이렇게 해서 다시 무산되었다.

4

진우는 피아노 앞에 앉은 수지의 인물사진 중에서 가장 잘된 것을 뽑아 크게 두 장을 확대시켰다. 하나는 수지에게 주고 하나는 자신이 벽에 걸어두고 볼 참이었다. 수지는 진우가 쓰레기통 같은 뉴욕에서 최초로 발견해낸 장미였다.

사진 속의 그녀는 모나리자였다. 어깨를 덮은 생머리에서 검은 윤기가 흐르고 있었다. 입가에는 잔잔한 미소가 머물러 있었다. 모나리자와 다른 부분이 있다면 그것은 눈썹이었다. 깊고 고요하게 가라앉아 있는 눈 위에 도화 한 잎 따붙인 것 같은 눈썹은 그린 듯 아름다웠다.

진우는 눈을 감았다. 그러자 수양버들처럼 여리고 가는 수지의 하늘거리는 몸매가 망막(網膜)위로 어렸다. 잠을 청하기 위해 침대에 누었을 때는 수지의 벗은 우윳빛 나신이 떠올라 좀처럼 잠을 이룰 수가 없었다.

벗은 그녀의 알몸을 볼 수 있었던 것은 운명을 관장하는 신의 작희(作戲)가 아니었을까. 남녀가 만나 사랑을 한다고 해도 상대의 벗은 몸을 보기까지는 상당한 시간이 필요할 것이다. 그런데 그 과정을 생략하고 벗은 몸부터 보게 되었다. 신의 도움이 없었다면 불가능한 일이었을 것이다. 그러기에 두 사람의 만남은 우연이 아니었을 것만 같았다.

진우는 수지도 자기와 같은 생각을 했을지 모른다고 여겼다. 그는 수지의 마음을 확인해 보고 싶었다. 그녀를 만나야 한다는 결론을 내렸다. 그녀를 만나기 위해서, 무턱대고 집이나 학교로 찾아갈 수는 없는 일이었다. 최인영은 인터뷰가 있던 날 가족처럼 지내자고 했고, 그의 부인은 집으로 찾아오는 것을 언제나 환영한다고 말했지만 가족의 생일 같은 때 정식으로 초대한 것도 아닌데 그 집을 방문할 명분이 없었다.

수지를 만나려면 전화를 이용하는 방법밖에 없다는 결론이 나왔다. 최인영의 집 전화번호는 예의 취재 건 때 입수한 것이었다. 그전까지는 한인회나 사무실 전화번호는 알고 있었지만 집 전화번호는 모르던 상태였다. 최인영은 자기 집을 찾는데 도움이 되는 약도를 그리고, 주소를 적은 다음, 만약의 경우를 대비해서 못 찾게 되면 전화를 걸라는 뜻으로, 전화번호까지 적어 넣은 것을 팩스로 보내준 바 있었다. 롱아일랜드에 위치해 있는 그의 집을 찾을 때는 전화번호가 필요하게 되지 않아서 아무 소용이 없었지만 그게 수지를 유인하는데 요긴하게 쓰일 줄은 미처 예상치 못했던 일이었다.

전화를 이용하되 다른 사람이 받을 경우를 대비할 필요를 느꼈다. 만약 최인영이 전화를 받으면 이렇게 말할 생각이었다.

— 지난번에 인터뷰했던 기사를 다 썼습니다. 서울로 보내기 전에 한번 보시겠습니까?

그는 아직까지 자신이 쓴 기사를 인쇄되기 전에 상대에게 먼저 보여준 일이 없었다. 인터뷰 기사를 보여주면 이것저것 자기 유리한 쪽으로 고쳐 달라거나 새로운 주문을 하기 일쑤여서 그 말에 응하다가 보면 기껏 잡았던 포인트가 엉망이 되고 만다. 쓰기 전에 충분한 재료를 확보하

고 최대한으로 고민하지만 일단 쓰고 나면 번복하지 않는 것이 진우가
일하는 스타일이었다. 그러나 수지가 직접 전화를 받지 않으면 그런 말
을 둘러댐으로써 위기를 모면하는 동시에 원고를 들고 최인영의 집을
방문, 다른 사람이 눈치 채지 못하도록 재빨리 메모지를 건네주는 방법
을 쓸 수밖에 없을 것 같았다. 기사를 고쳐 주어야 하는 번거로움을 떠
안게 되는 고육지책(苦肉之策)이었다. 그렇다고 해서 최인영의 수정 요
구를 대폭 수용하지는 않을 생각이었다.

수지가 직접 전화를 받으면 그런 번거로운 절차를 밟을 필요가 없어
진다. 진우는 자기가 전화를 걸었을 때 다른 사람이 받지 않기를 고대했
다. 사람이 한 평생을 살아가는 데는 누구나 한두 번 쯤의 행운이 찾아
와 준다고 하지 않는가. 수지를 만났다는 것이 생각지도 않았던 행운이
었기에 왠지 일이 잘 풀려나갈 것만 같았다.

수지가 직접 전화를 받는 것에 그녀와 잘돼 나갈 수 있을 것이라는 패
를 걸었다. 뒤엉키지 않고 순순히 풀려 나가려면 그녀가 직접 전화를 받
는 것이 로열 스트레이트 풀러쉬가 되는 것이었다. 진우는 수화기를 들
기 전에 심호흡을 했다. 이윽고 수화기를 집어든 다음 버튼을 누르자 신
호 가는 소리가 들려오기 시작했다.

그는 그 순간 하나님 부처님을 찾았다. 누구라도 좋으니 제발 굽어 살
펴 주소서. 마침내 신호가 떨어졌다. 자, 누굴까. 전선을 타고 상대의 목
소리가 흘러 나왔다.

"헬로우, 디스 이즈 수지, 스피킹?"

진우는 속으로 쾌재를 외쳤다. 야호! 기대했던 대로였다. 그는 고육
지책을 쓰지 않아도 좋게 되었다. 카드를 돌리고 마지막 장을 받아 눈을
지그시 감고 신중한 자세로 확인해 본 결과 로열 스트레이트 풀러쉬가

틀림없다는 것을 확인한 것과 같은 기쁨이 그의 전신을 휘감고 있었다.

진우는 자신의 목소리가 들뜨지 않도록 신경을 쓰며 그러나 밝은 목소리로 말했다.

"안녕하세요, 수지 씨?"

그녀는 침묵했다. 그러나 그 기간은 길지 않았다. 그녀가 조심스럽게 물었다.

"정진우 기자님?"

"네. 맞습니다. 어떻게 저라고 생각할 수 있었죠?"

"한국말로 저에게 전화를 걸어줄 사람이 없거든요. 거기다가 목소리가 베이스여서 쉽게 알아맞힐 수 있었던 것 같아요."

아닐 지도 모른다. 수지도 자신의 벗은 몸을 본 남자를, 그 운명의 장난을 잊을 수가 없었을 것이다. 그 날 이후 수시로 머릿속에서 진우를 떠올려 보고 있었을 지도 모르는 일이었다. 그러기에 쉽게 목소리를 알아맞힌 것이 아닐까. 어쨌거나 아직까지는 운명의 신이 진우의 기대를 배신하지 않고 있는 셈이었다.

진우가 말했다.

"그 동안 안녕하셨습니까?"

"네. 정 기자님은요?"

"덕분에 저도 잘 있었습니다."

"그런데 어떡하죠. 아빠는 외출하셨는데요?"

수지는 진우가 전화를 건 것이 자기 아버지와 통화를 하기 위해서라고 여겼기 때문에 그런 말을 한 것이겠지만 진우의 입장에서 보면 그것은 금상첨화(錦上添花)였다.

"지난번에 댁에서 찍었던 사진을 뽑았어요. 기사용으로 쓸 것을 빼놓고 나머지를 드릴까 해서 전화를 한 겁니다."

수지는 경계 없이 물었다.

"사진이 잘 나왔어요?"

"제가 보기에는 괜찮은데 수지 씨 마음에 들지는 모르겠습니다."

충청도 두메산골 출신인 진우는 올가미를 놓아서 토끼를 잡아 본 경험을 가지고 있었다. 올가미를 놓을 때는 여간 세심하게 신경을 쓰지 않으면 안된다는 것을 그는 알고 있었다. 토끼가 잘 다니는 길목을 선택해야 하며, 무엇보다 올가미 부근에 고구마 같은 먹이를 놓아 두고 감쪽같이 위장을 해 놓아서 토끼가 방심할 수 있도록 유도하는 것이 포인트다.

진우는 올가미를 놓아 토끼를 잡던 때와 똑같은 신중함을 발휘하여 그녀를 포로로 잡기 위한 조심스러운 작전을 개시했다.

"최 회장님이 계셨다면 댁으로 찾아 뵙고 전해 드리려고 했었는데 마침 안 계신다니 수지 씨가 플러싱으로 나오시면 어떨까요? 수지 씨 사진을 한 장 크게 확대해 놓았는데 좋은 선물이 되기를 바랍니다."

"어머, 그래요."

"마침 토요일이니 집에서 따분하게 있기보다 바깥바람도 쐬일 겸 나와서 커피나 한잔 하고 들어가십시오?"

안된다고 하면 낭패다. 그런데 그녀는 미끼로 던진 먹이를 물었다.

"네, 좋아요."

진우는 올가미를 잡아채듯 빠르게 만날 장소와 시간을 정해주고 수화기를 내려놓았다. 그는 숨을 크게 내쉬며 안도했다. 주사위는 던져졌다. 그는 이 게임에서만은 패배자가 되고 싶지 않다는 강한 열망을 느꼈다.

그는 게임에 출전하기 전의 준비 과정을 밟기 시작했다. 노총각 냄새가 나지 않도록 턱수염을 말끔히 밀어내고, 샤워를 하는 것에도 평소보다 오랜 시간을 할애했다. 그는 자기가 가지고 있는 몇 벌 되지 않는 정장 중에서 가장 젊은 느낌을 주는 옷을 골랐다. 넥타이도 한껏 화려한 것을 택했다.

거울 앞에 섰을 때 제법 허우대가 멀끔한 사내가 우수의 표정을 짓고 있는 것을 볼 수 있었다. 그는 웃지 않을 생각이었다. 진지하게 대하리라.

5

그는 수지가 폴쉐를 몰고 나올 것이라는 예상 하에 자신의 구닥다리 올스모빌을 몰고가지 않기로 결정했다. 플러싱의 유니언 스트리트를 따라 걸어가다가 노던 블러바드와 만났을 때 오른쪽으로 꺾어져, 노던 블러바드의 북쪽으로 10분쯤 가자 수지와 만나기로 한 다이너가 나왔다. 진우가 그곳으로 들어갔을 때 한국 사람으로 보이는 동양계의 얼굴은 눈에 뜨이지 않았다. 그는 출입구가 살짝 빗겨 보이는 구석자리를 잡았다.

수지가 모습을 나타낸 것은 약속 시간 5분 전이었다. 그녀는 안으로 들어오면서 진우의 옆 얼굴을 먼저 보았다. 면도에 의해 수염이 밀려진 파리한 구레나룻이 그녀의 가슴을 서늘하게 만들었다. 우수에 찬, 그러나 왠지 듬직한, 그래서 만나자 가슴부터 져며오게 하는 남자라는 생각을 하며, 그녀는 그의 곁으로 또박또박 걸어갔다.

진우가 일어서면서 수지를 맞이했다.

"어서 오세요."

"안녕하셨어요?"

두 사람이 마주 앉았다.

수지는 자기 어머니나 어머니와 경쟁관계에 있을 것 같은 유명 다자이너가 특별히 심혈을 기우려 만든 작품으로 보이는, 우아하면서도 화사한 의상을 착용하고 있었다. 검은 색 블라우스 위에 건 흰 진주 목걸이의 대비가 아주 눈부셨다. 다이아몬드 귀걸이는 앙증스러우면서도 세련미를 한층 돋보이게 하고 있었다.

진우는 수지를 만나러 나오면서 자기가 할 수 있는 최대한의 예의를 갖추기 위해 온 신경을 썼었다. 만약 그런 자기와는 달리 수지가 집에서 입던 간편한 옷을 그대로 입고 나왔다면 실망했을 것이다. 여자는 자기를 예쁘게 보아 주기를 바라는 남자를 만나러 갈 때 정성들여 몸단장을 하고 옷도 신경을 써서 골라 입기 마련이다. 잘 보일 필요가 없다고 여길 때는 그만큼 신경을 쓰지 않을 것이다. 그런 면에서 수지는 진우를 실망시키지 않았다. 이것은 수지도 진우를 가볍게 스쳐가는 사람으로 여기지 않는다는 반증이 될 것이다.

결과적으로 두 사람은 똑같이 상대에 대한 예의를 지켰다. 그런 두 사람의 차림새는 진우의 나이가 좀 들어 보인다는 점을 제외하면 아주 잘 어울리는 비둘기 같은 한 쌍으로 보이게 했다.

사실 수지는 특별히 주의를 기울여 치장하지 않았다고 해도 홍조(紅潮)띤 얼굴은 풋풋한 청춘의 건강미를 과시하며 상대로 하여금 도발하고 싶은 충동을 불러일으키게 할 만큼 아름다웠다. 누구라도 그녀를 보면 차지하고 싶다는 생각을 할만 했다. 그런 수지를 가만 놔두지 않았을 것 같았다. 그녀에게 다른 남자가 있을지도 모른다는 생각이 진우를 초조하게 만들고 있었다.

진우는 자신의 그런 복잡한 속마음이 얼굴에 나타나지 않도록 신경을 쓰며, 사진을 보여 주었다. 고급 액자에 넣어져 있는 사진을 받아든 수지의 입이 벌어지고 있었다. 그녀는 사진과 진우를 번갈아 보면서 말했다.

"정 기자님의 사진 솜씨는 노래만큼이나 수준급이네요."

사실 진우는 사진 기자를 해도 될 만큼 카메라에 대하여 잘 알고 있는 편이었다. 대학 때 취미로 사진반에 들어가서 활동했던 덕분이었다. 그는 작품전에 공모하여 입상한 경력도 가지고 있었다. 덕분에 사진 기자를 대동하지 못하는 취재를 할 때 진우의 솜씨는 유감없이 빛을 발한다.

"마음에 드십니까?"

"네. 정말 마음에 들어요. 이렇게 좋은 선물을 해주셨는데 무엇으로 보답을 하죠?"

"보답이라고까지 생각하실 것은 없고……우리 바닷가로 랍스터나 먹으러 갈까요?"

그녀는 조건부로 진우의 제안을 수락했다.

"제가 살 수 있게 해 준다면 같이 갈게요."

"와이 낫. 댓츠 마이 프레쥬어!"

자릿값으로 커피를 주문하여 마신 다음 두 사람은 밖으로 나왔다. 예상대로 수지는 폴쉐를 몰고 왔다. 진우가 수지의 옆으로 오르자, 주차장을 빠져 나온 성능 좋은 스포츠카는 단숨에 트롱넥 브리지를 건너, 바닷가에 면한 시티아일랜드로 접어들었다.

휴일의 오후를 즐기는 사람들의 모습이 간간히 나타나기 시작했다. 말을 함께 타고 산책로를 따라 가고 있는 연인들도 있었다. 그림처럼 펼쳐 있는 초원 위에서 골프를 치고 있는 모습은 더없이 평화로워 보였다.

수지는 랍스터 전문 레스토랑 앞에 차를 세웠다. 두 사람은 바다가 내

려다보이는 창가 자리에 앉아 랍스터 스테이크를 주문한 다음 와인에다
가 안주로는 훈제연어를 시켰다. 웨이터가 사라지자 수지가 물었다.

"정 기자님은 자녀를 몇 분 두셨어요?"

진우는 수지의 물음에 깜짝 놀랐다.

"네에!"

자신이 아이를 둔 아빠로 보일만큼 나이가 들어 보인단 말인가.

"앞으로 두 명 쯤 둘 생각입니다."

"그럼 아직은 없다는 말씀이네요?"

"그렇습니다."

"정 기자님같이 노랠 잘 부르시는 남편을 가진 부인은 행복할 거예요.
사모님은 뭐하시는 분이세요?"

"그것도 앞으로 수지 씨 같이 음악을 하는 사람을 만났으면 좋겠다는
희망을 가지고 있는, 아직은 총각신세를 면하지 못한 사람입니다."

"어머!"

수지는 얼굴을 붉혔다. 미혼자에게 자녀가 몇이냐, 부인은 무엇을 하
는 사람이냐고 묻는 실수를 했기에 얼굴을 붉힌 것인지, 수지같은 사람
을 아내로 얻고 싶다는 말을 들었기 때문에 얼굴을 붉힌 것인지 정확히
알 수는 없었다.

웨이터가 얼음에 재인 와인을 가져왔기 때문에 어색한 순간이 지나갈
수 있었다. 진우가 먼저 수지의 잔을 채워 주었다. 그 다음으로 수지가
병을 달라고 하여 진우의 잔에 와인을 따랐다. 진우가 건배를 하자는 뜻
으로 술잔을 들었다. 수지도 자기 잔을 마주 들었다. 잔을 부딪치기 직
전에 진우가 수지의 눈을 보았다. 수지가 그 시선을 피하지 않고 마주
바라보는 것으로 두 사람의 눈이 충돌했다. 이때 세찬 불꽃이 튀었다.

눈이 서로 마주 친 것은 처음이 아니었다. 인터뷰를 하던 날도 여러 번 두 사람의 시선은 마주 쳤었다. 그러나 그것과 지금의 것은 달랐다. 진우의 눈에서 폭사된 빛이 강렬했다. 수지의 것도 마찬가지였다. 그래서 불꽃이 일어난 것이었다.

두 사람의 가슴에 영원히 꺼지지 않을 불길이 점화되는 순간이었다. 진우는 강하게 뛰는 고동소리를 들었다. 수지의 것은 숫제 발동선이었다. 쿵쿵쿵쿵쿵. 그녀는 파도가 심한 바다에 나온 것 같은 울렁거림증을 느꼈다.

뒤늦게 두 사람은 잔을 부딪쳤다. '치어스'라는 말을 할 만큼의 여유가 없었다. 말은 하지 않았지만 눈을 통해 이미 할 말을 다한 상태였다. 그래서 말없이 잔을 부딪쳤지만 그것은 진정한 의미의 축배가 되었다.

진우는 와인을 비운 술잔을 내려놓은 다음 탁자 위에 놓여 있던 수지의 손을 향해 자신의 손을 뻗쳤다. 그녀는 진우의 손을 뿌리치지 않았다. 진우가 그녀의 손을 조심스럽게 감싸 쥐었다. 아주 따뜻한 손이었다.

그녀는 정색을 하고 진우를 보았다. 진우의 얼굴에서 진실을 읽고 싶었던 것 같았다. 진우는 바람기로 수지를 희롱하고 있는 것이 결코 아니었다. 그것이 그녀에게 전달되었음일까. 진우를 보고 있던 수지의 크고 맑은 눈에서 툭 눈물 한 방울이 솟구쳐 볼을 타고 흘러내리고 있었다.

그녀는 속으로 생각하고 있었다. 당신은 누구신가요.

수지는 진우가 자기 집을 방문했었던 날 이래로 솔직히 말한다면 그를 한 날 한 시도 잊은 적이 없었다. 진우는 수지가 생각하기에 기적을 행한 사람이었다. 수지에게 있어서 엄마는 인간이 아니라 기계 같았었다. 기계처럼 정확한 시간에 일어나 세수하고 화장하고 일하러 가고, 일이 전부인 것처럼 일에 열중하고, 집으로 돌아와서는 자고…….

수지가 아는 한 엄마는 한번도 흐트러진 모습을 보인 적이 없었다. 늘 단정했다. 기품 있고 우아하고 세련된 엄마의 모습은 남에게 완벽한 디자이너로 보이게 하는 데까지는 성공했다.

그러나 기계 같은 엄마에게서는 인간이 누릴 수 있는 행복한 모습이나 하다못해 흐트러진 모습도 발견할 수 없었다. 그런 엄마가 아주 진지한 모습으로 컨트리 송을 열창케 하여 기계에서 인간으로 돌아오게끔 만든 진우는 기적을 행한 사람일 수밖에 없었다.

진우는 기적을 행했기에 수지에게는 우상(偶像)이 되었다. 그가 기혼자가 아니기를 고대하면서, 그를 한번은 만나고 싶어, 신문사의 전화번호를 입수하고도 성격 때문에 망설이고만 있었는데, 그가 먼저 전화를 해 주었고, 만났고, 우려했던 기혼자도 아니었다는 것이 밝혀지고 보니, 그녀는 자신의 벗은 모습을 그에게 먼저 보여 주게 한 것이 숙명이었다고 받아 드렸다.

당신은 나의 숙명이어요. 그녀는 그래서 그가 손을 잡아 왔을 때 사시나무 떨듯하며 순종한 것이었다. 숙명을 거부하는 것은 용기일 수 없을 것이다. 그녀는 저항할 엄두도 내지 못했다.

두 사람은 이 날 비싼 요금을 지불한 맛있는 랍스터 요리를 건드려 보지도 않았다. 랍스터가 문제가 아니었다.

모든 것이 아주 갑작스럽게 이루어졌다.

6

진우는 수지에게 혹 교제하는 남자가 있는 게 아니냐고 물어볼 필요를 느끼지 않았다. 그런 상태라면 결코 저항 없이 자기를 받아 드리지는 않았을 것이기 때문이었다. 그것은 수지도 마찬가지였다. 기혼자가 아니라는 사실은 확인이 되었고, 설마 진우가 다른 여자가 있으면서 자신을 유혹하고 있으리라고는 생각할 수 없었다. 과거에는 여자가 있었을 지도 모르는 일이었다. 그러나 진우가 자신의 지난날에 대해서는 불문에 부쳐 주기를 바라 듯, 수지도 진우의 과거에 대해서는 문제 삼을 생각이 없었다.

진우와 수지는 그 다음 주 일주일 동안에 세 번을 만났다. 진우는 그녀와 만났다가 헤어질 때 알리바바가 '열려라 참깨' 를 외치듯 수지에게 주문을 걸었다.

"내일은 오후 6시에 락커 펠러 센터 앞에서 만나요."

그러면 그녀는 아무 이의를 제기하지 않고 돌아갔다가 주문을 걸어 놓은 그 시간 그 장소에 어김없이 모습을 나타냈다.

"모레는 오후 1시에 맨해튼에서 취재 약속이 있어요. 3시 전에 끝날 텐데 신문사에 들어가지 않고 그대로 퇴근해도 되니까 3시에 힐튼 호텔 커피숍에서 만날 수 있겠어요?"

그녀는 예외 없이 고개를 끄덕인다. 한번도 선약이 있다거나 그 시간에는 안되니까 새로 조정하자고 수정제의를 하는 법이 없었다. 이미 다른 사람과 약속이 되어 있었어도 그녀는 그 모두를 파기하고 진우에게 최우선 순위를 두어 시간을 다시 배정했다. 미국에서 자유분방하게 살아온 여자의 사랑법이 이럴 만큼 순종적이라는데 대해 진우는 믿을 수가 없을 지경이었다. 그는 거의 횡재를 한 기분이었다.

두 사람은 그렇게 만나서 허든슨강이 내려다보이는 웨이브 힐을 찾아가 마크 트웨인의 유품을 같이 보았다. 그곳은 세기(世紀)의 명지휘자

토스카니니가 뉴욕 필하모니를 지휘할 때 살았던 곳이기도 했다. 그래서 그곳은 음악과 문학이 함께하는 공간이었다.

미국 문학하면 애드가 알렌 포우를 빼놓을 수 없을 것이다. 그의 기념관은 그가 잠시 살았던 브롱스의 그랜 캉코스 애비뉴에 위치해 있었다. 두 사람은 그곳에 함께 모습을 나타내기도 했다. 여기서 진우는 자신의 꿈 중에 하나를 내비쳤다.

"난 있지, 원래는 기자가 되고 싶었던 사람이 아니에요. 공부를 해서 대학의 강단에 서고 싶었는데 이제는 늦은 것 같아."

수지가 진지하게 물었다.

"어디까지 공부하셨는데요?"

"석사는 끝냈지만 박사학위는 시작만 했다가 말았어요."

"그렇게 늦은 것도 아니잖아요."

"학위를 받으려면 시간도 많이 필요하고 돈도 있어야 해요. 현재의 나로서는 좀 벅차요."

수지는 자기가 도움이 돼주겠다는 말을 섣부르게 꺼내지는 않았다. 그러나 그녀는 그의 말을 결코 흘려듣지는 않았다. 그래서 그녀는 말했다.

"길은 찾으면 반드시 있을 거예요. 함께 길을 찾아보고 싶어요."

"고마워, 수지. 그렇지만 이제는 대학 교수보다는 소설가가 되고 싶다는 생각을 가끔 하고 있어요. 전공이 영문학이었거든. 작가에게는 박사학위보다 폭넓은 인생 경험이 더 중요할지도 모르지."

수지는 눈부신 듯 진우를 바라보았다. 성악가가 될 수도 있었던 이 사람은 유능한 기자인데, 원래는 교수가 되고 싶었었고, 현재는 작가를 지망하고 있다니 얼마나 프라우드한가. 나는 피아니스트로서의 길을 포기하고 이 사람의 내조자로만 살아도 행복하지 않을까. 그녀는 자신의 속마음을 진우에게 들킨 것 같아서 얼굴을 붉혔다.

진우와 수지는 맨해튼에서 루즈벨트 이일랜드를 오가는 케이블카를 같이 탔다. 메트로폴리탄 뮤지움을 찾아갔고, 패라디움이라는 이름의 세계적인 규모를 자랑하는 디스코텍에서 춤을 추었다. 브로드웨이의 오페라를 감상했으며, 부르밍데일에서 쇼핑을 하기도 했다.

브롱스 보태니컬 가든의 산책로를 따라 걸어가고 있을 때였다. 호숫가에서 걸음을 멈춘 수지가 문득 고즈넉이 물었다.

"정 기자님은 우리 집을 어떻게 생각하세요?"

"화목하고 단란하다고 느꼈습니다만……?"

수지는 무슨 말인가를 하려다가 그만 두었다. 물 위에는 오리들이 먹이를 찾아 한가롭게 물장구를 치고 있었다. 그것을 바라보는 수지의 얼굴에 언뜻 구름이 스쳐가고 있었다. 일견 단란해 보였지만 실상은 그녀의 가정에 다른 사람은 모르는 어떤 불협화음(不協和音)이 있는 것은 아닐까? 그렇다면 잡지사를 위해 썼던 기사는 중대한 오류를 범한 것이 된다.

그녀가 걸음을 옮겨가기 시작했다. 옆으로 따라서는 진우에게 수지가 물었다.

"정 기자님은 왜 술을 많이 마시는 거예요?"

술은 건강에 나쁘다는 말을 그렇게 둘러서 하는 것 같았다. 어쩌면 '이제 혼자가 아니잖아요. 건강에 유의하셔야 해요.' 그런 말을 하고 싶었는지도 모른다.

"내가 술을 많이 마시는 사람이라는 건 어떻게 알았습니까?"

그 질문에 수지가 항의를 했다.

"제가 그런 것도 모를 만큼 어린 줄 아세요?"

"나는 수지 씨가 어리다고 생각한 적은 없는데요."

"어린애가 아닌 다음에야 정 기자님이 설사병을 가지고 있는 것을 보면 술을 많이 마신다는 것쯤이야 쉽게 알 수 있잖아요."

미상불 맞는 말이었다.

설사병에 대한 언급은 진우로 하여금 두 사람이 처음 마주치던 순간을 떠올리게 하였다. 진우는 그때 화장실에서 웃었던 것처럼 낄낄거렸다. 뒤늦게 진우가 웃는 이유를 생각해 낸 수지의 얼굴이 홍당무로 변하고 있었다.

그녀는 진우의 어깨를 살며시 때렸다. 벗은 몸을 보여준 수지나 그것을 본 진우나 똑같이 은밀함을 공유(共有)하고 있는 데서 오는 친밀감을 느낄 수 있었다.

진우는 문득 수지의 질문에 대하여 성실하게 대답해 주고 싶다는 생각을 했다. 그래서 그는 자신에게 물었다. 나는 정말 왜 그렇게 술을 퍼마셔 댔던 것일까?

왜 그랬을까?

그것을 설명해 주기가 쉽지 않았다. 가난을, 절망을, 좌절을 어떻게 간단히 말로 옮겨 놓을 수 있단 말인가. 그래서 그는 수지가 원하는 대답을 해 주지 못했다. 다만 수지 당신이 있어서 이제는 더 이상 절망하지 않아도 될 것 같다는 말을 다음과 같이 둘러 말했다.

"앞으로는 술을 끊을 수 있을지도 모르겠습니다."

진우는 산책로를 이탈하여 행인의 발길이 없는 갈참나무 사이로 들어갔다. 수지는 두려움 없이 진우의 뒤를 따랐다. 숲 속에는 낙엽이 하나둘 떨어지고 있었다. 다람쥐가 도토리를 까다가 인기척에 놀라 달아나고 있었다.

수지는 아름드리 갈참나무에 기대어 섰다. 진우가 그녀 앞으로 가까이 다가왔다. 입술을 가져가면 수지는 떠밀지 않을 것 같았다.

수지는 주위가 너무 호젓하다는 생각을 했다. 그러나 두렵지 않았다. 이 턱없는 믿음은 어디서부터 오는 것일까. 이 사람은 어째서 나를 이렇게 안심시켜 줄 수 있는가. 그녀는 눈을 감았다. 그녀는 진우가 입맞춤을 하고 싶어 한다는 것을 본능적으로 느낄 수 있었다. 그것은 그녀가 바라는 것이기도 했다.

그러나 수지에게로 진우의 입술이 다가오지는 않았다. 눈감은 그녀의 귀로 진우의 노랫소리가 파고들어 왔을 뿐이었다. 그는 '산타 루치아'를 부르고 있었다. 수지는 진우의 노랫소리가 자신의 가슴 속에 놓여 있던 현(絃)을 울리고, 뼛속까지 저미게 하는 것을 느꼈다.

그녀는 눈을 떴다. 하늘은 맑았다. 손을 뻗쳐 올리면 그대로 빨려 들어갈 것만 같았다. 진우는 하늘이 되어 그녀에게 왔다. 그에게 함몰(陷沒)되리라. 끝없이 그에게로 빨려 들어가리라.

노래를 마친 진우는 수지를 보았다. 나의 새로운 가능성. 진실을 다해야지.

불행보다 한발 앞서서 두 사람에게 사랑이 찾아 왔다. 그것도 불행이었다.

4

티켓

1

　최인영은 발신인(發信人)의 이름과 주소가 쓰여 있지 않은 편지를 한 통 받았다. 편지를 보낸 사람의 신원이 적혀있지 않다는 것은 이상한 일이 아닐 수 없었다. 불길한 예감이 섬광(閃光)처럼 그의 뇌리를 스쳐갔다.

　혹시 성희와의 관계를 눈치 챈 누군가가 협박장을 보낸 것인지도 모른다는 불안감(不安感)이 엄습해 왔다. 감쪽같이 비밀을 유지해 왔지만 꼬리가 길면 밟히듯이 진상을 알게 된 제 3자가 생겼을 지도 모르는 일이었다.

　그는 봉투를 뜯어 볼 것인가 말 것인가를 두고 망설였다. 마치 시한폭탄(時限爆彈)을 앞에 두고 있는 것 같은 마음이 들어서 빨리 치워버리고만 싶었다. 그러나 누군가가 협박장을 보내온 것이라면 묵살(默殺)한다고 만사가 해결되는 것은 아니었다. 내용을 알아야 대처할 방법도 생각해 낼 수 있을 것이라는 생각이 들어 그는 결국 봉투를 뜯어보기로 결정했다.

　봉투를 열었을 때 그 안에서 나온 것은 협박장이 아니었다. 전혀 예상할 수 없었던 연극 공연 티켓이 두 장 들어 있었을 뿐이었다. 그것을 보낸 사람의 신원을 알 수 있는 단서는 그 안에도 없었다.

누굴까.

누가 무슨 의도에서 연극 티켓 두 장을 보낸 것일까.

짐작이 가는 사람이 없었다. 그리고 그것을 보낸 의도(意圖)에 대해서도 떠오르는 것이 전혀 없었다. 해괴한 일이었다. 그는 고개를 갸우뚱했다. 참 별일이네. 그는 자신에게 티켓을 보내게 된 경위에 대하여 여러 가능성을 생각해 보았다.

최인영은 세계 공연예술의 최대 도시라는 뉴욕에 살면서도 아직까지 연극을 관람해 본 일이 없었다. 이민 초기에는 그런 곳을 기웃거릴 수 있는 경제적인 여유가 없었다. 기반을 잡은 이후에는 시간을 내기가 어려워서 그렇게 된 것이었다. 요즈음은 특히 몸이 열 개라도 모자를 만큼 바쁜 상태였다.

최인영이 그런 사람이라는 것을 안 누군가가 돈만 벌지 말고 연극 구경도 좀 하면서 여유 있게 살라는 뜻으로 보내준 것일 지도 모른다는 생각이 제일 먼저 떠올랐다. 익명(匿名)으로 보낸 이유는 혹시 사람을 무시했다는 오해로 받아들여질 것을 우려한 때문이 아니었을까.

자신에게 신세를 진 사람 중에서 후의(厚意)에 보답하는 뜻으로 보낸 것일 수도 있었다. 그는 그 동안 곤경에 처한 교포나 가난한 유학생들을 많이 도와 왔다. 선거전에는 표를 의식한 선심공세를 펼 필요가 있었기 때문에 적선(積善)을 한 것이었다. 한인회장에 당선된 뒤에는 인기관리를 위해 불가피한 일이었다. 동기가 어디에 있었던지 그 만큼 좋은 일을 많이 한 사람도 드물 것이다.

최인영으로부터 도움을 받은 사람 중에서 티켓을 보내며, 이름을 밝

히면서까지 생색(生色)을 내기가 쑥스러워 익명으로 보낸 것이 아니겠
느냐는 가정이 가장 그럴듯한 추리(推理)였다.

아무리 곰곰이 돌아보아도 달리 생각나는 사람은 없었다. 그는 그것
을 안주머니에 챙겨 넣으면서 더 이상 신경쓰지 않기로 했다. 대단한 것
도 아니고, 단돈 몇 십 달러짜리 티켓인데, 깊이 생각하는 것 자체가 신
경과민일 것 같았기 때문이었다.

최인영은 발신인의 신원을 알 수 없는 편지를 받고 긴장했다가 그것
이 별것이 아닌 것으로 밝혀지자 긴장이 이완(弛緩)되면서 성희 생각이
어느 때보다 맹렬하게 나는 것을 느꼈다. 마침 다른 볼일이 없었기에 그
는 사무실에서 나오는 길로 성희를 찾아가기 시작했다. 그가 그녀를 찾
아 가는 데에는 두 사람 사이가 다른 사람에게 노출되지 않았다는 것을
확인하고 싶은 심리가 저변(底邊)에 깔려 있었는지도 모른다.

성희는 전과 다름없이 반갑게 그를 맞아 주었다. 식사 후에 양치를 한
다음 침실로 들어 간 것도 정해진 수순이었다. 커튼을 내리자 빛이 차단
되면서 침실에 어둠이 고였다. 성희가 여느 때와 다른 행동을 하기 시작
한 것은 옷을 벗고 침대에 나란히 누었을 때였다.

성희는 지금까지 최인영의 나이를 염두에 둔 탓인지 언제나 이끄는
대로 딸려올뿐 숨가쁘게 몰아붙이지 않는 수동적인 자세를 취했었다.
그런데 이 날은 달랐다. 그가 감당하기 벅찰 만큼 적극적이었다. 그녀는
숫제 불덩이였다. 자지러질 것 같은 신음소리를 내는 것도 전에 없던 일
이었다.

그녀는 마치 성난 파도처럼 밀려왔다. 그는 파도에 휩싸일 수밖에 없
었다. 노도(怒濤)는 혼신의 힘으로 밀려와서 벼랑에 부딪치며 흰 포말
(泡沫)을 토해내고 있었다. 그는 아득한 기분을 느꼈다. 그녀는 아예 혼

절했다. 그래서 파도가 휩쓸고 간 백사장에 버려져 있는 휴지조각을 처리하는 일도 평소보다 늦어졌다.

웬 목마름이었을까.

성희의 이 갈증은 어디서부터 비롯된 것이었을까.

어쨌거나 가끔은 격렬한 것도 별스러운 묘미(妙味)가 있다고 생각하며 최인영은 잠으로 빠져 들었다. 잠은 그를 깊게 침잠(沈潛)시켰다. 이날 따라 악몽도 꾸지 않았다. 그게 불행한 사태를 미연에 막지 못한 악재(惡材) 중에 하나로 작용했는지도 모르겠다. 허긴 이미 악몽쯤에 동요되어 생각을 돌이킬 수는 없는, 먼 길을 떠나와 있었기에, 꿈을 꾸었다고 해도 별로 달라질 것은 없었을 것이다.

단잠에서 깨어난 최인영이 옷을 챙겨 입고 밖으로 나오자 성희는 그림을 그리고 있었다. 젊다는 것은 확실히 축복이었다. 혼신의 열기를 다 쏟아 부은 격렬한 정사 뒤에 찾아오는 피로감을 회복하는 데에도 젊은 쪽이 빨랐다. 그녀는 어느새 새로운 에너지로 충만해 있었다. 그것을 화폭(畵幅) 위로 쏟아 붓고 있었다. 그녀는 현재 전시회를 대비한 작품을 제작하고 있는 중이었다. 일단 뉴욕에서 전시회를 갖은 다음 곧이어 귀국전을 진행시킨다는 것이 그녀의 계획이었다.

최인영은 성희의 불꽃이 튀어 있는 캔버스를 지켜보다가 돌아갈 준비의 일환으로 안주머니 속으로 손을 밀어 넣었다. 백 달러짜리 지폐뭉치 두 다발이 딸려 나왔다.

"내가 너의 스폰서다. 돈 걱정은 추호도 하지 말고 작품제작에만 신경 쓰거라."

그는 돈뭉치를 탁자 위로 내려놓았다. 수표는 쓰인 용도가 아내에 의해 추적될 소지가 있기 때문에 그는 성희에게 돈을 줄 때면 언제나 현금을 사용해 왔었다.

"지난번에 주신 것도 아직 남았는데……."

"예술가가 돈 걱정을 해서야 어디 마음 놓고 작품을 할 수 있겠느냐. 뒷바라지는 내가 충분히 해줄 테니까 좋은 재료를 써서 너 자신이나 여러 사람이 모두 보고 만족할 수 있는 좋은 작품을 그려라."

"고맙습니다."

"내년 봄에 귀국전시회를 한다면 10년 만이라고 했던가?"

"네."

"10년이면 강산도 변한다는 세월이다. 그 동안 장족의 발전을 했을 것이니 좋은 결과가 나올 것으로 기대하고 있다."

성희가 귀국을 한 다음 다시 뉴욕으로 돌아오지 않거나, 귀국하는 것을 계기로 연락을 끊는다면, 그것으로 두 사람은 헤어지게 될 지도 모른다. 젊은 성희의 구만리 같은 앞길을 생각하면 그녀가 자신의 길을 찾아 간다고 해도 섭섭해 하지 않을 참이었다. 그렇게 되는 것을 두려워하면서도 기다리고 있는 지도 모른다.

그러나 성희가 헤어지는 쪽이 아니라 같이 있는 것을 원한다면 그녀가 귀국할 때 서울에다가 집을 한 채 살 돈을 주어 보낼 생각이었다. 한인회장의 임기가 끝나고 자신이 귀국할 때쯤에 간소하게 예를 갖추고 새로운 인생을 출발하겠다는 것이 그가 최종적으로 결론내린 청사진(青寫眞)이었다.

그는 놓치고 싶지 않은 보물을 어루만지듯 가슴에 와 안기는 그녀를 꼭 안았다. 그녀의 체온에서 발산되는 열기가 전해져 왔다. 그는 아쉬움 속에서 그녀를 떼어 놓았다.

"며칠 내로 다시 연락하고 오마."

"네. 기다리고 있을 게요."

최인영이 현관 쪽으로 걸어가는데 성희가 바닥에 떨어져 있던 것을 집어 들며 말했다.

"어머, 이거 연극 티켓 아니에요."

주머니 속에 넣어 두었던 문제의 티켓이 돈을 꺼낼 때 함께 딸려 나와 바닥에 떨어졌나 보았다.

그녀가 물었다.

"누구하고 같이 가려던 거예요?"

누구하고 같이 가기는커녕 보내준 사람이 누군지도 모르는 티켓이었다. 그것을 설명해 주기가 번거롭게 여겨져서 최인영은 둘러 대었다.

"아, 그거 말이냐. 그건 내가 너에게 주려고 가지고 왔던 건데 깜빡했구나."

성희는 그 말이 진실이 아니라는 것을 최인영의 표정을 보고 알았다.

"사모님과 같이 가시려든 거잖아요. 괜한 말씀 마시고 가져가세요."

그녀의 표정이 샐쭉해 졌다. 성희가 질투를 할 수도 있는 여자였다는 사실이 최인영을 즐겁게 만들어 주었다. 질투는 사랑의 또 다른 표현이 아니겠는가.

"녀석, 사모님인지 하는 여자가 나하고 연극을 같이 다녀 줄 여자라면 내가 지금 이곳에 와 있지도 않는다."

일단 말을 끊고 가볍게 한숨을 내쉬었던 최인영은 내친김에 이렇게 말했다.

"너에게 주려고 가지고 왔다가 깜박한 것이 맞으니까 넣어 두었다가 친구와 함께 구경하거라."

"정말이세요?"

"물론이다."

성희의 얼굴이 환해졌다. 그러나 이내 시무룩해지면서 최초로 철없는 말을 했다.

"전 불행하게도 연극을 같이 갈 친구가 없어요. 회장님이 같이 가주시면 너무 기뻐서 감격하고 말 거에요."

최인영은 딸 같은 나이의 젊은 여자와 바람을 피운다는 소문이 퍼질 것을 경계해 왔다. 그래서 두 사람의 밀회(密會)는 철저하게 이 아파트에서만 이루어 졌었다. 그런데 공공장소에 함께 가는 것을 피해 온 불문율(不文律)을 깨고 최인영이 말했다.

"좋다. 네가 원한다면 같이 가기로 하자꾸나."

성희는 장에 갇혀 있다가 풀려난 새처럼 손을 벌려 날개를 만든 다음 빙그르 한 바퀴 돈 후에 최인영의 가슴에 와서 안겼다.

"어머, 신나라."

"녀석 그렇게 좋으냐."

"네. 눈물이 날려고 해요."

같이 연극 구경 가게 된 것이 눈물이 날 만큼 좋다는데, 어찌 실망을 줄 수 있겠는가. 두 사람은 극장에서 만나기로 하고 표를 한 장씩 나누어 가졌다.

2

뉴욕에 진출해 있는 한국계 은행은 여럿이 있었다. 맨해튼 브로드웨이에 위치해 있는 그 중의 한 은행에 성희가 모습을 나타냈다. 창구 앞에 줄을 서서 자기 차례가 되기를 기다리고 있는 고객의 대부분은 교포들이었다. 그들은 돈을 입금시키거나 쓸 일이 생겨서 찾거나, 한국에 있는 가족 친지들에게 송금을 해주기 위해서 온 사람들이었다.

성희는 그들 모두가 땀 흘린 대가로 달러를 만질 수 있게 되었을 것이라고 생각했다. 자신이 소지하고 온 달러도 땀과 바꾼 것임에는 틀림이 없었다. 그러나 땀의 종류가 달랐다.

다른 사람들은 봉제공장이나, 그로서리 가게에서, 혹은 식당에서 힘들게 일을 하느라고 흘린 땀이었다. 자신은 침대 위에서 그것을 흘린 것이었다. 뼈 빠지게 일을 하는 사람들에 비해 떳떳하지 못하다는 수치심이 슬며시 고개를 내밀면서 그녀의 얼굴을 붉게 물들였다.

은행의 구석구석에는 달러 냄새가 배어있는 것만 같았다. 돈이란 무엇인가. 인간의 욕망을 표현하는 매개체(媒介體)가 그것이라는 생각이 제일 먼저 들었다. 인간답게 살기 위해서도 꼭 필요한 것이 돈이기도 했다.

자신이 극도의 경제적 궁핍에 빠졌던 것은 돈의 가치를 너무 가볍게 생각한 벌이였을 것이다. 그녀는 화가로써의 명성을 원했지 경제 가치를 추구한다는 생각을 해본 적은 없었다. 먹고 살 수 있는 최소한의 여유만 있으면 그림을 그리는 작업에 몰두할 수 있다는 것만으로도 얼마든지 소외감을 느끼지 않을 자신이 있었다. 초라하다는 생각을 하고 있을 틈이 없을 것 같았다.

그런데 그 최소한의 돈도 그림만을 그리고 있어서는 확보할 수 없었다. 그를 만나지 못했다면 그녀는 그림 그리는 것을 포기했거나, 절망에 빠진 나머지 스스로 목숨을 버렸을 지도 모르는 일이었다. 그는 그녀를 지금까지 살아 있게 해 주고, 그녀가 그림을 그리며 살 수 있도록 해 준 은인이었다.

몸을 팔아서 돈을 챙기는 여자들은 땀을 흘리지 않고 상대가 볼일을 마칠 수 있게 하는 직업적인 기술을 가지고 있을 것이다. 은인(恩人)에게 보답을 하는 행위로 이루어지는 정사는 최선을 다해야 하기 때문에 땀이 나기 마련이었다. 그런데도 땀을 흘려서 달러를 벌게 되었다는 자부심을 느낄 수는 없었다.

떳떳하지 못한 관계를 청산하거나 떳떳한 상태로 정상화 시켜야 하는 것이 아닐까. 자기 입으로 그에게 아내와 헤어지라는 요구는 할 수 없었다. 그러나 그가 아내와 헤어지는 결단을 내리고 정식으로 청혼을 하면 나이 차이나 결혼한 경력이 있는 남자라는 따위의 조건은 무시하겠다는 마음의 준비가 되어 있었다. 요컨대 그가 아내와 헤어지고 결혼을 하자면 무조건 응할 생각이었다. 그를 사랑하기 때문이었다. 떳떳한 상태에서 마음껏 사랑을 표현하기 위해서는 불가피한 일이기도 했다.

은행에서 볼일을 마치고 나온 그녀는 자신의 아파트가 있는 이스트 빌리지 쪽을 향해서 걸어가기 시작했다. 버스나 전철을 이용하기에는 노선이 마땅치 않았다. 택시를 탈만큼 바쁜 일이 있는 것도 아니었다. 외출을 거의 하지 않고 작업실에 처박혀 지내는 그녀의 입장에서 보면 운동 삼아 걸어갈 필요도 있었다. 브로드웨이를 따라 남쪽으로 걸어 내려오고 있는 그녀의 옆으로 군상(群像)들이 스쳐 가고 있었다.

처음 그를 만났을 때 그를 사랑하게 되리라고 까지는 생각지 않았었다. 그를 만나던 무렵을 떠올려 본다는 것은 아버지의 죽음을 상기(想起)하지 않고는 불가능한 일이었다. 3년 전의 일이었다. 사람이 죽는다는 것은 무엇인가.

종교는 무릇 영혼이 있다는 것을 전제하고 사후(死後) 세계에 대한 구원을 그 최종 목표로 하여 성립된 것이었다. 그러나 일부 심령과학자들이 주장하는 것 이외는 육신을 떠난 영혼과 살아 있는 사람이 통교(通交)할 수 있다는 것을 인정할 수 있는 보편적인 현상은 아직까지 확인된 바가 없었다. 그것은 사자(死者)와 생자(生者)가 만나 희로애락을 공유할 수는 없다는 것을 의미한다. 죽은 사람을 만날 수 있게 되는지는 자신이 죽어 보아야 알 수 있을 뿐이었다.

성희는 아버지의 사망(死亡)을 알리는 전화를 받고 앞 뒤 생각할 겨를이 없었다. 어떻게 하든 귀국해야 한다는 일념 뿐이었다. 딸로서 넘치는 사랑을 받았는데, 효도는커녕 돌아가셨는데도, 떠나시는 아버지를 배웅도 해드리지 못한다면 너무나 큰 한이 될 것 같았다. 그래서 그녀는 최초의 충격이 가라앉아 비행기 티켓을 구하려는 노력부터 시도했다. 여행사에서는 한국행 티켓이 매진이라는 것을 알려 주었다.

성희는 무조건 존 F 케네디 공항으로 달려갔다. 대기자 명단에 올려 놓고 예약을 했다가 갑작스러운 일이 생겨서 여행을 취소하는 사람이 나타나기를 기다리는 수밖에 없었다. 그러나 그 날 따라 그런 사람이 없었다.

그렇다고 티켓을 가지고 있는 사람들을 상대로 아버지가 돌아 가셔서 그러니 표를 좀 양보해달라고 호소할 수도 없는 일이었다. 그들도 모두 제각끔의 이유가 있어서 한국을 방문하기 위해 티켓을 구입한 사람들이었기 때문이었다.

그녀는 혹시 퍼스트 클래스는 여분이 있지 않겠는가 싶어서 그쪽 창구로 걸어갔다. 그녀의 예상은 맞았다. 퍼스트 클래스는 자리가 남아 있었다. 그러나 그것은 그녀가 가지고 있던 돈을 몽땅 털어 주어도 구입할 수 없을 만큼 비싼 것이었다. 결국 자리가 없어서 못가는 것이 아니라 돈이 없어서 아버지의 장례식에 참석할 수 없다는 결론이 내려졌다.

그녀는 그대로 창구를 물러 날 수가 없었다. 허탕인 줄 알면서도 담당자에게 사정을 해보았다.

— 아버지가 돌아 가셨다는 연락을 받았어요. 꼭 귀국해야 하는데 급히 나오느라고 돈을 충분하게 준비하지 못했어요. 제가 가지고 있는 돈을 다 드리고 신원을 보증할 수 있는 아이디를 보여 드릴 테니까 나머지는 외상으로 할 수 없을까요?

담당 직원은 이쪽의 다급한 사정 같은 것에는 아랑곳없이 차분하게 물었다.

— 크레디 카드가 있습니까?

— 그런 것이 있다면 왜 사정을 하고 있겠어요.

— 딱한 처지라는 것은 알겠지만 저는 도와드리는 결정을 내릴 수가 없어요.

— 그럼 누가 그런 결정을 할 수 있는데요?

— 죄송합니다만 지금 이 카운터에는 그럴만한 책임자가 없군요.

결국 안 된다는 말이었다. 돈이 끝내 그녀를 절망에 빠트리고 있었다. 그녀의 뒤에 중년 사내가 서 있었다. 그는 자기 차례를 기다리다가 성희가 애원(哀願)하는 것을 지켜보고 있었다. 체념하며 물러나는 그녀의 눈에 물기가 번지고 있었다.

사내는 손수건을 꺼내드는 성희에게 말했다.

— 아가씨, 실례가 안 된다면 내가 도와 드릴 수 있습니다.

그녀는 자기 귀를 의심했다. 퍼스트 클래스의 서울 뉴욕간 요금은 그녀가 그림 그리는 것을 뒤로 미루고 몇 달 동안 웨이츄레스 일을 한다고 해도 벌 수 없을 만큼 비싼 액수였다. 처음 만난 사람에게 그만한 돈을 선뜻 내놓을 수 있는 사람이 있단 말인가.

그녀는 체면 같은 것을 따지고 있을 게재가 아니었다. 그녀는 갑자기 나타난 구세주(救世主)를 향해 떨리는 목소리로 말했다.

— 도와만 주신다면 은혜는 꼭 갚겠어요.

사내는 얼굴에 웃음을 떠올리는 것으로 먼저 성희를 안심시켰다.

— 은혜라고까지 할 거야 있겠소. 내가 그 정도의 능력이 되니까 기꺼이 도와 드리리다. 돈이 없어서 아버지 장례식에 참석하지 못한데서야 말이 안 되지요.

— 정말 감사합니다.

— 여권을 내게 주시요. 대신 티켓팅을 해 드리리다.

사내는 성희로부터 여권을 받은 다음 창구로 향했다. 그는 자기의 티켓을 내밀고 자리를 지정받은 후 성희 몫의 티켓을 구입하여 자기 옆자리로 정해 달라는 주문을 했다. 성희는 그의 호의 덕분에 난생 처음 퍼스트 클래스라는 것을 타볼 수 있게 되었다. 그녀가 창 쪽으로 앉았다. 성희는 시트 벨트를 매고 나자 생면부지의 사람에게 호의를 베풀 수 있을 만큼의 여유가 있는 중년의 사내에게 다시 한번 인사를 차렸다.

— 정말 감사합니다. 저는 사실 미국으로 다시 돌아와도 빠른 시일 내에 돈을 갚아 드릴 능력이 없어요. 은행에 돈이 있었다면 아버지 장례를 모시러 가는데 아무리 급해도 그 돈을 몽땅 찾아 가지고 공항으로 왔을 거예요. 일등석 비행기값도 안 되는 것이 제가 가지고 있던 돈의 전부라는 뜻이에요. 그러나 반드시 돈은 갚겠어요. 성함과 연락할 수 있는 전화번호를 가르쳐 주세요?

그는 젊잖게 웃었다. 따뜻함이 전해져 왔다. 그가 명함을 꺼내서 내밀었다.

— 돈 갚으라는 뜻에서 드리는 것은 아닙니다. 우리가 이렇게 만난 것

이 적잖은 인연인 것 같아서 인사나 나누자는 의미요.

그가 준 명함에는 이름이 최인영이라고 쓰여 있었다. 최인영은 뉴욕 제일의 교포부자였다. 웬만한 교포는 그의 이름을 거의 다 알고 있다고 할 수 있었다. 그러나 유학을 와서 교포 사회에 얼굴을 내밀거나 교포사회 동정을 살피는 일 없이 살아온 성희로서는 그의 명성에 대해 아는 것이 전혀 없었다. 더구나 그때는 최인영이 한인회장이 된 때도 아니어서 더욱 그의 존재를 알아 볼 리가 없었다.

— 제 이름은 김성희에요.

— 무엇을 하는 분이냐고 물어보아도 실례가 안 되겠소?

— 화가에요. 아직 그림을 팔아 본 일이 없는 무명(無名)이기에 돈을 마련하는데 시간이 좀 걸릴 거예요.

— 나는 누구를 도아줄 때 보상을 받을 생각을 하고 도와준 적은 없었소. 나는 가진 것이라고는 돈밖에 없는 사람이오. 그 정도 쓴 것으로는 표가 나지 않으니까 갚지 않아도 좋소. 조금도 부담 갖지 마시오.

돈밖에 가진 것이 없다는 것은 무엇을 뜻하는 말일까. 가난한 자기를 상대로 돈이 많다는 것을 은근히 시위, 염장을 지르고 있는 것이 아니라, 돈은 많지만 행복한 사람이 못 된다는 것을 은연중에 시사해 보인 것으로 받아 들였다. 돈이 없으면 인갑답게 살 수 없지만, 돈이 많다고 해서 행복하게 살 수 있는 충분조건이 되는 것도 아니었다.

— 그래도 폐를 끼친다면 도리가 아니죠. 장례를 모시고 미국으로 돌아오면 제일 먼저 돈을 갚는 노력부터 시작하겠어요.

— 언제쯤 미국으로 돌아오게 될 것 같습니까?

— 확실히 말할 수는 없지만 삼오제를 지내면 돌아오게 될 거에요.

— 돈을 갚기 위해 빨리 돌아와야 한다는 생각은 하지 않아도 좋소.

진심이오. 그러나 언제고 돌아왔을 때 전화는 한번 주시오. 우리 인연을 그냥 흘려버리고 싶지 않다는 뜻으로 해석해요.

돈은 사람을 이렇게 여유 있게 만들어 줄 수도 있는 것이었다. 그러기에 그것이 없으면 상대적으로 초라하고 비참한 상태에 놓일 수도 있는 것이리라.

끊어지려는 대화를 그가 이어갔다.

— 돌아가신 아버님의 연세가 많으시오?

— 내년이 환갑이에요.

— 아직은 더 사실 수 있는 나이에 돌아가셨군요. 상심이 크겠소.

아버지를 여읜 상심을 어찌 다 헤아릴 수 있겠는가. 거기에는 천분지 통이 있었다. 하늘이 무너진 슬픔이 그것이었다. 그녀의 눈에 다시 물기가 번졌다.

그는 그녀의 충혈된 눈과 거기서 소리 없이 흘러내리는 눈물을 보고 자기의 도움이 비행기 티켓을 사주는데서 그쳐서는 안된다는 생각을 했다. 그녀를 위로까지 해주어야 할 것 같았다.

— 미국에 사는 교포들 중에서는 한국에 계신 부모님의 임종(臨終)을 지켜보지 못한 사람들이 많아요. 미스 김만 그런 것이 아니니까 진정하시오. 고인은 생전에 무슨 일을 하셨습니까?

성희에 대한 호칭이 아가씨에서 미스 김으로 바뀌어 있었다.

— 아버님은 시골 여학교에서 미술 선생님을 하셨어요.

— 미스 김의 재능이 우연한 것은 아닌 것 같소. 아버님의 피를 받았을 테니 말이오.

맞는 말이다. 그녀에게 재능이 있다면 그것은 아버지로부터 물려받은 것이었다. 그녀는 아버지로부터 특별히 지도를 받은 것도 아닌데 초등학교 시절부터 그 방면에 재능을 발휘했었다. 교내 미술대회는 물론이고 군단위나 도단위 전시회에서도 언제나 상위권에 입상할 수 있었다. 아버지의 재능을 물려받지 않았다면 불가능했을 일이었다.

아버지는 그녀가 미술대학에 진학하고 싶다고 했을 때 반대하지 않았었다. 미국 유학을 말씀드렸을 때도 학교 선생님의 월급으로는 쉽지 않았지만 선뜻 허락해 주셨다.

— 돈 걱정 안하고 공부할 수 있도록 해줄 수 있을지는 모르지만 최선을 다해 보마. 너도 고생할 각오가 되어 있으면 떠나도 좋다. 내가 해보고 싶었던 일인데 나 대신 너라도 해야 되지 않겠니.

그렇게 한국을 떠나 뉴욕에 온 지도 벌써 7년째였다. 문제는 7년을 공부했어도 아버지에게 한번도 제대로 된 좋은 소식을 보내드리지 못했다는데 있었다. 우선 예술적인 성취도를 확인시켜 드리는 것에 실패한 것이 가장 가슴 아픈 일이었다.

그렇다면 가정을 이루어 일상적인 행복을 추구해 가는 모습이라도 보여 드렸어야 하는데 그것도 못했다. 살아서는 다시 뵐 수 없게 되었으니 이젠 영원히 틀린 일이었다.

부모가 자식에게 바라는 것은 효도가 아니라 자식이 잘되는 것이리라. 그게 효도겠지만 말이다. 그녀는 아버지로부터 많은 것을 받았지만 보여드린 것은 아무 것도 없었다. 그것이 한(恨)이었다. 아버지의 위(胃)를 공격하기 시작하여 마침내는 생명 전체를 앗아간 암(癌)이라는 병마가 원수였다. 그녀의 부친은 위암으로 세상을 떠나신 것이었다.

— 불행한 일을 당한 분에게 예의가 아니겠지만 미스 김은 그래도 나보다는 행복한 사람이라는 것을 생각했으면 하오. 나는 부모님의 임종을 지켜보지 못한 것은 물론이고 장례식에도 참석해 보지 못했어요. 부

모님들이 전쟁 중에 피난을 가다가 폭격을 맞아 돌아가셨기 때문이오.

그는 자신이 전쟁고아라는 사실을 그런 식으로 밝혔다. 그런 그가 어떻게 미국에 왔으며, 가진 것이라고는 돈밖에 없다는 말을 할 수 있을 만큼 부자가 되었는지에 대한 궁금증이 일었지만, 그렇다고 당장 그 자리에서 그것을 해소하고 싶은 생각은 없었다. 그럴 수 있는 마음의 여유가 없었다.

그가 물었다.

— 미국에 돌아와도 빠른 시일 내에 돈을 만들 수는 없다고 했었지요?

— 네.

— 장례식에 참석하기 위해 가면서도 쓸 돈을 별로 가져가지 못하는 형편이고……?

다 맞는 말이다. 자기가 이미 그렇다는 것을 알려 주었으니 틀림없는 사실이었다. 정말 어쩌다가 이렇게 비참한 상태에 놓이게 된 것일까.

할 수만 있다면 돈을 빌렸을 것이다. 그러나 뉴욕에서 그녀를 믿고 돈을 빌려줄 사람은 아무도 없었다. 그래서 남아 있던 돈을 탁탁 털어 겨우 비행기 티켓 값만을 마련해 공항으로 나왔던 터였다.

아버지 장례식이 문제인 지금의 상황에서 걱정할 문제는 아니지만 이런 그녀이고 보니 장례식을 끝내고 미국으로 돌아와도 당장은 살아 갈 일이 난감한 상태였다. 다급하면 웨이츄레스 일이라도 할 참이었다.

아버지는 자신을 화가로 만들지 말았어야 했다. 그랬다면 시집을 갔을 것이고, 이런 때 함께 찾아갈 남편이나 아이들이 생겼을 것이 아닌가. 아직까지 작품을 팔아 본 일이 없는 그녀로서는 아버지와 마지막 작별을 하기 위해 찾아가면서도 빈털터리라는 게 그렇게 서러울 수가 없었다. 그것이 또 그녀의 눈물샘을 자극했다. 그녀는 핸드백에서 손수건을 꺼내 눈 주위를 훔쳤다.

— 저는 지금 화가가 된 것을 후회하고 있어요.

— 나에게 좋은 생각이 하나 떠올랐어요. 내가 이 자리에서 미스 김의 작품을 하나 삽시다. 나에게 미스 김의 작품을 최초로 살 수 있는 영광을 주면 미국에 돌아와서 돈을 갚지 않아도 되고, 아버님의 장례식에 가서 쓸 돈도 마련되는 것이니 여러 면에서 좋을 것 같소?

— 제 작품이 마음에 드실지 안 드실지 아시지도 못하면서 그런 말씀을 하시는 것은 동정에요.

—동정을 베풀려는 것이 아니요. 아버지의 재능을 이어받은 후 열심히 닦아 온 미스 김의 실력은 아직 제대로 평가를 못 받아서 그렇지 대단히 훌륭할 것 같다는 생각이 들었어요. 나는 장사꾼이오. 나중에 엄청나게 비싸게 팔릴 작품을 지금 헐값에 살 수 있다면 가진 것이라고는 돈밖에 없는 내가 한번 투자해 볼만 하지 않겠소?

— 저를 도와주시려는 뜻은 고맙지만 사양하겠어요.

자존심이 허락지 않아서 그렇게 말한 것이었다. 웬 떡이냐며 선뜻 받아 드린다면 자신이 너무 비참할 것 같았다. 그래서 그녀는 덧붙였다.

— 아직은 헐값에 그림을 넘기고 싶지 않아요.

— 아, 그러고 보니 내 말에 중대한 실수가 있었군요. 헐값이 아니라 부르는 대로 에누리하지 않고 사겠다면 거절할 이유가 없겠지요?

— 진심으로 하시는 말씀이세요?

— 그럼 내가 미스 김을 농락하려고 이런 말을 한다고 생각합니까?

— 믿을 수 없는 제안이에요.

— 이런 인연도 쉬운 것은 아니요. 나는 어쩌면 미스 김을 만나게 되

어 있었고, 미스 김을 만났을 때 도와주라는 어떤 보이지 않는 신의 계
시(啓示)에 따라 이 비행기를 타게 되었는지도 모르는 일이오. 나는 그
림을 꼭 사고 싶소.

— 선생님은 저에게 평생 잊지 못할 은혜를 베푸시기로 작정하신 것
같군요. 어떻게 이런 엄청난 행운이 제가 가장 비참한 상태에 빠져 있을
때 동시에 찾아올 수 있었는지 믿기지 않아요. 정말 고맙습니다. 지금은
그 말씀밖에 드릴 것이 없어요.

그는 그림 값은 나중에 맨해튼에서 만나 다시 조정하자는 식으로 절
차를 밟기 시작했다. 그는 마치 그림 거래를 다른 사람에게 빼앗기지 않
으려는 화상(畵商)처럼 정중하고 진지하게 대했다. 그녀를 대가(大家)로
취급하여 선불을 주는 형식을 통해 곤경에 처한 그녀를 도와주었다. 믿
기지 않는 파격적인 호의였다.

그가 그때 그녀를 돈으로 매수하려는 불순한 동기를 가지고 있었다고
해도 그녀는 그를 원망할 수 없는 입장이었다. 그는 비록 돌아가신 후지
만 아버지에게 효도를 할 수 있는 기회를 준 사람이었다.

그녀는 그가 건네준 돈으로 장례비용을 댈 수 있었다. 돈을 많이 들여
서 사치를 부린 것은 아니었지만, 고달팠던 아버지의 영혼이 쉬기에는
충분한 아담한 묘지였고, 상석(床石)도 제대로 만들어 드렸다.

그녀는 미국으로 다시 돌아오기 직전에 아버지 무덤을 찾아가서 술잔
을 올려놓고 가슴에 맺힌 것을 풀어놓듯 서럽게 울었다. 그리고 그 자리
에서 다짐했다. 아버지, 꼭 세계 현대 회화사(繪畵史)에 김성희라는 이
름 석 자가 올려 지도록 하겠어요. 용서하세요. 그리고 편히 쉬세요.

그녀는 사실 그렇게 서둘러서 미국으로 돌아와야 할 이유가 없었다.
하루빨리 돌아오기를 기다리는 가족이 있는 것도, 사랑하는 사람이 있

는 것도 아니었다. 그러나 그녀는 서둘렀다. 망극한 슬픔에 빠져 있는 어머니 곁에 함께 있으면서 상심을 달래 드리는 시간을 가져야 한다는 생각을 하면서도, 삼우제(三虞祭)를 지낸 직후 뉴욕으로 돌아 올 결심을 한 것은 한시라도 빨리 자신의 성공한 소식을 아버지 영전(靈前)에 받쳐 드리고 싶다는 생각을 했기 때문이었다.

그녀는 값비싼 보석이나 화려한 옷을 탐내본 적은 한번도 없지만 화가로서의 명성을 얻는 것만은 잠시도 잊은 적이 없는, 그림이 소망의 전부인 그런 화가였다. 그 길을 가다가 마침내 뜻을 이루면 더 바랄 것이 없어지는 것이고, 그것이 불가능하다는 것으로 판명된 상태에서 죽게 된다고 해도 최선을 다했기에 후회는 없을, 그런 삶을 살고 싶었다.

최인영이 그녀에게 사준 퍼스트 클래스 티켓은 왕복용이었다. 그녀가 최인영을 다시 만난 것은 바로 미국으로 돌아오는 비행기 안에서 였다. 그녀가 트랩을 통과하여 기내(機內)로 들어가자 이미 탑승하고 있던 그가 자리에서 일어나면서 말했다.

— 장례는 잘 모셨소?

— 어머, 회장님!"

이것이 우연한 재회가 아니었다는 것은 나중에 그의 고백을 통해서 알게 되었다. 그는 볼일이 다 끝나서 귀국을 해도 되는데 그녀의 탑승 여부를 확인하면서 기다렸던 것이라고 했다. 여행사의 도움으로 그녀가 예약을 한 것을 확인하자 바로 그 옆자리에 자기 자리를 잡아 놓도록 했다가 먼저 탑승해서 기다리고 있었다. 그 이유를 이렇게 둘러 댔다.

— 나는 장사꾼이오. 돈을 떼이지 않고 그림을 전해 받으려면 그 정도 는 용의주도(用意周到)해야 되는 게 아니겠소.

처음에는 어디까지나 장사 속으로 그렇게 했다고 말했지만 그 다음에 그는 또 이렇게 실토를 했었다. 그 말을 할 때는 그녀의 요청에 따라 그가 그녀에게 말을 놓았을 때였다.

— 나는 성희 니를 처음 만나는 순간 사랑하게 될 것이라는 예감을 받았었다. 그러니 어떻게 볼일이 끝났다고 하여 나 혼자 훌쩍 돌아올 수 있었겠니. 같이 돌아오면서 아버지의 장례식을 치룬 너의 슬픔을 위로해 주고 싶었다.

그 말을 듣고 그녀가 물었다.

— 지금 저를 사랑하세요?

— 처음 만나던 순간부터라니까.

— 저도 사랑해요.

비행기 티켓이 맺어준 사랑이었다.

그는 그녀를 처음 만나는 순간 사랑하게 될 것이라는 예감을 받았다지만 그녀가 그를 사랑하게 된 것은 그가 정말로 가진 것이라고는 돈밖에 없는 사람이라는 것을 알게 되고부터였다.

그는 예상했던 대로 돈은 많지만 행복하지 못한 상태에 놓여 있었다. 그녀는 행복한 가정에 끼어들어 남의 남자를 가로챈 것이 아니라 그의 부인이 소중하지 않게 여기고 집에서 내돌린 남자를 받아들인 것뿐이었다.

그가 불행한 남자라는 사실을 아는데 많은 시간이 걸리지 않았다. 자신이 불행했기에 그녀는 불행에 익숙해 있었다. 병의 원인은 다르지만 종류는 같은 것이었다. 그래서 동병상련(同病相憐)이 통할 수 있었던 것이다.

성희는 회상에서 벗어났다. 그녀는 콜럼버스 서클을 끼고 돌다가 A 애비뉴 쪽으로 방향을 바꾸었다. 히피와 마약중독자로 보이는 사람들이 웅성거리고 있는 옆을 지나갔다. 그녀는 이스트 빌리지 입구에 도착했을 때 낯선 거리를 헤매고 다니다가 마침내 자기 동네에 들어선 것 같은 친밀감을 느낄 수 있었다.

그녀는 카페 로마로 들어갔다. 오랜만에 너무 많이 걸은 것 같았다. 다리도 아프고, 집으로 들어가기 전에 커피를 한잔 마시고 싶었기 때문이었다. 스탠드에는 방금 전에 잠자리에서 일어나 겨우 눈곱이나 띠고 나타난 것 같은 사람들이 몇 명 앉아 있었다.

성희는 시계를 보았다. 아직 오후 1시가 되자면 30분이나 남아 있었다. 그녀는 아침부터 설치고 다닌 셈이었다. 이곳에는 성희처럼 일찍 일어나는 사람이 별로 없었다. 작업을 하거나 혹은 열띤 논쟁을 하느라고 뜬눈으로 밤을 새운 예술가들은 다른 사람들이 출근을 하기 위해 일어나는 시각에 잠자리에 든다.

이스트 빌리지는 그렇게 잠들었던 예술가들이 일어나서 커피를 마시거나 피자 조각을 씹기 위해 모습을 나타내는 무렵이 되어야 비로소 서서히 활기를 띠게 되는 곳이었다. 지금이 바로 그 시각이었다.

이스트 빌리지는……하고, 성희는 생각했다. 이스트 빌리지에 처음 정착했던 사람들은 유태인들이었다. 그들은 70년 대 초반까지 이곳에서 살다가 돈을 벌게 되자 보다 주거환경이 좋은 곳에 위치한 고급 아파트나, 전원주택을 마련하여 하나 둘 떠나갔다.

그 빈자리를 무직자(無職者)나, 하급노동자, 알코올과 마약중독자들이 메우게 되면서 이스트 빌리지는 급격히 슬럼화되어 갔다. 거기다가 집없는 거지나 부랑자들이 톰킨스 스퀘어 파크로 몰려들어 노숙하면서 일대는 끊임없이 사건이 발생하는 범죄소굴로 통하게 되었다.

그 기간이 대략 10년쯤 된다. 80년대 초반까지 이스트 빌리지에는 헤로인과 코카인으로 누적된 울분을 달래는 중독자들이 우글거렸고, 마약 딜러와 경찰의 총격전이 서부 영화의 한 장면처럼 태연하게 재현되고 있었다.

거지들이 주린 배를 채우기 위해서 범죄를 저지르기 때문에 그것을 막는 미봉책으로 뉴욕 시에서는 이스트 빌리지에다 무료급식소를 만들어야 했었다. 마침내 이스트 빌리지는 경찰력이나 행정력으로는 어떻게 해 볼 수 없는 구제불능의 우범지역이 되고 말았다. 뉴욕 나아가 전 미국의 치부(恥部)가 곧 이스트 빌리지였다.

메시아가 와도 구원하지 못할 것 같은 슬럼가에 기적(奇蹟)이 일어났다. 80년대가 시작되면서 몰려들기 시작한 예술가들이 그 기적의 주역들이었다. 이곳은 우범지역이기 때문에 아파트의 임대료가 저렴했다. 가난한 예술가들에게는 저렴하다는 것이 생명의 위험을 무릅쓰고라도 택할 수밖에 없는 매력적인 요소로 작용했던 것이다.

싸구려 스튜디오에 아틀리에를 꾸민 화가들은 캔버스와 물감을 구할 돈이 없기에 아파트 벽에다가 페인트로 그리고 싶은 욕구를 표출했다. 그렇게 해서 시작된 벽화가 슬럼가의 명물(名物)로 알려지게 되면서 더욱 많은 화가들이 속속 입성하기 시작했다. 그렇게 되자 죽어가던 거리가 활기를 띠면서 살아나게 된 것이었다.

브로드웨이의 대극장에서 연기를 하거나 연출을 맡아보고 싶은 욕망을 가지고 뉴욕에 왔던 배우나 연출가 지망생들이 두꺼운 벽에 좌절을 느끼고 방황하다가 이스트 빌리지로 몰려와서 아무 공간에서나 그들의 절망을 전위극(前衛劇)으로 표출해 보이기 시작했다. 이들의 퍼포먼스는 입장료를 받는 것도 아니고 일정한 장소에서 공연되는 것도 아니었다. 이스트 빌리지에 가면 어느 곳이 될지는 모르지만 틀림없이 행위극

을 볼 수가 있었다. 이런 사실이 또한 이스트 빌리지를 명소로 만들어
갔다.

현대무용가와 조각가와 비디오 아티스트들, 극작가와 소설가와 시인
들이 몰려들고, 영화와 사진과 음악을 하는 사람들이 이곳에 작업장소
를 갖기 시작했다. 그렇게 되니까 그들이 먹고 마시고 이야기를 나눌 수
있는 카페와 레스토랑과 바가 생겨나고 화랑과 영화관과 책방과 그들의
활동을 보도하고 대변하는 신문까지 생겨나게 되었다.

현대 예술에 대한 조명과 진단과 전망을 다루는 세계적인 예술 주간
지인 『The Village Voice』는 처음 이스트 빌리지의 주간동정을 보도하
는 대변지로 출발했었다. 현재 이스트 빌리지에는 60여개에 이르는 화
랑이 성업 중이고, 4,50년대에 제작된 올드 무비만을 상영하는 극장도
있다.

아파트와 쓸모없이 버려져 있던 창고 따위 들이 모두 저렴한 가격에
임대가 되어 예술가들이 활동하는 공간으로 탈바꿈하자 예술가들과 일
시적으로 공존하던 부랑자와 거지와 마약상과 노동자들이 한 명 두 명
씩 떠나가기 시작했다. 미국의 3대 TV 방송국인 ABC, CBS, NBC 등
에서 이스트 빌리지 특집을 방영하자 뉴욕 타임즈와 데일리 뉴스를 비
롯한 유수의 신문들도 이에 동조하여 이스트 빌리지의 기적을 다투어
소개했다. 언론의 집중적인 조명은 이스트 빌리지를 뉴욕의 명소로 다
시 태어나게 하는데 결정적인 공헌을 했다.

미국인 중에서 뉴욕을 방문했을 때 누구나 이스트 빌리지를 둘러보고
가게쯤 되자 관광객을 상대로 한 가게 경기가 활성화되었다. 뉴욕의 명
소는 곧 미국의 명소고 미국의 명소는 세계적인 명소라는 등식이 성립
한다. 전세계에서 뉴욕을 방문한 사람들이 이스트 빌리지를 빼놓을 수

없는 관광명소로 꼽게 되자 이스트 빌리지는 이제 전 세계에서 예술을 지망했거나 그 방면에 종사하고 있는 사람들이면 모르는 사람이 없을 정도가 된 것이었다.

경찰력이나 행정력으로 슬럼가를 소탕하고 정비하여 재건하려고 했다면 무수한 인명이 살상되는 총격전이 불가피했을 것이다. 그러고도 성공적으로 재개발을 할 수 있게 되었을는지는 의문시 된다. 그러나 예술가들은 피 한방울 흘리지 않고 자연스럽게 마약상들을 이스트 빌리지에서 몰아내고 그곳에다가 예술가 마을을 정착시킨 것이었다. 예술의 힘은 이렇게 위대하였다.

그러나 마을이 살아나자 예술가들은 자기들이 건설한 낙원(樂園)에서 추방당해야 할 위기를 맞이하게 되었다. 성희가 이곳에 처음 입성했을 때만 해도 아파트 임대료는 2백 달러 선이었다. 옛날부터 눌러 살고 있는 터줏대감들은 미국 렌트비 인상법에 따라 보호를 받기 때문에 아직도 저렴한 가격에 살 수 있지만, 건물 주인들은 그들이 나가고 새로운 입주자를 받게 될 때 월 1천 달러 이상의 임대료를 요구하고 있는 실정이다.

같은 크기의 스튜디오 임대료가 오래 전부터 산 사람은 싸고 새로 온 사람은 비싸다. 지금은 가난한 후진국 출신의 예술가들은 아예 기웃거릴 생각도 말아야 하고, 일본이나 유럽의 중산층 이상, 중동으로 치면 마음대로 써도 되는 오일 달러를 소지한 귀족 출신이나 올 수 있는 곳이 되었다.

그러니 이제는 이스트 빌리지가 더 이상 가난한 예술가들의 천국은 아니라고 할 수 있었다. 성희도 최인영을 만나지 못했다면 임대료를 감당하지 못해서 싸구려가 있는 그린 포인트 쪽으로 옮겨 갔을 것이다.

성희는 웨이츄레스가 날라다 준 커피를 마시고 있었다. 그녀의 생각은 다시 최인영에게로 향해졌다. 인천공항을 출발한 비행기가 뉴욕의 존 F 케네디 공항에 도착했을 때의 일이었다. 성희는 물론 마중을 나온 사람이 있을 리가 없었다.

그러나 최인영은 다르리라고 생각했다. 많은 직원들을 거느리고 있으니까 그들 중에 누군가가 마중을 나와 있거나 아니면 가족들이 그의 도착을 기다리고 있으리라 여겼었다. 그러나 그도 성희처럼 마중을 나온 사람이 한명도 없었다. 그녀는 이때 그가 외로운 사람이라는 것을 안 느낌이었다.

두 사람이 재회한 것은 뉴욕에 돌아온 지 사흘 뒤였다. 장소는 그녀의 아파트였다. 그를 아파트로 초대하게 된 것은 선불을 받고 작품을 팔았기 때문에 그려 놓은 작품 중에서 마음에 드는 것을 골라 가라는 뜻에서였다. 아파트가 곧 그녀의 작업실이기도 했다.

최인영은 진지하게 그녀의 작품들을 감상했다. 그는 그려만 놓고 표구가 안된 것까지 세세히 살펴본 다음에 말했다.

— 솔직히 말해서 나는 이 방면에 문외한(門外漢)이오. 어느 것을 골라야 할 지 모르겠군요.

— 저는 무명화가이기 때문에 어떤 작품을 골라도 회장님이 이미 지불하신 액수만큼 나갈 작품은 없어요. 원하시면 여러 작품을 가져 가져도 좋아요.

— 난 한 개만 고르겠소. 그러니 앞으로 미스 김이 작품을 팔게 될 때는 내가 지불한 액수 이하로는 절대 거래하지 마시오. 난 손해 보기는 싫습니다.

— 비싸게 팔고 싶다고 해서 원하는 액수대로 받을 수 있는 것이 아니

에요.

─ 원매자(願買者)가 없으면 내가 모두 사는 한이 있더라도 싸구려로 거래되는 것을 보고 있을 수는 없습니다.

─ 그것은 엄청난 손해를 보게 될지도 모르는 위험한 투자에요.

─ 투자에 관한 한은 내가 전문가요. 난 손해볼 짓은 하지 않습니다.

이 때 초인종이 울렸다. 문을 열어보니 아파트 관리인이었다. 그제야 한국에 다녀오느라고 임대료를 내지 못했다는 것을 알았다. 비행기 안에서 최인영에게 그림을 팔고 받은 돈은 아버지 장례식 비용으로 쓰고도 좀 남겨 올 수가 있었다. 빈털터리로 뉴욕으로 돌아오면 당장 곤경에 처하게 될 것을 염려하여 얼마간을 예비해두었던 것이다.

그 돈에서 아파트 렌트비를 내는 것을 지켜본 최인영이 말했다.

─ 상당히 비싼 편이군요.

─ 아마 뉴욕에서 이스트 빌리지만큼 부동산 가격이 하루가 다르게 올라간 지역은 없을 거예요. 십 년 전과 비교해서 렌트비나 집값이 열배는 올랐어요.

그녀는 이스트 빌리지가 성립된 과정을 최인영에게 설명해 주었다. 부동산 전문가인 최인영은 그녀의 말을 경청했다.

─ 나도 이스트 빌리지의 부동산 가격 변동에 대해서는 자세히 조사를 해 두고 있었어요. 대상을 물색했었지만 인연이 닿지 않아 사 둔 물건은 없어요. 십년 전과 비교해서 열 배가 올랐다는 것은 뉴욕 부동산 가격 상승률에 비추어 볼 때 앞으로 십 년 뒤면 지금의 가격에서 다시 열 배는 뛸 수 있다는 얘기가 되지요. 매물(賣物)로 나온 아파트가 있으면 나도 여기다가 투자를 해두고 싶소.

─ 정말이세요?

― 확실하게 가격이 오를 것을 알면서 여유 돈이 있는데 그냥 있을 수는 없는 것 아니오?

― 제가 살고 있는 이 아파트가 바로 매물로 나와 있어요. 저는 주인이 바뀌면 이사를 가려던 참이었어요. 임대료를 더 이상 감당할 능력이 없거든요.

― 내가 이것을 사면 임대료를 받지 않을 테니 이곳에서 그냥 살아도 좋습니다.

― 명분이 없잖아요.

― 장래가 유망한 예술가 한명을 후원해 주는 것이 내가 누려서는 안될 사치라고 여기지는 않습니다. 나는 앞으로도 렌트비를 그림으로 받겠어요. 그림 값도 오르고 아파트 값도 올라갈 것이 틀림없기에 나는 한 번 투자로 일석이조(一石二鳥)의 이익을 거두게 될 것이오.

아파트 매입 건에 대한 이야기는 거기서 끝났다. 그는 그 날 30호 짜리 성희의 그림 한 폭을 챙겨 들고 돌아갔다. 최인영은 말로 그치고 않고 실제로 자기 변호사를 시켜 아파트 매입 건을 추진했다. 그녀는 그 과정에서 아파트를 찾아오는 최인영을 몇 번 더 만날 수 있었다. 그리고 그는 아파트 매입이 완료되자 이미 천명했던 대로 성희가 그곳에서 살 수 있도록 해 주었다.

사실 그녀는 그를 만나지 못했다면 아버지가 세상을 뜨신 것을 계기로 그림 그리는 것을 중단했을 지도 모른다. 아버지의 무덤 앞에서는 화가로서 꼭 성공하겠다는 약속을 했지만, 그리고 그것을 하루라도 앞당기기 위해 서둘러 뉴욕으로 돌아 왔지만, 더 이상 경제적인 부담을 감당할 자신이 없었기 때문에, 그녀는 그림보다 우선은 먹고 살아야 하는 절박한 문제와 싸워야 했을 것이 분명했다. 그는 그녀가 가장 어려운 때 나타나서 그녀의 파산(破産)을 막아주는 울타리가 되어 준 것이었다.

두 사람 중에서 누가 먼저 원해서 육체적인 관계를 갖게 된 것일까. 그는 그녀를 만나는 순간부터 그녀를 사랑하게 되었다고 말했다. 그러나 그는 어디까지나 신사적이었다. 추파를 던지거나 직접적인 유혹을 하지 않았다. 행위 자체만을 두고 말한다면 그녀가 스스로 원해서 옷을 벗은 것뿐이었다. 그는 부담을 느끼지 말라고 했지만 그러지 말라고 해서 느끼지 않을 수 있는 것은 아니었다. 어떤 형식으로든지 보답을 하고 싶었다. 그가 베풀어준 파격적인 호의에 대하여 그런 식으로라도 보답하지 않고는 견딜 수 없었기 때문에 옷을 벗는 것을 자청한 것이었다.

대체 예술이란 무엇인가.

그것이 무엇이기에 이렇게까지 해가면서 매달려 있어야 하는 것일까. 표현하지 않고는 견딜 수 없는 갈증을 외면해 버리면 마치 신이 내렸는데 접신(接神)하는 것을 거부하여 무병(巫病)을 앓게 되는 사람처럼 비실비실하게 된다. 그러니 귀신이 쓰였는지도 모른다.

이스트 빌리지에 몰려든 예술가들은 모두가 가난했다. 그러나 그들은 누구도 가난에서 벗어나는 것이 인간답게 사는 길이라고 생각하지 않는다. 다시는 돌아오지 않을 황금같은 젊은 날을 돈이 아니라 예술을 위해 받치는데 대해 조금도 주저하지 않고 있다. 예술의 길이 영광의 길이라는 보장도 없는데 말이다. 그러기에 그 길은 고난(苦難)의 길이요, 형극(荊棘)의 길이라고 할 수 있을 것이다.

성희는 이스트 빌리지의 사람들이 십자가를 지고 있다는 생각을 해본 적이 있다. 돈만이 행복을 보장해 주는 것이라고 믿고 있는 사람들의 어리석음을 비난하기에 앞서서 위기를 극복할 수 있는 정신적인 유산을 준비해 놓고자 하는 고난의 길을 택한 것이기에 그랬다.

예수가 인간의 죄를 대신 속죄하기 위해서 십자가를 지고 골고다의 언덕을 올라갈 때 그를 이해해 준 사람은 별로 없었다. 조롱하며 질시를 퍼부었을 뿐이었다. 그러기에 예수는 고독(孤獨)했을 것이다.

오늘의 이스트 빌리지의 예술가들이 진 십자가를 이해해 주기에는 물질만능(物質萬能)을 추구해 온 미국인으로서는, 현대인들로서는 불가능할 수밖에 없을 것이다. 돈 안 생기는 일에 목숨을 걸고 있는 예술가들을 이단자(異端者) 취급하는 것이 현실이다. 이스트 빌리지에 몰려드는 관광객들의 눈에서 예술을 이해하려는 진지함보다 동물원의 원숭이를 구경하는 것 같은 호기심이 담겨 있다는 것만 보아도 그 사실은 명백해진다.

그러나 예수를 추종(追從)했던 사람들은 예수의 고독을 이해해 주었듯이 이스트 빌리지의 예술가들이 21세기에 닥쳐올 인간의 위기와 절망을 막아주는 십자가를 지고 있다는 것을 이해해 주는 사람들이 전혀 없는 것도 아니다. 아니 모든 사람들이 다 외면을 해도 이곳에 모여든 예술가들만은 서로를 이해하고 아끼며 격려해 주고 있다. 그러기에 맹모삼천지교(孟母三遷之敎)에서 갈파되었듯 예술을 하는 사람들도 그것을 할 수 있는 환경을 중요하게 생각할 수밖에 없었나 보다.

지금은 다르지만 처음 성희는 최인영을 사랑한다고 말할 자신은 없었다. 그러나 그는 자신이 진 십자가를 이해해 준 남자였다. 그가 고통을 나누어 주었듯, 자신도 그의 고통을 나누어 가져야 한다는 생각을 했었다.

성희는 카페를 나왔다. 행위전과 전위극과 노천카페의 열띤 토론과 벽화와 펑키와 술주정들이 어울려 있는 거리를 따뜻한 애정의 눈으로 돌아보면서 자신의 작업실을 향해 걸어가고 있었다.

아파트 안으로 들어온 성희는 옷을 갈아입으면서 자신의 부재중에 걸려온 전화가 있는가를 확인하기 시작했다. 자동응답기에 첫 번째로 녹음을 남긴 사람은 최인영이었다. 너를 만나러 갈 시간이 없구나. 목소리라도 들으려고 전화했었다. 다시 연락하마.

두 번째는 송예란 기자였다. 오후 내내 신문사에 있을 거예요. 집에 들어오는대로 연락주세요.

성희는 수화기를 집어 들었다. 예란은 그녀의 말대로 신문사에 있었다. 성희가 말했다.

"전화 주셨더군요."

예란이 물었다.

"내년 봄에 뉴욕에서 전시회를 가진 다음 서울에서 귀국전을 하겠다는 계획에 변함이 없죠?"

"현재로는 계획을 변경해야 할 이유가 없어요."

"그럼 지금쯤 해서 뉴욕전과 귀국전을 준비하고 있는 여류화가 김성희 씨에 대한 근황(近況)을 소개하는 것이 어떨까요?"

"글쎄요."

"작품 사진을 곁들인 인터뷰 기사를 실었으면 해요."

"벌써부터 그럴 필요가 있을까요?"

"각오를 새롭게 하는 계기로 삼으세요."

"송 기자님이 그렇게 까지 말씀하시니 사양하는 것도 예의가 아니겠군요."

"토요일이나 일요일 중에서 성희 씨가 좋은 날을 택하세요."

"난 일요일이 좋아요."

"그럼 일요일 낮 12시에 만나서 식사나 같이 하는 게 어떻겠어요. 인터뷰는 그 다음에 성희 씨 집으로 가서 작품을 보면서 하죠. 장소를 성희 씨가 정해요."

"우리 집 근처에 오면 로마라는 이름의 카페가 있어요."

"알겠어요. 일단 로마로 갈께요."

"한 가지만 묻고 전화를 끊겠어요."

"뭐죠?"

"송 기자님은 한국식 식사를 좋아하는 편이에요?"

"우리 집에서는 항상 한국식 음식을 해먹어요. 최소한 아침과 저녁은 꼭 쌀밥과 한국식 반찬이 있는 식사를 하거든요. 난 얼큰하고 매운 것도 좋아해요."

"그렇다면 우리 일요일 날 만나서 한국식으로 식사할까요. 내가 솜씨 한번 발휘해 볼 테니 사먹지 말고 집에서 만들어 먹는 게 좋겠어요."

"한식(韓食)은 다 좋은데 시간이 많이 걸리는 게 흠이더라."

"송 기자님을 모시는데 영광으로 알고 기꺼이 시간을 쓸게요."

3

최인영은 막상 성희와 연극을 같이 보기로 약속하고 나자 티켓이 익명의 우송자에 의해서 보내진 것이라는 사실이 못내 걸렸다. 여전히 누가 무슨 의도에서 보낸 것인지에 대한 정확한 해답을 얻을 수 없었기 때문이었다.

그는 티켓을 보내 주었던 사람도 연극을 보러 올 가능성이 있다고 가정해 보았다. 그러나 다시 곰곰 생각해 보니 그럴 것 같지는 않았다. 마주칠 가능성을 고려했다면 익명으로 보낸 의미가 없어지기 때문이었다.

최인영은 익명의 우송자가 먼저 그 연극을 보고 마음에 들어서 표를 예매하여 보내준 것이 아니겠느냐는 쪽에 더 많은 비중을 두었다. 그것이 사실이라면 티켓을 보내준 사람과 극장에서 마주칠 염려는 없는 셈이었다. 이미 그 연극을 본 사람이 다시 보러올 리는 없기 때문이었다.

그래도 그가 가정해 본 것과는 다른 어떤 저의(底意)에 의해서 익명으로 티켓을 보냈던 것이라면 예상치 못한 돌발사태를 맞이하게 될지도 모르는 일이기 때문에 안심할 수는 없었다. 만사 불여튼튼이라고 했으니 철저하게 대비할 필요가 있었다.

연극의 막(幕)은 금요일 오후 7시 30분에 올라가는 것으로 되어 있었다. 그는 미리 생각해 두었던 대로 공연 예정시간보다 훨씬 먼저 오프 오프브로드웨이에 위치해 있는 극장 앞에 모습을 나타냈다. 그는 짙은 바다색 선글라스를 끼고 중절모(中折帽)를 쓰고 있었다. 가까운 위치에서 마주쳐도 못 알아 볼 정도의 완벽한 변장이었다.

그는 그런 차림으로 골목에 몸을 은신시킨 상태에서 극장의 출입구를 주시했다. 만약 아는 사람이 나타나면 관람을 포기할 생각이었다. 성희가 입장한 것은 7시 15분이었다. 성희 이외는 한시간 이상을 지켜보았지만 아는 사람을 목격할 수는 없었다. 한국인으로 보이는 사람도 없었다.

그는 방심(放心)하지 않고 끝까지 지켜보다가 공연이 시작되기 직전에 극장 안으로 들어갔다. 그가 지정석(指定席)을 찾아 앉자마자 차임벨이 울리며 막이 올라갔다. 미리 입장하여 옆 좌석에 앉아 있던 성희가 어둠 속에서 그의 손을 더듬어 잡았다. 그녀의 입이 그의 귀에 와서 닿았다.

"안 오시는 줄 알았어요."

그는 그녀를 안심시키듯 어깨를 감싸고 토닥여 주었다. 그녀가 그의 어깨에 고개를 얹었다. 긴장이 풀어지자 때아닌 욕망이 불같이 일어났다. 그것은 아주 특별한 반응이었다.

그는 극장 안으로 들어서면서 벗었던 외투로 두 사람의 무릎을 덮었다. 어둡지만 그 어둠에 익숙해진 사람들의 눈을 속일 필요가 있었다. 그는 옷 스치는 소리가 나지 않도록 조심하며 손을 그녀의 스커트 속으로 밀어 넣었다. 그의 손길에 그녀의 비처(秘處)에 형성되어 있는 밀림이 만져졌다.

그녀가 상체를 의자에 깊이 파묻는 자세를 취하자 무릎 부분이 자연스럽게 벌어지면서 보다 용이한 틈입이 유도되었다. 밀림의 중앙은 이미 늪지대였다. 그의 손은 수렁 속으로 깊이 빠져 들어갔다. 말하자면 이런 짓은 상대가 사람을 어떻게 보고 이렇게까지 무시하느냐며 화를 내면 꼼짝없이 치한(癡漢)으로 몰릴 수 있는 신사답지 못한 행동이라고 할 수 있을 것이다. 그러나 받아들이는 쪽에서 문제를 삼지 않으면 별스런 유희(遊戲)가 될 수도 있었다.

바로 그 차이였다. 그의 아내는 잠자리를 깔아 놓고도 곧잘 등을 보이고 돌아 눕는 식으로 그를 거부해 왔다. 남편으로써의 정당한 요구까지 자기가 동하지 않으면 색마(色魔)처럼 왜 이러느냐는 듯이 몰아붙였다. 그는 아내에 의해 점잖지 못한 사람대접을 헤아릴 수 없을 만큼 많이 받아 온 사람이었다.

그러나 성희는 명백히 치한 같은 행동도 저항 없이 수용해 주는 것으로 그런 짓마져 사랑으로 승화시켜 나가는, 그래서 소외니 갈등이니 하는 문제가 개입할 여지를 사전에 봉쇄해 버리는 지혜가 있었다.

그녀의 그런 이해심이 경제적 후원을 받는데 따른 순종이라고는 여기지 않았다. 사랑하지 않는 상태에서 강요되는 의무는 수용상 한계를 보이기 마련이다. 그녀는 아직 거기까지는 되고, 그 이상은 용납할 수 없다는 한계를 보여준 일이 없었다.

최인영은 돈을 세외하고 나면 자신에게 무엇이 남을 것인가를 생각해 보았다. 존경할 만한 인격적 향기나 남다른 매력이 있는 것은 고사하고, 권모술수(權謀術數)에 능하고, 목적을 위해 수단과 방법을 가리지 않는, 사랑하는 여자마저도 능히 제물로 삼을 만큼 잔인한 면이 있는, 그래서 결코 좋은 사람은 못 된다고 스스로를 평했다. 아내가 저항하는 것도 따지고 보면 자업자득(自業自得)이었다.

성희는 결코 최인영의 그런 진면목을 파악하지 못할 만큼 우둔한 여자가 아니었다. 누구보다 잘 알면서도 누구보다 진실로 사랑하는 것으로 상대를 구원하고 스스로도 구원받는 지혜를 발휘하고 있는 것뿐이었다. 성희를 만날 수 있어서 황폐할 대로 황폐했던 가슴이 훈훈해 질 수 있었으니까, 최인영은 두 사람의 관계에서 보다 많은 이득을 본 사람은 성희 쪽이 아니라 자신이라는 생각을 했다.

그는 그녀를 탐험하는 장소가 적당치 않다는데 생각이 미쳤다. 손을 빼내 오면서 무대에 시선을 주기 시작했다. 그러자 이번에는 성희의 손이 코트를 덮어 놓은 밑 쪽 그의 바지 앞부분을 더듬어 왔다. 자꾸를 내리자 잔뜩 화를 내고 있던 그의 남성이 돌출(突出)했다. 그녀는 섬섬옥수(纖纖玉手)로 그것을 천천히 달래기 시작했다. 무대 쪽으로 시선을 던지고 있는 관객들은 누구도 두 사람에게 신경을 쓰지 않았다.

연극의 내용은 마약중독자가 된 딸과 그녀의 아버지 사이의 갈등을 다룬 것이었다. 낳을 수 없는 아이를 임신했다가 중절수술을 한 딸은 수술 뒤의 절망을 크랙으로 잊으려 했다. 중독성이 강한 크랙이라는 마약은 그녀를 절망에서 구원하지 못하고 영원히 헤어날 수 없는 구렁텅이로 몰아넣었다. 마약중독자 수용소에 갇혀있는 딸과 그녀를 면회 온 아버지와의 불꽃 튀는 연기대결이 극의 클라이맥스였다.

브로드웨이의 극장에서 공연되는 연극에 비해 조명이나 음향효과가 많이 떨어지지만 오프 오프브로드웨이 극장에 올린 작품다운 실험정신과 전위적인 요소가 그런대로 극적 성공을 보여주고 있었다. 무명이지만 딸인 스텔라 역을 맡은 여배우의 연기는 수준급이라고 할 수 있었다.

최인영은 연극을 보면서 딸 수지를 떠올려 보았다. 수지가 자신이 모르는 사이에 남자와 잠자리를 같이 하고 마약까지 입에 대는 탈선(脫線)을 하고 있는 것이 아닐까 하는 상상을 하자 가슴이 철렁했다. 그러나 그는 이내 고개를 내저었다.

그럴 리는 없었다. 남자를 알 나이가 충분히 되었다는 것은 인정하지만 세계적인 명성을 획득한 천재 피아니스트답게 딸은 피아노 밖에 모르는 아이였다. 남편감을 찾아 주어야 하는 고역을 시킬 것 같아 그것을 걱정해야 될 판이니 다른 문제가 있다고는 여길 수가 없었다.

수지는 자기의 생모(生母)를 빼꽂은, 그래서 천상 여자라고 할 수 있는 수동적인 성정의 소유자라고 할 수 있었다. 사춘기를 반항 없이 잘 넘겨 주었다. 피아노뿐만 아니라 학업성적도 줄곧 우수했었다. 자칫 빗나갈 수 있는 환경에 처해 있었지만 아무 탈 없이 잘 자라 준 것을 생각하면 대견하고 고마울 뿐이었다.

연극은 7시 30분에 막이 올라갔다가 정확히 9시 30분에 막이 내려진 두 시간짜리였다. 불이 들어오기 전에 성희는 서둘러 극장을 빠져 나갔다. 벗어 놓았던 바바리코트를 입은 최인영은 그와 반대로 아주 늑장을 부리며 극장 문을 나섰다. 입장할 때와 마찬가지로 나갈 때도 아는 사람은 만나지 않았다.

두 사람은 사전에 약속이 되어 있던 술집에서 다시 만났다. 그는 스카치를 주문했다. 성희는 코냑을 원했다. 두 사람은 마침내 아는 사람을 마주치지 않고 무사히 연극 구경을 마쳤다는데 대해 안도할 수 있었다. 마치 중대한 일을 성공적으로 수행해 낸 것 같은 성취감마저 느끼며, 서로의 잔을 들어 올려 마주 부딪쳤다.

그녀가 잔을 내려놓으면서 속삭였다.

"아파트에 들렀다 가실래요?"

정상적인 사람들처럼 낮이 아니라 밤에 사랑을 나누는 것도 해 보고 싶다는 뜻으로 들렸다. 많은 위험 부담을 감수하면서 그녀를 즐겁게 해 주기로 작정한 날이었다. 그는 고개를 끄덕였다. 그녀가 다시 말했다.

"그럼 그만 가요?"

거리에는 어둠이 진주해 있었다. 그녀는 그의 팔에 매달렸다. 그녀의 그런 행동이 신경은 쓰였지만, 그녀에게 실망을 주고 싶지 않았기 때문에 떨어져서 걷도록 하지는 않았다. 남의 시선을 의식하지 않고 마음껏 사랑을 표현할 수 있는 상태에 놓여 있는 것이 그렇지 못한 사람의 입장에서 보면 큰 축복이 된다는 것을 새삼스럽게 느낄 수 있었다.

아파트는 두 사람에게 긴장감을 풀어주는 은신처(隱身處) 역할을 충분히 수행했다. 그녀는 현관문을 채우고 돌아서면서 지체 없이 그의 목에 팔을 두르며 까치발을 했다. 그가 그녀의 젖은 입술에 자신의 마른 입술을 가져다 대었다. 그녀는 그의 혀를 자기의 입안으로 맞아들여 세차게 빨기 시작했다.

그녀는 목에 둘렀던 팔을 풀어 그의 바지에 있는 자크를 내렸다. 갇혀 있던 남성이 돌출되었다. 그가 그녀의 스커트를 올리며 그 안으로 그것을 밀어 넣었다. 그러자 그녀가 그의 허리로 뛰어오르면서 발을 감았다. 그녀의 무게를 지탱할 수 없었던 그는 그녀를 벽에다가 밀어붙였다.

그녀는 급속도로 달아오르고 있었다. 아무래도 처음 취해보는 자세였기 때문에 소방대책이 미흡했다. 지체하면 숯검정이 될 것 같은 그녀를 불길에서 건져내기 위한 구조작업의 일환으로 그는 그녀를 번쩍 들어안고 침실로 들어갔다. 밀착에 방해가 되는 차폐물들을 빠르게 제거시키는 작업이 선행되었다. 진화는 맞불 작전을 동원했다. 그녀가 격렬한 만큼 그도 격렬했다.

무엇이든지 최선을 다하는 것은 자기 앞에 주어진 생을 충실하게 살려는 의욕의 표현이라고 할 수 있을 것이다. 밥을 먹을 때는 그것을 아주 맛있게 먹는 자세가 필요하다. 공부를 할 때는 최선을 다해 정진하는 것이 중요하다. 사업도 그렇게 해야 하며 그림도 그런 자세로 그려야 한다. 섹스도 하는 듯 마는 듯 무성의한 것은 상대를 기만하는 것이며, 자기 자신에게 충실하지 않은 자세라고 할 수 있었다. 성희는 잔해(殘骸)가 조금도 남지 않도록 혼신(渾身)의 힘을 쏟았다.

그런 그녀를 어찌 사랑하지 않을 수 있겠는가. 그런데 정작 본인은 그게 아닌 모양이었다. 그녀가 물었다.

"제가 창녀 같다는 생각 안 드세요?"

"웬 자학(自虐)이냐?"

"죄의식을 떨쳐 낼 수가 없어요. 이래서는 안될 것 같고, 사모님에게도 죄를 짓는 것 같아요."

"우리 부부는 부부지만 서로에게 애정이 없는 상태라는 것을 잘 알면서 그런 말을 하느냐. 죄의식 느끼지 않아도 된다."

"회장님과 만났다가 헤어질 때면 다시는 못 만날 것 같은 생각이 들어요. 그래서 매 번 그것이 최후의 만남이라는 생각으로 임했어요. 최선을 다했으니까 회장님을 다시 못 만나게 돼도 후회는 없을 거예요."

"네가 나를 떠나야 한다면 보내주겠지만 내가 먼저 너에게 헤어져야겠다는 말을 하는 일은 없을 것 같다."

국회의원을 포기할 수는 없지만 성희도 포기하고 싶지 않은 것이 솔직한 그의 심정이었다. 그는 두 마리의 토끼를 잡으려고 하면 한 마리도 얻을 수 없게 된다는 교훈을 좀 더 신중하게 생각해 보았어야 했다.

최인영은 집으로 돌아가기 위해 침대에서 일어나며 말했다.

"넌 그대로 있거라."

그녀는 벗은 채로 누워서 최인영이 옷을 입고 있는 것을 지켜보다가 뜬금없는 질문을 했다.

"저기요……사람들이 왜 동성연애를 한다고 생각하세요?"

최인영이 침대 위로 걸터앉으며 대답했다.

"변태적 성향이 아닐까?"

"그런 케이스도 있을 거예요. 그렇지만 그게 전부는 아니라고 생각해요."

"네가 생각하는 또 다른 이유는 무엇이냐?"

"외롭기 때문이에요."

"외로워서 동성연애를 한다. 글쎄다……?"

"외롭다는 것이 어떤 것인지 아세요. 어떻게 살아야 할지 막막하고, 암담하고, 돈도 한 푼 없고, 오갈 데도 없어서, 웨이츄레스의 눈총을 받아가며 커피숍의 구석지에 앉아 자살할 것을 생각하고 있었다고 가정해 봐요. 그런 상태에 놓인 그림이 떠올라요?"

"계속하거라."

"그럴 때 그에게 다가와 따뜻한 커피를 사주며, 다정한 말로 위로를 해 준 사람이 동성연애자였다고 생각해 보세요. 그런 상태에선 동성연애자가 이끌면 따라 나설 수밖에 없지 않겠어요."

"……"

"상대가 에이즈 환자냐 아니냐는 둘째 문제에요. 당장 외로움과 절망 때문에 죽을 생각을 하고 있었던 사람에게는요."

"그럴듯하구나."

"성희는 얼마나 다행인지 몰라요. 동성연애자가 아니라 이성인 회장님을 만나 제가 여자라는 것을 느낄 수 있었다는 것만도 큰 축복이었는데, 게다가 회장님은 제가 그림을 계속할 수 있도록 해 주셨고, 연극도 같이 관람하는 횡재도 시켜 주었어요. 무엇보다 제가 자살의 유혹에서 벗어날 수 있도록 해 주셨으니 얼마나 많은 도움이 되는지 몰라요. 에이즈가 문제되지 않는 사람이 있듯 저도 죄책감을 문제 삼기에는 너무 힘들었어요."

"녀석 꼭 죽을 사람같이 말을 하는구나."

"진심으로 고마웠어요. 사람은 언제 죽을지 아무도 몰라요. 만약 다시 회장님을 만나지 못하고 죽게 된다면 진심으로 고마웠다고 한 말이 제 유언이라고 여기세요."

"녀석아, 아무리 젊은 네가 나보다 먼저 죽는 일이 있을 수 있겠느냐. 가정이라도 끔찍하니 그런 말은 하지 마라."

"미래에 대해서는 아무도 몰라요."

"그렇더라도 그런 말은 하는 게 아니다. 네가 그렇게 말하니 나도 한마디 해야 겠구나. 횡재를 한 사람은 바로 나다. 네가 얼마나 나에게 많은 것을 주었는지 아느냐. 고맙다, 성희야. 나도 진심이다."

최인영은 이불을 끌어다가 다독여 주면서 말했다.

"미안하구나. 너를 두고 가고 싶지 않지만 가야 하는 것이 내 입장이다. 서로 진심에서 같이 있고 싶어 한다면 언젠가는 그런 날도 올 것이다. 문은 내가 밖에서 걸고 갈 테니 그냥 누워 있거라."

그가 일어섰다. 그녀는 일어서지 않았다. 일어서면 눈물이 쏟아질 것 같았기 때문이었다. 그녀는 그가 시키는 대로 누워서 작별의 말을 했다.

"오늘 정말로 고마웠어요. 안녕히 가세요."

최인영이 그녀의 아파트를 나온 것은 밤 11시 경이었다. 그가 롱아일랜드의 바닷가에 위치해 있는 자기 집에 도착한 것은 11시 50분이었다. 트래픽이 심할 때면 두 시간도 넘게 걸리고, 낮 시간이라면 보통 한 시간 정도가 소요되는 거리임을 감안할 때 일찍 도착한 것이었다.

이 시간이면 대개 가족들은 각기 자기 방에 있기 마련인데, 이 날은 거실에 함께 모여 앉아 있다가 그를 맞아 주었다.

4

예란은 시계를 보았다. 시계 바늘은 12시 10분을 가르치고 있었다. 그것은 약속시간이 10분 지났다는 것을 의미하는 것이었다. 그녀는 고개를 갸우뚱했다. 성희는 아직까지 한번도 약속을 어기거나 늦게 나타난 일이 없는 여자였다.

더욱이 두 사람이 만나기로 한 장소가 성희의 집에서 엎어지면 코 닿을 때 있는 이스트 빌리지였기 때문에 오는 도중 교통체중에 걸렸다고 볼 수도 없었다. 이상한 일이라는 생각이 들기 시작했다.

오늘의 약속을 정할 때 성희는 점심을 한식으로 준비할 뜻을 비쳤었다. 채 찌개가 다 끓지 않아서 그것을 지켜보느라 좀 늦어지는 것일까.

다시 또 10분이 더 지나갔다. 오늘의 만남이 식사를 같이하는데 목적이 있는 것은 아니었다. 그녀의 전시회에 관한 취재를 하기로 되어 있었다. 친구로서 만나는 것이 아니라 화가와 취재기자로서 만나기로 했다는 것을 고려하면 이제 찌개 문제는 아니라고 보아야 할 것 같았다.

전화를 걸어볼까 하다가 조금만 더 기다린 후로 미루면서 예란은 화가 김성희에 대하여 생각해 보기 시작했다. 예란이 성희의 작품에서 본 것은 불꽃이었다. 그것은 자기에게 주어진 생을 최선을 다해 살고 있는 열정이 있는 사람만이 피워낼 수 있는 섬광 같은 것이었다. 그래서 때로 그것은 오늘이 지상(地上)에서 머무는 마지막 날이라는 것을 알고 있는 사람이 남아 있는 에너지를 몽땅 쏟아 부은 것 같은 느낌을 주었다. 예란은 그녀의 작품을 보고 있으면 숨이 막히는 것을 느끼고는 했었다. 그래서 말한 일이 있었다.

— 성희 씨 작품을 보면 머지않아 죽을 사람같애요

그 말을 들은 성희가 깜짝 놀라는 표정을 지었던 기억이 난다.

— 어머, 어떻게 알았어요. 내가 시도 때도 없이 죽는 상상을 하면서 지낸다는 것을……. 난 자살의 유혹을 많이 느껴요.

— 자살하지 않아도 머지않아 죽게 되어 있는 것이 우리네 생명인데 뭘 그렇게 서둘러서 가려고 해요.

— 살아서 남에게 폐만 끼치고, 살아남기 위해 태어나면서 부여 받았던 순수함을 자꾸만 상실해 간다면, 산다는 것은 죄를 저지르는 것 이외에 아무 것도 아니라는 생각이 들어요.

— 말이 씨가 된대요. 그런 생각을 많이 하면 생각하는 대로 될 수도 있으니까 그만두는 것이 좋겠어요.

— 죽는 것만큼 우리가 해볼 만한 일도 없을 거예요. 그렇지만 걱정할 것 없어요. 난 결국은 죽지도 못하고 살아남아서 많은 업(業)을 짓게 될 것이 틀림없으니까.

— 업을 녹이기 위해서 그림을 그리고 있다는 말로 들리는데요.

— 그럴 지도 모르죠.

그녀의 작품에는 업이라는 동양적인 운명관이 융해(融解)되어 있기도 했다. 살풀이니 씻김굿이니 하는 따위의 제목이 붙어 있는 작품이 특히 그랬다. 그녀는 지극히 한국적인 소재를 불꽃으로 대변될 추상적 테크닉으로 형상화시켜 놓고 있었다. 그래서 화폭에 옮겨진 살풀이나 씻김굿은 구상화된 무녀(巫女)가 아니라, 무녀의 최고로 엑스터시한 정신세계에 대한 접근을, 섬광으로 표현했다고 할 수 있었다. 섬광이면서 또한 예리한 칼날이었다.

예란은 그녀의 작품 앞에 섰다가 칼날에 도려지는 것 같은 섬뜩함을 느낀 적이 있었다. 이만큼 치열한 정신세계를 화폭에 옮겨놓은 화가를 보지 못했던 예란은 성희의 그림을 누구보다도 사랑하는 사람이 되었다. 그래서 그녀는 성희의 작품이 뉴욕에서 활동하는 저명한 비평가들에 의해 평가받을 수 있는 기회를 가질 수 있도록 하는데 힘을 보탤 생각까지 한 바 있었다. 귀국전에 앞서서 먼저 뉴욕에서 전시회를 가지라고 권한 것도 예란이었다.

예란은 성희가 뉴욕 전시회를 가지면 평론가와 뉴욕 타임즈의 미술 담당 기자를 전시장으로 부르는 역할을 담당하겠다는 말로 그녀를 고무(鼓舞)시켜 온 터였다. 한국에서 나와 있는 특파원들을 동원하여 그녀의 뉴욕전에 대한 기사가 한국에도 대대적으로 알려질 수 있도록 주선할 참이었다. 성희는 언론의 조명을 받을 가치가 충분히 있을 만큼 진지하고 예술적 성취도가 높은 화가라는 것이 예란의 판단이었다.

예란은 다시 시계를 보았다. 분침이 30분 언저리에 머물러 있었다. 배속에서 꼬르륵 소리가 들려왔다. 예란은 일어나서 샤워를 하고 간단히 화장을 하고 옷을 챙겨 입는데 모든 시간을 다 썼을 만큼 늦게 기상했었다. 서둘러야 했기 때문에 식사 같은 것을 할 여유가 없었다. 허긴 그녀가 늑장을 부린 데에는 처음부터 아침을 먹을 생각이 없었던 때문이기도 했다.

성희가 한국식 음식을 마련해 놓을 것임이 틀림없다고 예상되었기에 토스트에다가 커피를 곁들이는 빈약한 내용물로 배를 채워두지 않는 게 좋겠다는 판단이 들었었다. 예상대로라면 지금쯤 예란은 성희와 만나 커피를 마시고 그녀를 따라가서 맛있는 한국요리가 푸짐하게 차려져 있는 식탁에 마주 앉아 있을 시간이었다. 세상에 내 이럴 줄 알았다니까. 이렇게 많이 만들려면 엊저녁부터 요리를 시작했을 것 같아요. 야, 맛있다.

그런데 왜 그렇게 진행되지 않고 있단 말인가. 30분씩 그녀가 늦는다는 것은 그 자체로 굉장한 사건이었다. 결코 약속을 일방적으로 파기(破棄)하거나 늦게 나올 사람이 아니기에 그렇다. 예란은 더 이상 기다리고만 있어서는 안 된다는 판단 하에 핸드폰을 꺼내 들었다.

그녀의 전화번호를 입력시키자 곧 신호가 가기 시작했다. 벨소리가 계속되어도 받지를 않더니 그 끝에서 자동응답기가 작동되었다. 하이, 디스 이즈 성희 킴. 아엠 쏘리. 아이 캔 앤써 엣 디스 모멘트. 쿠쥬 유어 네임 앤 폰넘버 애프터 빕 사운드. 아이 윌 빽츄 애스 순 애스 파서블. 땡큐.

이 무슨 해괴한 일인가. 어째서 지금 이 순간에 전화를 받을 수 없는

지에 대한 설명은 없이 자동응답기만 작동을 시켜 놓았단 말인가. 세 가지가 상상되었다. 부재중이거나, 전화를 받고 싶지 않은 상황에 놓여 있거나, 전화를 받을 수 없는 상태에 처해 있다는 게 그것이었다. 그렇지만 어떤 것이 되었든 약속을 지키지 않은데 대한 납득할만한 설명으로 대체되지는 않았다.

부재중(不在中)이라면 피치 못할 일이 생겨 외출했다는 말이 된다. 살다가보면 그럴 수는 얼마든지 있다. 그러나 그렇다면 왜 전화를 사전에 걸어주지 않았단 말인가. 예란은 성희에게 자신의 집전화번호와 핸드폰번호까지 알려준 바 있었다. 전화번호를 적은 수첩을 소지하지 않고 외출했다면 교환에게 물어서 최소한 약속장소인 로마로는 전화를 걸어 줄 수 있었을 것이다. 전화가 없는 곳에 납치되어 있는 것이 아니라면 말이다.

집에 있으면서 전화를 받고 싶지 않은 상황에 놓여 있다는 것은 가정은 할 수 있지만 말이 안되는 것이었다. 취재약속을 해 놓고 전화를 받고 싶지 않은 상황에 놓였다는 것은 있을 수 없기 때문이었다.

전화를 받을 수 없는 상태에 처해 있다는 것은 무엇을 뜻하는 것일까. 자살이라도 한 것일까. 설마 누군가에 의해서 살해된 것은 아니리라. 그럴 만큼 무엇을 잘못했거나 남으로부터 원한(怨恨)을 사면서 살아온 여자라고는 믿을 수 없기 때문이었다.

예란은 사고라고 단정지었다. 약속을 지키지 않았다는 게 그렇고, 자동응답기만 돌아가고 있는 것이 그렇고, 사고가 아니면 설명이 안되기에 그렇게 여겨졌다. 그녀는 꼬르륵 소리를 내던 식욕이 싹 자취를 감춘 것을 알았다.

예란은 40분이 지났을 때 카페에서 나왔다. 성희의 집은 그 카페에서 걸어서 10분도 걸리지 않는 곳에 있었다. 그녀의 집 근처에 와 있는데 약속이 지켜지지 않았다고 하여 그것을 그녀의 책임으로 돌리고 그냥 돌아갈 수는 없었다. 어쨌든 아파트를 찾아가서 이웃사람들에게라도 그녀의 행방에 대해여 물어보아야 할 것 같았다.

예란은 성희의 아파트로 가면서 혹시나 하여 거리를 유심히 살폈지만 허둥지둥 달려오는 성희를 발견할 수 없었다. 교통사고 같은 것을 당한 장면도 목격되지 않았다. 마침내 그녀는 아무 진전 상황이 없는 상태에서 A 애비뉴에 위치해 있는 성희의 아파트 앞에 도착했다. 그녀는 먼저 현관 로비 입구에 비치되어 있는 인터폰으로 연락을 취해 보았다. 역시 응답이 없었다.

그녀의 아파트 홋수는 203호였다. 이층으로 걸어 올라간 그녀는 현관에서 초인종을 눌러 보았다. 인터폰으로 연락을 취했을 때 응답이 없었는데, 초인종에 대하여 응답할 리가 없었다. 그녀는 202호의 초인종을 눌렀다.

202호에서 얼굴을 내민 사람은 머리가 여자인지 남자인지 모를 만큼 기른, 그러나 수염으로 해서 남자라는 것은 알 수 있는 히피였다. 예란은 그에게 203호의 주인이 외출하는 것을 보았느냐고 물어 보았다. 그는 어깨를 들썩 해보였다. 약속이 되어 있었는데 나타나지 않아서 직접 찾아 와 봤다는 그녀의 설명을 듣더니 그가 말했다. 아마 깜빡 잊어버리고 다른 볼일을 보러 간 것이 아니겠느냐고. 어쩌면 데이트 중일 지도 모르겠다는 농까지 곁들였다.

성희는 그럴 여자가 아니었다. 자기와의 약속을 깜박할 만큼 무신경한 여자가 절대 아니었다. 이미 약속이 되어 있는 시간에 다른 남자를 만나서 같이 보내느라고 먼저 한 약속을 속절없이 깨버릴 여자는 더더욱 아니었다. 히피가 번지수를 잘못 짚어도 한참 잘못 짚은 것이었다.

대체 무슨 일일까.

그녀는 아파트 관리인을 만나서 예비 열쇠를 얻어 성희의 아파트 안으로 들어가 보고 싶었다. 그러나 성희가 그 안에 있으면서 응답하지 않았다는 것은 그녀가 이미 이 세상 사람이 아니라는 것을 뜻하기에, 설마 그런 일이 발생했으리라고 까지는 상상하고 싶지 않았기에, 30분쯤 더 그곳에 머물면서 현관을 출입하는 그녀의 이웃들을 대상으로 수소문하다가, 끝내 아무 소득도 올리지 못하자, 하릴없이 그곳을 떠날 수밖에 없었다.

그녀는 전철을 타고 자기 집이 있는 우드사이드로 돌아오면서 아파트 관리인을 만나지 않은 것을 후회했다. 사고를 당했거나 자살을 했을 지도 모른다는 불길한 예감이 그녀의 뇌리를 떠나지 않았기 때문이었다. 그러나 친구라면서 예비 열쇠로 아파트를 열어 달라고 했어도 관리인은 순순히 응해 주지 않았을 것이다. 친구라는 것을 그가 믿을 수 없을 것이기 때문이었다. 설령 친구라는 것을 인정한다고 해도, 아파트 주인의 허락이 없는 상태에서 문을 열어 주었다가, 나중에 주인으로부터 힐책을 받을 가능성이 있기에, 어차피 그를 설득하는 일은 불가능했을 것이라고 여겨졌다.

어디 가서 놈팽이와 재미라도 보고 있겠지 못된 계집애. 그런 식으로 그녀를 매도할 수 있다면 예란은 성희의 증발에 대해서 모른 척할 수가 있었다. 그러나 아무리 다시 생각해 봐도 성희는 절대 그런 여자가 아니었다. 그녀는 진우를 생각했다. 진우하고라도 상의를 해 보아야 한다고 생각했다. 그녀는 우드사이드에서 내리려던 생각을 바꾸어서 7번 전철의 종점인 플러싱까지 그냥 타고 갔다.

전철에서 내려 메인 스트리트로 나온 그녀는 진우의 집으로 전화를 걸었다. 그러나 그도 부재중이었다. 취재 약속이 있다는 말을 들은 기억이 나지 않았다. 핸드폰으로 연락하자 전원이 꺼져 있다는 안내말만 흘러 나왔다. 이 사람은 또 어떻게 된 거야.

예란은 근처에 위치해 있는 알렉산더 백화점으로 들어가서 천천히 매장을 둘러보며 시간을 보냈다. 그녀는 자신을 위해서는 스카프를 골랐다. 그리고는 진우에게 선물할 요량으로 스웨터를 하나 샀다. 머지않아 추워질 것에 대비한 것이었다.

그가 어떤 표정을 짓고 자신의 선물을 받을지 상상이 되지 않았다. 술이라면 언제나 땡큐하면서 받아들이지만 스웨터는 좀 다를 것 같았다. 어쩜 고맙다는 말을 하고 순순히 받고, 답례를 하는 것으로, 신세졌다는 기분에서 벗어나는 방법을 취할 지도 모르는 일이었다. 한 걸음 다가가면 가까워질 것 같은 위치에 있으면서도 그는 언제나 다가간 만큼 뒤로 물러나면서 거리를 유지하고 있었다.

예란은 쇼핑이 끝나자 다시 진우에게 전화를 걸어 보았다. 여전히 그는 부재중이었다. 혹시나 해서 성희에게도 시도해 보았지만 역시 마찬가지였다. 성희의 행방을 모른다는 것이 걱정되었지만 진우의 행방 역시 현재로는 오리무중(五里霧中)이었기에 진우에게 신경쓰느라고 성희 문제가 잠시 뒷전으로 물러났다.

진우와 통화가 안된다고 해서 그 역시 실종(失踪)된 것이라고 여겨지지는 않았다. 같은 이유에서 성희도 별일이 아닐지도 모른다는 생각을 함으로 하여 비극적인 상황에 대한 가능성을 희석시켰다.

두 사람 모두 연락이 되지 않자 예란은 문득 소외감을 느꼈다. 그녀는 어둠이 내리는 거리를 지향 없이 거닐다가 눈에 들어오는 대로 스탠드

바로 들어가 칵테일을 주문했다.

예란은 성희와 점심을 같이 먹는다는 약속이 되어 있었기 때문에 아침부터 굶기 시작하여 하루 종일 아무 것도 먹지 않은 상태였다. 그러나 식욕은 전혀 없었다. 맥도널드에 가서 빅맥이라도 하나 사 먹으려다가 음식물이 목구멍으로 넘어갈 것 같지가 않아서 그만둔 터였다. 한번 식욕이 달아나면 쉽사리 되살려지지 않기에 살이 찌지 않는 모양이다. 그녀는 빈속에다가 주문한 칵테일을 부어 넣었다.

뱃속이 짜르르 해지더니 이내 온몸이 나른해져 왔다. 그로부터 몇 잔의 술과 남아 있던 담배를 다 피우면서 간간히 진우와 성희에게 번갈아가며 전화를 걸어 보았지만 두 사람 다 연락이 안되기는 마찬가지였다. 소외감은 전화를 거는 횟수가 많아질수록 깊어갔다. 그녀는 자정이 넘어서 귀가 했다.

아파트의 공간에 갇혀있던 어둠과 어둠에 묻혀있던 침묵이 그녀의 어깨를 짓눌러 내리고 있었다. 그녀는 진우에게 주려고 산 스웨터를 안고 침대 위로 쓰러졌다. 취기가 엄습해 오며 그녀는 잠으로 빠져 들고 말았다. 잠은 얼마간 그녀를 소외로부터 구원해 주었다.

5

월요일 아침 편집국 안으로 들어서는 예란의 시선은 곧장 진우가 앉아 있는 자리를 향해 뻗쳐 갔다. 진우는 자기보다 먼저 출근하여 벌써 일을 시작한 상태였다. 그것이 확인되자 우선 안도할 수 있었다. 진우만 예로 든다면 하루 전화 연락이 안 되었던 것이 곧 사고를 의미하는 것은 아니라는 등식이 성립하는 셈이었다.

예란은 자기의 의자 뒤에 놓여 있는 옷걸이에다가 바바리코트를 벗어 걸고 자리에 앉자마자 수화기를 집어 들었다. 성희에게 통화를 시도하기 위해서였다. 이내 진우는 정상으로 돌아와 있지만 성희는 여전히 그녀의 작업공간에 복귀(復歸)하지 않은 것으로 밝혀졌다. 자동응답기가 작동되었기 때문이었다. 하이, 디스 이즈 성희 킴. 아엠 쏘리. 아이 캔 앤써 엣 디스 모멘트……. 예란은 끝까지 들을 필요도 없었다. 그녀는 수화기를 내려놓으며 어제보다 한층 깊은 우려 속으로 빠져 들었다.

신문사 편집국의 활기는 기자들이 출근하는 것을 기다렸다가 꼬리에 꼬리를 물고 울려대기 시작하는 전화벨소리와 더불어 찾아온다. 통신을 수신하는 프린터의 찌지직 소리는 편집국을 편집국답게 만드는 빼놓을 수 없는 음향효과라고 할 수 있었다. 기사를 작성하기 전에 전화통에 매달려 보충취재를 하고 있는 기자들의 이것저것 취조하듯이 묻고 따지며 확인하는 특유의 말소리가 한창 어우러지면 편집국은 마치 시장통을 연상하듯 웅성거린다.

월요일 아침은 특히 더한 편이었다. 토요일과 일요일 사이에 개최된 행사도 많고, 소회시켜야 할 기사가 많으니까 통화량도 많을 수밖에 없었다. 그러니 일을 시작하기 전에 커피 한잔 마실 여유도 없는 셈이었다. 그런 내부 사정을 누구보다 잘 알고 있는 예란은 눈코 뜰 사이 없이 바쁜 한 때가 지나기를 기다렸다가 진우에게 통화를 시도했다.

"나야 진우 씨, 지금 바빠?"

진우는 예란의 테이블 쪽을 바라보았다. 고개를 숙인 상태여서 그녀의 얼굴 모습은 보이지 않았다. 시선을 거두어 오면서 진우가 물었다.

"왜?"

"할 말이 있어. 옥상에서 잠깐 만날 수 없을까?"

AP통신이 타전한 뉴욕 메트로폴리탄 뉴스의 점검을 막 끝낸 상태였다. 일이십 분의 블랙타임을 가진 후에 통신 점검을 하면서 기사로 쓰기 위해 오려논 것들을 정리해도 늦을 것 같지는 않았다.

그는 이의를 달지 않고 명쾌하게 말했다.

"알았어. 먼저 가 있어 곧 뒤따라갈게."

그녀는 수화기를 내려놓는 것과 동시에 자리에서 일어나 진우의 앞쪽으로 나있는 통로를 통해 밖으로 걸어 나갔다.

진우는 방금 또박 또박 소리를 내며 사라져간 예란이 만만찮은 여자라는 것을 잘 알고 있었다. 그녀는 명석한 두뇌를 소유하고 있었다. 매서운 펜으로 빈틈없이 깐깐한 기사를 작성하고 있는 편집국의 베테랑이었다.

가령 백악관의 안주인을 특별 인터뷰해야 할 경우 편집국장은 퍼스트 레이디를 만나도 위축되지 않고, 세련된 매너로 요리할 수 있는 재치에다가 미모까지 겸한 기자를 선택해서 보내야 하는 문제로, 자신의 스텝 중에서 누가 적임자일까에 대하여 검토해 보지 않을 수 없을 것이다. 그럴 때 일순위로 지명되는 기자가 예란이라면 그녀가 캐리어 우먼이라는 것이 입증되는 게 아닐까.

그녀는 그렇게 선택되어서 전임 퍼스트레이디를 재직 시에 만난 일이 있었다. 신임 퍼스트레이디도 백안관 안주인이 된 직후에 만나서 능수 능란하게 공세를 펴, 사전에 제시했던 질문 리스트에 없는 것들까지 언급하도록 유도한 다음, 독자들이 모두 읽어봤을 것이 틀림없는 전면판 기사를 작성한 경력을 가지고 있었다.

대통령 부인이라고 해도 마이너리티 페이퍼 출신의 기자라고 하여 가볍게 보고 무성의한 자세로 인터뷰에 응했다면 충분히 따끔한 일침을 가했을 여자가 예란이었다. 그러니 편집국에서 누구도 그녀를 여자라고 하여 만만히 보지는 않고 있었다. 동료들에게 실없는 농담을 허락하지 않으며, 자기의 의사에 반하면 당당한 논리로 상대를 제압하는 그녀는 확실히 빈틈이 없는 여자였다. 그런데도 동갑내기 동료인 진우에게만은 언제나 누나처럼 너그러웠다.

왜 그랬던 것일까.

할 이야기가 있다니 결코 가볍게 받아 넘길 수 없는 것일지도 모른다는 생각이 진우의 뇌리를 스쳐갔다.

그는 테이블 위에 내놓았던 담뱃갑을 챙겨들고 편집국을 나와 옥상으로 올라갔다. 그녀는 옥상의 끝 난간에 뒷모습을 보인 자세로 서서 멀리 강 건너 맨해튼 쪽을 바라보고 있었다. 그가 그녀의 곁으로 다가가자 거 피잔을 내밀었다.

"그대가 마시는 습성대로 설탕은 타지 않고 생크림만 넣었어."

그녀는 옥상으로 올라오기 전에 구내매점에 들렸던가 보았다.

진우는 황송한 표정을 지었다.

"눈물나려고 하네."

"나나 되니까 쓴 커피나마 챙겨주는 줄 알아. 담배 한 가치 줘?"

그는 담뱃갑을 그녀에게로 내밀었다. 그녀가 거기서 한 가치를 뽑아 들고 그를 쳐다보았다. 불을 붙여 달라는 뜻이었다. 그가 라이터를 대주 었다.

"일생에 담배만큼도 도움이 안 되는 남자인데, 어디가 예쁘다고 커피 까지 챙겨주고 싶은지 몰라. 나도 어디가 아픈 여자임에는 틀림없어."

그녀가 툭 내뱉는 이죽거림 속에는 진한 외로움이 배어 있었다. 그녀 는 담배연기를 후 뿜으면서 다시 맨해튼 쪽으로 시선을 돌렸다. 가을바람이 그와 그녀의 머리를 흔들며 스쳐가고 있었다.

맨해튼과 퀸즈를 분할하는 이스트 리버에는 관광객을 실은 유람선이 떠 있었다. 진우는 일요일인 어제 바로 그 유람선 데이 라인을 수지와 함께 탔었다. 그것은 43가 웨스트엔드 부두에서 출발하는 것이었다.

허드슨 강은 캐나다 깊숙이에서 발원하여 미국 쪽으로 흘러내리다가 맨해튼 업타운에서 웨스트와 이스트로 갈라지며 섬 하나를 만드는데 그 것이 맨해튼이었다. 데이 라인은 맨해튼 섬을 한 바퀴 돌고, 허드슨 강 을 거슬러 웨스트포인트까지 올라갔다가 되짚어 내려오는 운항 스케줄 을 가지고 있었다.

데이 라인이 대서양의 해풍(海風) 앞에 의연하게 버티고 서있는 자유 의 여신상 앞에 이르렀을 때 갈매기는 그 자유의 여신상과 유람선 사이 를 오가며 높고 낮게 비상(飛上)하고 있었다. 그것을 배경으로 수지를 필름에 담았다. 그녀는 상아처럼 곱고 하얀 이를 드러내며 활짝 웃었다.

콜롬비아 대학 근처에서 물살이 빨라지다가 이내 시계(視界)가 탁 트 이며 장강(長江)은 뉴욕과 뉴저지를 분할하며 완만해졌다. 주경계가 되 는 허드슨 강상(江上)에서 보았을 때 강의 양편에는 단풍이 불붙은 듯 어우러져 있었다.

유럽에서 온 관광객에게 카메라를 넘겨주고, 진우가 수지의 어깨에 손을 얹었을 때 수지는 스스럼없이 진우의 허리에 자신의 팔을 둘렀다. 사진사로 뽑힌 유럽피언은 그들에게 스마일을 주문했다.

그녀는 꿈꾸는 눈으로 그를 올려다보며 수줍게 웃었다. 넘겨주었던 카메라는 돌려받았지만 진우는 그때부터 그녀를 잡은 손을 풀어주지 않 았다. 두 사람이 다정하게 손을 잡고 있는 모습은 누가 보아도 사랑에 깊이 빠져있는 연인의 전형적인 모습이었다.

　지난 밤 헤어지기 직전이었다. 그가 그녀를 잡아당겨 가슴에 가두었다. 그녀는 사시나무 떨듯 온몸을 떨었다. 안절부절 못하는 그녀를 포근하게 감싸 앉자 그녀의 가슴에서 이번에는 쿵쿵쿵쿵쿵 발동기 돌아가는 소리가 나는 것을 느낄 수 있었다. 이렇게 온몸으로 전율하며 사랑을 받아 드리는 여자는 처음이었다. 떨림은 순수 그 자체를 의미하는 것이었다.

　그는 그녀의 젖은 입술에 자기의 입술을 가져다 대었다. 수지는 눈을 살포시 감으며 그의 혀를 받아들였다. 처음 그것은 아주 서툴었다. 이와 이가 서로 부딪쳤다. 그녀가 몸을 밀착시키면서 그의 목으로 팔을 둘렀다. 진우가 허리를 싸안은 손에 힘을 가하면서 그녀를 조이자 그녀가 그의 혀를 부드럽게 빨기 시작했다. 서툴게 시작되었지만 긴 입맞춤으로 끝난 첫 키스는 감미로웠다.

　그의 요구를 아직까지 거부한 것이 없었던 점으로 미루어 그가 잡아끌었다면 그녀는 어젯밤 자기 집으로 돌아가는 것도 포기했을 것이다. 그러나 진우는 그렇게 하지 않았다. 그녀를 억압되어 있는 자신의 욕정(欲情)을 해소하는 대상으로 삼을 수는 없었다. 아껴 줘야지. 그가 여자에게 최초로 품어 보는 마음이었다.

　예란이 그의 상념(想念)을 깼다.

　"옥상에서 보면 맨해튼이 아름다워. 진우 씨는 뉴욕을 쓰레기통이라고 하지만 그건 자신의 마음이 삭막하기 때문에 느껴야 하는 감정일거야. 사랑을 해 봐. 누구를 사랑하게 되면 쓰레기더미에서 장미를 피울 수도 있어. 쓰레기 같던 세계가 천당으로 바뀔 수도 있는 비밀이 바로 거기에 있는 거야."

　딴은 그럴듯한 말이었다. 어제 진우는 뉴욕에 살기 시작한 이래 처음으로 유람선의 갑판 위에서 수지와 함께 맨해튼을 바라보며, 아름다운 섬이라는 생각을 했었다. 수지 때문이었다.

진우가 아무 대꾸를 하지 않자 그녀는 다시 불쑥 던졌다.

"가을도 이제 얼마 남지 않았어."

그녀가 그를 살폈다. 가을도 얼마 남지 않았는데 나이도 많은 우리가 이렇게 질질 끌면서, 하루 동안 연락이 안되어 사람을 초죽음 상태로 몰아넣는 고문을 언제까지 더 계속해야 하느냐고 묻고 있다는 것을 이 사람은 정말 이해하지 못한단 말인가.

진우의 얼굴에 별 표정의 변화가 일어나지 않는 것을 감지한 그녀는 크게 반발했다. 진우의 어깨를 툭치는 것으로 먼저 간다는 신호를 삼았다.

"담배 한 대 얻어 피웠으니까 그만 내려가서 일해야지."

그녀는 돌아섰다. 같이 내려갈 수는 없는 일이었다. 같이 내려가다가 동료들의 눈에 뜨이면 사실이 그렇지도 않으면서 정진우와 송예란이 연애한다는 소문이 쫙 퍼질 것이기 때문이었다. 그녀는 계단 쪽으로 걸어가서 이윽고 모습을 감추었다.

담배 한 대 얻어 피우는 것이 그를 옥상으로 부른 이유의 전부였던가. 아닐 것 같았다. 그녀는 분명 할 이야기가 있다고 했었다.

진우는 예란을 부담 없는, 가끔 실수를 해도 감싸주는, 누이 같은 동료로 생각해 왔다. 그러나 예란은 달랐다. 그녀는 그에게 무조건 너그러웠다. 그의 술주정 옆에 언제나 함께 있어 주었다. 토악질할 때 등을 두드려 주는 것도 마다하지 않았다. 술과 안주가 배속에서 뒤섞여서 발효되다가 용량 초과로 토해지는 오물(汚物)은 본인도 역겨운데 다른 사람은 말할 것도 없으리라. 사랑하는 마음이 없다면 결코 못할 일이었다.

그녀는 그에게 동료 이상의 것을 기대해 왔다는 것을 인정하지 않을 수 없었다.

진우는 거기까지 생각이 미치자 예란이 하고 싶었던 말을 안 한 것이 아니라 다 했다는 것을 뒤늦게 깨달았다. 그녀는 말했었다. 가을도 이제 얼마 남지 않았어. 그것이었다. 그 말 속에 그녀가 하고 싶었던 모든 것이 들어 있었다. 그녀는 가을도 얼마 남지 않았으니까 더 늦기 전에 결단을 내려 주어야 하지 않느냐는 질책(叱責)이었던 것이었다. 거기에 대해 아무 반응을 보이지 않자 그녀는 서둘러서 먼저 옥상을 내려간 것이리라. 기다리다 기다리다가 겨우 그 정도로 밖에 항의하지 못한 예란의 비애가 담겨있는 그녀식의 사랑법이었다.

진우는 사랑한다는 말을 직설적으로 하면서 매달리는 식의 구애(求愛)보다 더 거절하기가 어렵다는 것을 느껴야 했다. 그러나 어쩌겠는가. 예란은 좋은 여자임에 틀림이 없지만 그녀에게서 사랑을 느낄 수는 없었던 것을. 그리고 자기에게는 수지가 생기고 말았는데.

진우는 가까운 시일 내에 예란에게 수지와의 관계를 털어놓아야 한다고 생각했다. 이미 상처 없이 넘어갈 일이 아닐 것 같았지만 그것이 더 깊어지기 전에 말해 주는 것이 최소한의 도리라고 여겨졌기 때문이었다. 술을 함께 진탕 마시리라. 그리고 말하는 수밖에 없다. 나 있지 횡재 했다. 무지무지 그럴듯한 영계를 하나 물었어.

그는 남아있던 커피를 마저 마셨다. 커피는 이미 식어 있어서 유난히 쓰기만 했다. 진우는 문득 고개를 제켜 하늘을 올려다보았다. 그것은 청자 빛이어서 그가 떠나왔던 한국의 가을을 연상시켰다. 바람은 청량했다. 이제 자리로 돌아가서 일을 해야 할 때였지만 그는 담배 한 가치를 더 피운 뒤로 미루었다. 신문사에서는 옥상만큼 전망이 좋은 곳이 없었다. 더구나 그곳은 예란이나 진우 이외는 찾는 이가 별로 없다는 면에서 더욱 따봉이었다.

그는 담배에 불을 붙이며 생각했다. 어렵다 어려워. 술을 같이 마시는 방법은 좋지 않을 지도 모른다. 멀쩡한 상태라면 그녀의 얼굴색이 하얗게 변하는 정도로 끝나겠지만 술이 취하면 지금까지의 강한 면을 일시에 허물고 울음을 터트리거나 악을 쓰면서 안 된다고 매달릴 확률이 전혀 없지 않다고 여겨졌기 때문이었다.

옥상을 먼저 내려오던 예란은 자신에게 소스라치듯 놀랐다. 성희의 문제를 상의하기 위해 진우를 옥상으로 불러놓고는 정작 본론에 대해서는 말도 꺼내지 않았다는 것을 알았기 때문이었다. 자기의 가슴 속에 성희 문제보다는 역시 진우가 더 큰 비중을 차지하고 있었고, 그에게 자기의 그런 마음을 드러내 보이다가 별 반응을 보이지 않는 것에 대한 반발로, 본론마저 잊어버린 채 옥상을 먼저 떠났다는 것을 알게 되자, 쓴웃음이 절로 나왔다. 그녀는 돌아온 길을 되짚어서 옥상으로 향했다.

진우는 생각을 계속하고 있었다. 술을 마셔야 하나 마나. 어느 쪽이 내가 아니라 예란 쪽에 더 좋을까. 어차피 어떤 방법을 쓰더라도 그녀에게 좋을 수는 없지만 조금이라도 편하게 받아들일 수 있는 분위기는 잡아야 말을 꺼낼 수 있을 것 같았다. 예란이 다시 모습을 나타낸 것은 역시 술을 좀 마시는 게 좋지 않겠느냐고 고쳐 생각했을 때였다.

그는 예란이 나타나자 마치 못된 짓을 하다가 어른에게 들킨 아이처럼 당황해 하며 황급히 자기의 굳어있는 표정을 고쳤다.

"아직까지 이곳에 있을 줄 알았어."

"왜?"

"있지. 만나기로 약속이 되어 있던 사람이 사전에 아무 연락도 없이 약속장소에 나타나지 않을 뿐만 아니라 그 후에 집으로 전화를 걸어도 받지 않으면 그런 게 바로 사고가 났다는 것을 의미하는 거지?"

"그럴 수도 있고 아닐 수도 있어."

"사고가 난 것이 아니라면 어떤 경우를 예상할 수 있는 거야?"

"누군데?"

"맨해튼 A 애비뉴에 살고 있는 여류화가 김성희 씨야. 귀국전에 대비하여 작품에 몰두하고 있는 여잔데, 작품이 아주 좋아. 작가정신도 드물게 본다고 할만큼 치열한 것 같아서 우리 신문 독자들에게도 소개를 해주고 싶더라고. 어제 만나서 인터뷰를 하기로 약속이 되어 있었는데 약속장소에 나오지 않았어. 그 후부터 지금까지 연락이 되지 않고 있는 거야."

"내가 만난 일이 있는 여자는 아니겠지?"

"한번 본 적이 있을 거야."

"이름이 생소한데?"

"아스토리아 매너에서 유스파티가 있던 날 나하고 거기 같이 갔었어. 그 날 내 말을 자기에게 전해 주었던 여자야."

예란이 주차장에서 기다리고 있다는 말을 전해준 사람을 말하는 것 같았다. 한번 언뜻 보았기에 얼굴은 선명하게 떠오르지 않지만 밉지 않은 모습을 하고 있었다는 기억은 났다.

예란과 김성희라는 여자의 합작품에 의해 진우의 발이 묶였었다. 그로 인해 그는 세라로부터 해고당하게 된 것이었다. 그렇지만 더 이상 세라를 지도하지 않게 된 것에 대한 미련은 없었다. 세라 같은 깡통소리가 나는 아이의 뒤치다꺼리를 하느라고 수지와 데이트하는 시간을 만들 수 없다면 정말 화가 머리끝까지 치밀어 올랐을 것이기 때문이었다.

진우는 생각에서 벗어나며 물었다.

"혼자 살고 있어?"

"유학 왔다가 눌러 앉아서 그림을 그리고 있는 여자니까 물론 이곳에는 가족이 없지."

"여행을 떠났을 경우를 상상할 수 있겠네."

"인터뷰 약속을 잊었다는 게 납득이 안 돼. 만약 피치 못해서 집을 비웠을 때라도 내 전화번호를 알고 있으니까 연락을 줄 수 있잖아."

"그림 그리는 여자들 건망증은 알아 줘야 하잖아."

"그런 식으로 특정 직업인을 매도하지 마. 그 여자는 그런 여자가 아니야. 자신에게 매우 엄격한 사람이야. 꽤 여러 번 만났는데 한번도 약속을 어기거나 시간을 늦추어서 나온 적이 없었어. 덤벙대거나 털털한 여자가 절대 아니라니까. 난 아직도 그림 그리는 사람 중에서 성희 씨처럼 깔끔하고 스마트한 여자를 본 적이 없어."

"그렇다면 예사 일이 아니라는 말이네."

"그래서 걱정이 되는 거야. 신문에 날 일이 생긴 건 아닌지 몰라. 진우 씨가 좀 알아봐 주는 것이 좋겠어. 그 말 하려고 다시 온 거야."

예란은 문화 담당이니까 사건 취재 쪽은 백지와 다름없었다. 취재담당인 진우는 경찰과도 폭넓은 친교가 있으니까 진우가 알아보는 것이 적격이었다.

"그렇다면 내가 한번 알아볼게."

예란은 아까부터 어제 어디 갔다가 자정이 넘도록 귀가하지 않았느냐는 것을 묻고 싶었다. 그러나 역시 그만두는 편이 좋겠다고 여겨졌다. 진우를 생각하며, 성희 문제로 걱정을 하면서, 좌불안석(坐不安席)이다가 끝내 술이 취해 곯아떨어지고 만 자신의 모습을 들키고 싶지 않았기 때문이었다.

뭐, 누구하고 골프치러 갔다가 돌아오는 도중에 발동이 걸려서 진땅 마셨겠지. 그가 무사히 출근을 했으면 됐지 그 문제에 대해서는 마누라도 아닌데 강짜 부리듯 따지지 않는 게 좋겠다고 여겨졌다. 그리고 나니 더 이상 할 말은 없었다.

진우는 편집국으로 돌아온 직후에 예란으로부터 받은 성희의 전화번호로 먼저 전화를 걸어 보았다. 벨소리는 정상으로 울리는데 예란의 말대로 전화를 받는 사람은 없었다. 벨소리의 끝에 자동응답기가 가동되는 것도 달라진 것이 아니었다. 예란은 중도에서 더 들을 필요를 느끼지 않아 끊었지만 진우는 처음이기에 그것을 끝까지 다 들었다. 하이, 디스 이즈 성희 킴. 아엠 쏘리. 아이 캔 앤써 엣 디스 모멘트. 쿠쥬 리브 유어 네임 앤 폰넘버 에프터 빕 사운드. 아 윌 빽츄 애스 순 애스 파써블, 땡큐.

진우는 삐소리가 났지만 메시지를 남길 것이 없었다. 그는 수화기를 내려놓았다. 누구라도 자동응답기에 녹음이 돼 있는 내용만 가지고는 그녀가 전화를 받을 수 없는 이유를 알 수가 없을 것이다. 어제부터 오늘까지 연락이 되지 않는다고 하여 반드시 사고가 난 것이라고 할 수는 없지만 기자와의 취재 약속을 일방적으로 어기고도 아무 연락을 주지 않고 있다는 것이 의혹을 증폭(增幅)시키는 것도 사실이었다.

진우는 좀 더 기다려 보자고 하려다가 예란의 부탁이라는 점을 감안하여 마침내 결심을 굳혔다. 그는 우선 자기가 번역하려고 오려논 외신을 다른 사람에게 넘겼다. 그 다음으로 그는 미드 맨해튼 경찰서의 한인 형사 스티브 강에게 전화를 걸었다.

뉴욕에 교포수가 급증하면서 바람직한 현상이 아니지만 한인 관련 범죄도 많아졌다. 각 경찰서에서는 이에 따라 한국계 형사들을 고용하기 시작했는데, 그 중에서 가장 민완 형사가 바로 스티브 강이었다. 그와는 취재 관계로 접촉이 시작된 이래 나이가 같아 친구처럼 지나오는 사이였다.

"강형, 나야. 진우."

그는 반색을 했다.

"웬일이야, 전화를 줄 때가 다 있고?"

"긴히 상의할 일이 좀 생겼어."

"무슨 일인데 그래?"

"전화상으로는 곤란해. 직접 만나서 얘기할게."

"그렇다면 정 기자가 맨해튼으로 나오지 그래."

"그야 물론이지."

두 사람은 약속장소와 시간을 정하고 통화를 끝냈다. 그 직후 진우는 민 부장을 찾아가서 한국인 여류화가 한명이 실종된 상태라고 풍을 쳤다.

"형사를 만나 그 경위를 알아보고 오겠습니다."

"정말이야?"

"냄새가 납니다. 아무래도 예감이 좋지 않습니다."

"그렇다면 특종 한번 건져 봐. 기자가 제보를 받고 현장으로 가는 식이어서는 특종하기가 쉽지 않아. 범죄의 냄새가 나면 적극적으로 덤벼들어 수사관처럼 조사를 해야 특종을 건질 수 있는 거야."

예란에 따르면 성희라는 여자가 그림을 그리다가 막히니까 어느 놈팽이와 어울려 며칠 바람이나 쏘이고 오겠다는 생각에서 집을 비운 것은 최소한 아니라고 할 수 있었다. 기자와의 약속을 초개처럼 팽개칠 수 있을 정도로 막돼먹었거나, 사실이 그렇지도 못하면서 대가연하는 싹수없는 환쟁이는 절대 아니라는데 이의를 달 생각은 없었다.

그러나 하루 이틀 연락이 안 되었다고 하여 그것을 곧 사고라고 단정지을 수도 없는 일이었다. 가령 말이 쉽지 사람이 실제로 자살을 실천에 옮기는 것은 쉬운 일이 아닐 것이다. 살인사건이 가끔 발생하기는 하지만 그런 횡액(橫厄)을 당하여 죽는 것도 쉽게 이루어지는 일은 아니었다.

최악의 상태가 상상되지 않는 것은 아니었지만 특종 운운은 좀 성급한 것이었다. 경위를 알아는 볼 필요는 있다는데 동감이어서 진우는 허탕 칠 것을 각오를 하고 노트북과 카메라를 챙겨들었다.

전화를 걸고, 데스크와 상의하는 절차를 밟고 있는 진우를 곁눈으로 지켜보고 있던 예란은, 편집국을 나가기 전에 쳐다본 진우를 향해서 눈을 찡긋해 보였다. 수고하라는 뜻이었다.

싱거운 해프닝이었던 것으로 밝혀지면 수지나 만나고 돌아올 요량으로 맨해튼에 도착하자, 수지에게 전화를 걸어 보았지만, 통화가 이루어지지 않았다. 수업을 받고 있을 시간이었다. 첫입맞춤의 감미로웠던 기억이 떠올라 그는 입가에 미소를 지었다. 수지는 첫 날 만났을 때, 그녀의 벗은 몸을 볼 수 있는 운명적인 장난이 개입되었을 때, 이미 진우의 마음에 든, 그가 최초로 아껴주고 싶다는 생각을 갖도록 만든 불가사의(不可思議)한 여자였다.

진우는 스티브보다 먼저 약속장소에 도착했다. 진우는 그가 나타나기를 기다리며 다시 수지를 생각하기 시작했다. 만약 두 사람이 아무 문제없이 잘 돼 간다면 진우는 이제 다른 여자를 찾는 노력은 중단할 생각이었다. 수지로써 충분하다고 생각했다. 꼭 마음에 드는 정도가 아니라 과분하다는 것이 솔직한 진우의 생각이었다. 자신의 모자라는 점은 사랑으로 채우리라. 진실해야지. 그러면 수지도 지금까지의 상황으로 보아서는 감격해 할 것 같았다.

어째서 이런 행운이 자기에게 찾아 왔는지 거의 믿을 수 없는 기분이었다. 마침내 여러 난관을 사랑으로 극복하고 두 사람이 웨딩마치를 올리게 된다면 진우는 뉴욕 제일의 교포부자를 장인으로 갖게 되는 셈이었다.

부잣집딸에 대한 미련을 버렸었다. 수지가 부잣집딸이어서 관심이 갔던 것은 절대 아니었다. 그런데도 부잣집딸과 결혼하는 운명이 예비되어 있었다면 그걸 처복(妻福)으로 보아야 할까. 다만 격이 달라서 번거롭고 거치적거리는 장애만 많을 것 같았다.

진우로서는 최 회장이 자신을 좋게 보고 아무 저항 없이 맞이하여 줄는지 탐탁찮게 여기면서 사사건건 브레이크를 걸게 될지 아직은 어느 것도 속단할 수 없었다. 한인회장인 그와는 취재관계로 앞으로도 자주 만나게 되어 있었다. 그럴 때마다 그의 환심을 사기 위해 노력해야 할지 말아야 될지 얼른 대책이 서지 않았다. 아무튼 전과는 달리 부자유스러울 것은 틀림없었다. 그러나 아무 때나 자존심을 세워 대사를 그르치지 않을 정도는 영악해야 한다고 생각했다. 수지의 입장을 난처하게 만들어서는 안될 것이기에도 그랬다.

진우는 수지보다 꼭 열 살을 더 먹었다. 나이 많은 쪽이 더 너그럽고 이해심을 발휘하고 의지가 될 수 있도록 감싸주지 않는다면 나이 적은 사람의 입장에서 볼 때 나이 많은 사람을 택할 이유가 없을 것 같았다. 다른 것은 다 그만두고라도 한평생 아무 문제없이 잘 살다가 자연사(自然死)하게 된다고 가정하여, 나이 많은 사람이 먼저 죽게 되어 있는 것이 자연의 섭리가 아닌가. 나이 적은 쪽은 사랑하던 사람을 먼저 떠나보내고 외로움 속에서 나머지 생을 보내야 한다는 말이다. 아무 반대급부적인 이익도 없이 그런 손해 보는 장사를 하기 싫은 것이 인지상정일 것이다.

그런 손해를 각오하고라도 나이 많은 자기를 택하게 만들려면 그 만큼 더 따뜻하고 진지하고 포근하고 깊이 아껴주어야 할 것 같았다. 스티브가 나타난 것은, 그렇게 하리라는 각오를 새롭게 하면서, 간밤 수지와의 입맞춤을 다시 한번 떠올리고 있을 때였다. 그것을 생각하자 입가가 저절로 벌어졌던 모양이었다. 스티브가 맞은편으로 앉으며 말했다.

"뭐 좋은 일 있나봐. 싱긍벙글하는 거 보니까?"

진우는 시치미를 떼며, 곧바로 그를 만나기로 한 용건에 대한 운을 떼었다.

"좋은 일은 커녕 좋지 않은 일이 생긴 것 같아서 상의하려고 좀 만나자고 한 거야."

"무슨 일인데 그래?"

진우는 여류화가 김성희에 대한 그간의 경과를 설명했다. 그것을 다 들은 스티브는 정식으로 경찰에 리포트를 하면 최대한 빨리 수사를 시작할 수 있도록 협조하겠다고 말했다.

"거 참, 얼굴은 한국 사람인데 그런 말을 할 때보면 강형은 코쟁이와 조금도 다른 것이 없다니까."

"무슨 말이야?"

"리포트하고 말고 할 게 뭐가 있어. A 애비뉴면 엎어지면 코 닿을대 아니야. 나하고 한번 찾아가 보자고!"

"정식으로 수사의뢰를 한 것도 아닌데 수사에 착수할 만큼 미국 경찰이 한가한 줄 알아.”

“실종신고하면 빨라야 내일이나 그녀의 아파트를 찾아가 볼 거잖아. 같은 동포가 행방불명 상태니까 1시간만 할애해 봐.”

“나 이거야 원. 행방불명은 정 기자 말이고, 어디 가서 퍼질러 놀고 있는 여자를 찾겠다고 괜한 소동을 부리는 지도 모르는데?”

“글쎄 정황으로 미루어 그게 아닌 것 같다니까.”

“정 그렇다면 한번 같이 가 보자고.”

“땡큐. 그렇게 말해줄 줄 알았어.”

성희의 실종에 대한 단서(端緖)를 잡기 위해서는 그녀의 아파트로 들어가 보는 방법밖에 없었다. 그러려고 할 때 기자로서의 자기 신분증은 아무 도움이 되지 않지만 스티브의 경찰 신분증은 위력을 발휘할 수 있다는 판단 하에 그를 끌어드린 것이었다.

두 사람은 합의가 이루어지자 지체 없이 이스트 빌리지로 향했다. A 애비뉴에 도착한 그들은 먼저 아파트 현관에 비치돼 있는 인터폰을 이용하여 연락을 취해 보았다. 역시 허사였다. 그들은 아파트 관리인을 찾아 갔다.

스티브가 관리인에게 신분증을 제시한 다음 말했다.

“203호 예비키를 가지고 있죠?”

인도 출신 관리인은 웬 소란이냐는 표정이었다.

“그야 그렇습니다만……?”

“좀 열어 주시오.”

“주인의 허락도 없는데요?”

“우린 지금 203호 여자가 살해됐다는 제보를 받고 찾아온 거예요. 현장을 봐야 한단 말이오.”

진우는 실종이라고 했는데 스티브 강은 한술 더 떠서 살인사건이라고 말했다. 아파트 관리인은 그의 말을 듣고 얼굴색이 변했다. 그는 자기가 관리하고 있는 아파트에서 사건이 났다니 골치깨나 아프게 됐다는 표정이었다.

"그렇다면 알겠습니다."

역시 경찰 신분증은 통했다. 관리인이 열쇠 뭉치를 꺼내들고 앞장을 섰다. 진우와 스티브 강은 그의 뒤를 따라가면서 마주 보고 소리 없이 웃었다. 살인사건이라니 당치않은 비약이었다. 그렇지만 그런 식으로 밀어붙이지 않고 순순히 아파트 안을 살펴볼 수는 없는 일이었다.

그들은 금방 203호 앞에 도착할 수 있었다. 관리인은 먼저 초인종을 눌러 본 다음에 대답이 없자 곧 열쇠를 찾아 자물쇠에 꽂았다. 그것을 비틀자 문이 열렸다. 그런 다음 그는 뒤로 물러섰다. 앞장서지 않겠다는 뜻이었다. 살인사건의 제보를 받았다는 말을 상기했음이리라. 스티브와 진우가 아파트 안으로 들어갔다.

거실은 그녀가 작업실로 사용했다는 것을 알려주고 있었다. 그림들을 살펴보고 있을 여유는 없었다. 침실 쪽 문이 반쯤 열려져 있었다. 그들은 그 안을 확인해 보는 것이 시급했다. 서둘러 열려져 있던 문안으로 들어서던 두 사람은 동시에 고압선에 감전이 된 듯 멈추어 섰다. 그 방의 주인이 시체가 되어 침대 위에 놓여 있는 것을 발견했기 때문이었다.

스티브가 먼저 소리를 질렀다.

"오 마이 갓!"

두 사람의 뒤를 따라 안으로 들어오던 관리인도 입으로 손을 가져가며 비명을 토했다.

"지셔스 클라이스트."

진우는 유구무언(有口無言) 아무 말도 할 수가 없었다.

여류화가 김성희는 맨해튼 A 애비뉴 소재 그녀의 아파트에 시체가 되어 누워 있었기 때문에 예란과의 취재약속을 지키지 못한 것이었다. 자살인지 타살인지는 곧 밝혀지겠지만 현재까지 입수된 정확한 진상은 그녀가 죽었다는 사실이었다.

그녀는 왜 여기 지금 시체가 되어 누워 있는 것일까.

— 제2권에서 계속 —